# 杨宪益自传

杨宪益◎著
薛鸿时◎译

人民日报出版社

图书在版编目（CIP）数据

杨宪益自传 / 杨宪益著；薛鸿时译. —北京：人民日报出版社，2010.1
ISBN 978-7-5115-0032-8

Ⅰ. ①杨… Ⅱ. ①杨… ②薛… Ⅲ. ①杨宪益（1915~2009）—自传 Ⅳ. ①K825.5

中国版本图书馆 CIP 数据核字（2010）第 014132 号

| | |
|---|---|
| 书　　名： | 杨宪益自传 |
| 作　　者： | 杨宪益 |
| 译　　者： | 薛鸿时 |
| 出 版 人： | 董　伟 |
| 责任编辑： | 银　河　陈志明 |
| 封面设计： | 博凯设计 |

出版发行：人民日报出版社

社　　　址：北京金台西路 2 号
邮政编码：100733
发行热线：（010）65369527　65369512　65369509　65369510
邮购热线：（010）65369530
编辑热线：（010）65369533
网　　　址：www.peopledailypress.com
经　　　销：新华书店
印　　　刷：北京朝阳印刷厂

开　　本：700×1020　1/16
字　　数：320 千字
印　　张：25
印　　次：2010 年 2 月　第 1 版　　2010 年 2 月　第 1 次印刷

书　　号：ISBN 978-7-5115-0032-8
定　　价：48.00 元

# 目 录
CONTENT

**第一章　家　世** ················································· 1

母亲日后告诉我，她生我之前做了一个梦，梦见一只白虎跃入怀中。算命先生说，这既是个吉兆又是个凶兆：这个男孩长大后不会有同胞兄弟，他的出世还会危及他父亲的健康；然而，他在经历重重磨难和危险之后，将会成就辉煌的事业。

**第二章　读书和入学** ········································· 11

学校里的大部分课程我都喜欢。我的英国文学和中国文学成绩远比其他学生好，数、理、化、史、地我也都爱学。我喜欢证明平面几何的一些定理，最后加上 Q.E.D（证明完毕）字样，因为这是训练逻辑推理的好办法。

**第三章　在学校** ················································· 19

我参加了考试，主考官们说我的智商和英语成绩好极了，不必上大学一年级，可以直接上二年级。然而我还想参加清华和北大的入学考试，这时候发生了一件事，它使我的整个计划都改变了，我没有进中国的大学而是去了英国。

**第四章　出　国** ················································· 25

那时候的我，非常任性，我是家里的小主人，决不受任何人的欺负。也许这和中国人民的感情有关，中国人总觉得所有西方帝国主义都想来欺负我们，当时的我，心中正充满这种情绪。

**第五章　美国见闻** ············································· 33

在我们的行程即将结束时，我忽然有了自信，便一边下棋，一边和那个英国人聊起天来。从此以后，我讲英语似乎已轻松自如，再也不会张口结舌了。

## 第六章　伦　敦 …………………………………… 39

保罗总觉得我的思想更加活跃，所以他说我是达达尼昂，他是波赫多斯，他们都是大仲马《三个火枪手》中的人名。可惜少了阿拉密和阿托斯。保罗是由罗马尼亚政府派到英国来的，他说自己是个保皇派，和某部的一位高级官员关系密切。但是我们俩从不详细谈论这些情况，当时我们对欧洲政治并不很感兴趣。

## 第七章　欧洲各地的旅行 …………………………… 47

他告诉我说，他的眼前出现了大海。他看到了大西洋的景象。那里有一位美丽的英国金发少女，她正在为我憔悴。我俩尚未相遇，但不久以后就将见面，许多奇妙的事情和冒险经历正在前面等待着我们。

## 第八章　从英国到瑞典 ………………………………… 55

听完演讲他离席时，他看见我和其他几名中国学生一道正站在门口，各自手持一顶帽子用以接纳捐款。他显出非常惶惑的神情，他和我道别时偷偷地往我的帽子里放了一张十英镑钞票。我向他致谢。他看到他年轻而富有的中国朋友竟会做出乞丐的行径，一定感到十分震惊。从那以后，我俩再也没有发生任何联系。我从事反日宣传，忙得要命，也顾不得这些了。

## 第九章　在牛津 ………………………………………… 63

我记得有几个晚上，我跟他去了当地的酒馆，喝啤酒，还和当地工人一起玩掷镖游戏……我记得有一天晚上，我在和当地工人玩掷镖时有好几次投中了靶心。当地人很惊奇。他们把我举到一张桌子上去站着，大家高声喊道，如果我回去打日本，他们愿意追随我，参加我的游击队。这是个令人振奋的场面。

## 第十章　学校之外 ……………………………………… 71

我攻读法国中世纪文学的时间很短，但正是在这期间，我遇到了我未来的妻子戴乃迭，她也在学法国文学。我们俩曾在一起听课。后来我改学英国文学以后，她也决定放弃法国文学，改学中国文学。当时牛津大学刚开始设置中国文学荣誉学位，她是攻读中国文学荣誉学位的第一人。

## 第十一章　戴乃迭 ·················· 81

乃迭和我决定订婚，我在校园内的宿舍里举行了一次早餐会，我在会上宣布了我们订婚的消息，那天我的许多年轻的英国朋友都应邀出席了。我也曾向伯尼发出邀请，但他没有来，我再也没有见到他。

## 第十二章　回国之前 ················ 89

我在进牛津大学之前，曾读过一些马克思和恩格斯的书。进牛津以后，又读了一些，一个中国青年倾向马克思主义，这决非偶然。我这一代人中的大多数都走了同一条道路。这是中国人民不可避免的历史趋向。

## 第十三章　回国之际 ················ 95

我决定带回国的书籍还装满了大约七大木箱，由海路托运到香港，等我到达那里时去取。但事实上我们再次见到这批书时已经是战争结束以后了。

## 第十四章　回　国 ·················· 103

我们从南安普敦开始我们的旅程，我们乘坐一艘小班轮，由一个包括两艘驱逐舰的护航队护送。我们穿越大西洋的航程平安无事，没有受到任何德国潜艇的骚扰。

## 第十五章　重　庆 ·················· 111

1940年秋天，当我来到重庆时，这座城市已挨过几次轰炸，但遭受的破坏并不大。然而，既然炸毁了一些房屋，城里就充满了无家可归的流民和乞丐，到了晚上，巨大无比的老鼠从阴沟里钻出来到处找食吃。这是个可怕的景象。

## 第十六章　结　婚 ·················· 119

我们从亲友中选定两位最有影响的人物当主婚人，一位是天津南开大学校长张伯苓，另一位是中央大学校长罗家伦，也就是我前面提到过的我母亲的房东、我很不喜欢的那只"熊"。之所以选南开大学校长当主婚人，是因为我妹妹在重庆的南开中学教书。两位主婚人依次发表讲话并表示祝贺时，两对新人站成一排。我们向他们鞠躬致谢，整个仪式就结束了。

## 第十七章　贵　阳 …………………………………… 127

　　在贵阳期间，乃迭找医生就诊，发现她怀孕了。她写信告诉了在成都的母亲，她母亲在回信中建议她到成都去分娩，因为那里的医疗条件较好。

## 第十八章　成　都 …………………………………… 135

　　雇男仆比雇女仆要多花钱，但是，尽管他的工资比女仆的工资高，他除去给我们做饭以外，什么事都不干。于是我们不得不花大量时间照顾我们的第一个孩子，亲自给他洗尿布。我们第一个孩子是个儿子。我给他起名叫杨烨，但乃迭爱叫他"臭臭"，因为她觉得他身上的气味像臭鼬。

## 第十九章　国立编译馆 ……………………………… 143

　　国立编译馆最初成立于南京，抗日战争爆发后迁至重庆。馆内有一百多位编辑和翻译，大多是以前在各个高校任教的教授或讲师。

## 第二十章　翻译工作 ………………………………… 151

　　那些年里，我是个相当多产的作者，有很多论文和译作问世。假如我一生中的这个丰产期能持续得更久，我很可能成为一位历史学家，成为与中国古代史有关的各种课题的权威。但是，后来的事态发展使我离开了学术研究的领域。

## 第二十一章　离开重庆 ……………………………… 159

　　这些书和照片统统损失掉实在太可惜了，可是我们还得庆幸自己没有在那艘船上，到达南京时我身边总算还留着少量书籍。至今我的书架上还有几本盖着日本戳子的书，作为对那个时代的纪念。

## 第二十二章　在南京 ………………………………… 167

　　我记得，1948年和1949年初，我的教授月薪只相当美金八元或两袋面粉，在此期间，国民党政府正在走向崩溃。国币这么不值钱，要干六七份工作才能勉强养活一家人。

## 第二十三章　定　居 · · · · · · · · · · · · · · · · · · · · · · · · · · · 173

我在南京定居以来，很少为国立编译馆做翻译工作，大量时间都用于兼职和从事政治工作。我还抽时间写些短文，主要是关于中国北方诸少数民族如蒙古族、满族、回纥族、朝鲜族古代历史的研究文章。

## 第二十四章　解放（一） · · · · · · · · · · · · · · · · · · · · · 181

第二天早晨我起床时，城市外围非常安静。九点钟左右，我听到共产党军队开进城里的声音。我走到附近的城北鼓楼的一条大街上。那里早已挤满人群，主要是大学生，他们聚集在马路旁，用开水、饼干和糕点欢迎开进城来的军队。

## 第二十五章　解放（二） · · · · · · · · · · · · · · · · · · · · · 189

南京解放以后，我很少有工夫陪伴我的家人们。乃迭生了我们第三个孩子，我的二女儿杨炽。她生于1949年11月，南京解放后才几个月。当时乃迭住在医院里，我很少跑去照顾她。

## 第二十六章　解放初期 · · · · · · · · · · · · · · · · · · · · · · · · 197

1951年"三反、五反"运动我参加了，当时开过一次群众大会，斗争了几名在美国石油公司当买办的商人。上面要我起草一份关于这场群众运动所取得成就的报告，但我的稿子最终未被采用，因为文章的调子太温和了。

## 第二十七章　工　作 · · · · · · · · · · · · · · · · · · · · · · · · · · 203

于是我们决定进外文出版社。该出版社社长刘尊棋是一位资深的中共党员。解放前他在上海编过几种杂志，他早就有系统地把中国文学全部主要作品都翻译成英文的设想。他要我来主持这一计划。

## 第二十八章　毛主席的接见 · · · · · · · · · · · · · · · · · · 209

当他走到我跟前时，周总理说我是一位翻译家，已经把《离骚》译成英文。毛主席热爱中国古典诗歌，《离骚》是产生在中国南方的一篇古诗，正是毛主席最喜爱的作品之一。他伸出汗津津的手掌和我热烈地握了握说：

"你觉得《离骚》能够翻译吗,嗯?"

"主席,谅必所有的文学作品都是可以翻译的吧?"我不假思索地回答。

## 第二十九章　50年代(一) ·········· 215

1955和1956年间,有一份杂志很受群众欢迎,它叫《新观察》。它的编辑跑来向我约稿,他们要我写几篇题材广泛、群众喜闻乐见的轶事、掌故。于是我写了一系列文章,讲的是:中国的邮票、中国的菊花、中国的金鱼、中国的竹子、中国的荷花和中国的梅花等等。结果这些文章大受欢迎。

## 第三十章　50年代(二) ·········· 221

尽管有一系列政治运动的干扰,但50年代仍是我从事中译英工作成果最丰硕的时期。《离骚》及其他诗歌、四卷本《鲁迅选集》以及清代长篇小说《儒林外史》出版以后,我又翻译了3至7世纪的故事集、唐代传奇、宋明平话的小说、清代初期的诗剧《长生殿》、明代诗剧《牡丹亭》节译本、元代剧作家关汉卿的《戏剧选》以及一些地方戏剧本。

## 第三十一章　从1958年到1960年 ·········· 229

能住在市里一座带庭院的旧式房子里,我们都感到高兴,这比住在西郊单元楼里强多了。我们立刻通知单位的办公室说,有一位朋友把市里一座房子借给我们住,我们已经决定要搬到那儿去了。那座房子位于北京城东北部一条叫做八宝坑的胡同里。庭院非常宽敞,长着一些枣树和胡椒树。我们非常喜欢住在那里,事实上我们住了大约三年,从1958年到1960年。

## 第三十二章　60年代初 ·········· 235

乃迭在大跃进时期决定提出带小女儿杨炽一起回英国探亲的申请。自从她于1940年来中国以后一直没有回过英国,快要二十年了吧,因此她的申请完全合情合理。然而《中国文学》社不愿她离开,他们制造种种借口,就是不放她走。

**第三十三章　批　斗** ………………………………………… 243

　　这时，群众集合在桌子周围开始对我进行声讨，责问我为什么要反对毛主席，为什么要为赫鲁晓夫辩护，等等。当时我站在离地十英尺以上的高处，就怕他们一气之下会撒野，推我，踢我，把我从高处扔下来。那样我准会摔得断了胳膊折了腿。所幸的是，这样的事并没有发生。他们把我批斗了一个来小时，就扶我下桌子，放我走了。

**第三十四章　幻　听** ………………………………………… 251

　　有敌人在害我，准是这么一回事，因为我根本不是阴谋反对自己祖国的坏蛋。于是在单独一人时，我就想找那个暗藏的敌人辩论，甚至想查明他是什么人。晚上，我独自坐在家里的起居室里，乃迭和孩子们都到寝室去睡觉了，我就大声对那个暗藏的敌人说话，想揭穿他的阴谋。有一回，乃迭还没有睡着，听见起居室里的响声，就走出来。她认为我已经疯得胡言乱语了。事实上当时我确实快要疯了。

**第三十五章　入　狱** ………………………………………… 257

　　1968年五一劳动节前夕，乃迭和我双双被捕，从此监狱就成了我们的家。我俩足足被囚禁达四年之久，直到1972年五一劳动节才出狱。从1968年年初开始，许多在北京的外国专家都以外国间谍的罪名被捕入狱。这一切的起因是江青在年初时的一次讲话中说：我们必须警惕外国间谍。

**第三十六章　坐牢期间** ……………………………………… 265

　　1972年我出狱后才听说，我那大学毕业后分配到湖北省一家工厂当工程师的儿子，由于与单位同事们相处不好，变得精神失常。我两个女儿无人照料，已被送往农村。那四年里，她们也受尽了苦。

**第三十七章　出　狱** ………………………………………… 273

　　我拿起党报《人民日报》观察外国发来的贺电，我注意到柬埔寨元首西哈努克亲王的贺电只发给毛主席和周恩来总理两个人。这是极不寻常的。当时西哈努克亲王被认为是中国最亲近的朋友，他的大部分时间都在北京度过。如果林彪继续得宠，西哈努克决不会犯一个如此严重的错误。我早就注意到了，最近几个月来，林彪的几个追随者的名字已从报纸上被一一删除。这决不是偶然的巧合。我经过思索，就拿起我那本"小红书"（毛主席语录），把前边那一页撕掉了。"小红书"前面那页是林彪写的前言。我们一向得把它当圣经似的牢记在心。既然我确信林彪已经失去权力，因此我认为该是把那一页清除掉的时候了。同牢房的其他犯人都没有注意到这一点，我也没有告诉任何人。

**第三十八章 回 家** ················································ 281

我记得，入狱之前，我在出版局院子里捡到了这副头盖骨，为了取乐，我在里面种上几株小小的仙人掌。仙人掌长得有一英尺多高，由于缺水，早就枯死了。它一定为企图获得阳光和水挣扎了很长时间。它虽然仍挺得笔直，但我用手指只轻轻一碰，它立即化为粉末。

**第三十九章 恢复工作** ·········································· 289

恢复工作意味着把入狱前进行的项目做完。从1972年我俩获释到1976年"文化大革命"结束，我俩从事的惟一认真的翻译工作就是把清代著名长篇小说《红楼梦》译完。这部作品在中国非常受欢迎，因此这项译事给我们带来很多荣誉，甚至是溢美之誉。

**第四十章 访问各国** ············································· 299

1979年以后，旅行重新进入了我俩的生活。从1979到1986年之间，乃迭和我出国许多次，访问了一些国家。自从我1940年回国以来，还一直没有离开过中国呢，匆匆已将近四十年。

## 附　录

此情可待成追忆
　　——记戴乃迭生前二三事 …………………………………… 311
未完成的心愿 …………………………………………………… 316
抗日战争杂忆 …………………………………………………… 319
年过八十 ………………………………………………………… 323
我的启蒙老师 …………………………………………………… 326
记开始学外国文学 ……………………………………………… 329
回顾我过去学习英语的经历 …………………………………… 332
我学外文 ………………………………………………………… 334
略谈我从事翻译工作的经历与体会 …………………………… 335
记学写旧诗 ……………………………………………………… 341
关于我的打油诗
　　——《银翘集》序 …………………………………………… 344
良师益友忆当年 ………………………………………………… 349
回忆萧亦五同志 ………………………………………………… 351
怀念老舍先生 …………………………………………………… 353
回忆钱锺书兄 …………………………………………………… 355
冀野和我 ………………………………………………………… 359
我和董乐山 ……………………………………………………… 362
我的一位加拿大朋友 …………………………………………… 364

## 译后记

百年恩怨须臾尽，做个堂堂正正人
　　——新版《杨宪益自传》译后记 ………………… 薛鸿时 367

## 杨宪益先生大事年表

………………………………………………………………… 373

第一章

家 世

杨宪益自传

母亲日后告诉我,她生我之前做了一个梦,梦见一只白虎跃入怀中。算命先生说,这既是个吉兆又是个凶兆:这个男孩长大后不会有同胞兄弟,他的出世还会危及他父亲的健康;然而,他在经历重重磨难和危险之后,将会成就辉煌的事业。

我出生于1915年（民国四年乙卯）1月10日，按阴历推算，是甲寅年（虎年）十一月二十七日。母亲日后告诉我，她生我之前做了一个梦，梦见一只白虎跃入怀中。算命先生说，这既是个吉兆又是个凶兆：这个男孩长大后不会有同胞兄弟，他的出世还会危及他父亲的健康；然而，他在经历重重磨难和危险之后，将会成就辉煌的事业。我不知道自己一生的事业是否算得上辉煌，但是我确实是母亲惟一的男孩，而且我五岁时父亲就病逝了。在过去七十余年生涯中，我确实经历了重重磨难。所以，那位算命先生尽可以说他的推算大致不差。

1911年10月，中国建立了有史以来第一个共和国，孙中山先生是中华民国的第一任总统。我出生在中华民国建立后的第四年。清王朝被推翻了。中国不再是一个垂死的封建王国，而正在步入现代世界。然而，旧思想、旧习惯很难消亡。我出生时，周围的世界看上去与几十年前似乎没有什么两样。中国仍然是一个半封建、半殖民地国家。清王朝早在1840年鸦片战争前就已开始衰败。19世纪末，满族统治者早已失去活力，政府的运作主要掌控在汉族官员手中。历史事实是：中国的末代皇帝溥仪，是在袁世凯和其他一些北洋官员逼迫下逊国的。接着，他们请在南方的孙中山来当中国第一个共和国的首脑。从民国成立时起，中国北方就控制在一批前清官僚和武将的手中。我的祖父是一名地位颇高的清朝地方官，我的几位叔祖都是袁世凯以及许多北洋高官的亲密同僚和朋友。当时我父亲担任在天津的中国银行行长。那家银行是政府办的官僚资本机构，我父亲对早期的中国北洋军阀给予财政支持。尽管我父亲并不是高级官员，但他和早期的中国北洋政

第一章 家世

府首脑们都关系密切。

我记得很小的时候我就有一件丝质的黄马褂，这在旧时代，只有清王室的年轻王子们才有资格穿。这是袁世凯家馈赠的一件礼物。孙中山先生过早的逝世后，曾在逼迫前清末帝逊位中起主要作用的袁世凯，自命为中华民国大总统，接着还企图称帝，但他的图谋还没有得逞就死去了。① 袁世凯死后，继任我们年轻共和国总统的那几位，都是前清官僚或北洋军阀，大多与我家关系密切。关于我老家的情况就说到这里。

我的父亲有三房妻室，第三个是妾，不算家里的正式夫人。我母亲是第二位夫人。她最初也是父亲买来的妾，由于第一位夫人没有生男孩，而我母亲年仅十八就为他生了第一个男性子嗣，于是她就成了家里的第二位夫人。我幼年时必须把父亲的第一位夫人也称作母亲，于是我就有了两位母亲。我的第一位母亲是江苏省北部淮安人，那是在长江以北，淮河流经的地方。我祖父一度担任过那里的知府。她是一个旧式富家的千金。她虽然给父亲生育了几个儿女，但他们大多出生不久就夭折了，活下来的只有两个女儿。她的大女儿，我的同父异母姐姐，生活很不幸。她母亲禁止她上新式学校。她只能在家里随一位塾师学习儒家经典，学着做旧体诗。她的婚姻不成功，不久就离了婚，后来跟一名年轻男仆私奔了。那男仆向我家敲诈去很多钱，家里才把她赎回来，从此她留在家里终生未嫁，直至1950年死于癌症。我和两个妹妹替她起了个绰号，叫她"公主"。第二个女儿，我第二个异母姐姐，也被禁止上新式学校，她十几岁时就因患结核病而去世。她是位温柔、善良的姑娘。她的死使我非常伤心。我的第一位母亲也因患癌症，解放前不久死于天津。

我还有一个异母妹妹，她是我父亲第三个妻子所生。她比我小两岁。

---

① 作者误记。孙中山逝世于1925年，而袁世凯称帝在1915年。——译者注

杨宪益的大妹杨敏如和小妹杨静如在天津时的留影。

父亲死后,他第三个妻子决定离开杨家,嫁给一个戏班子里的男人。于是她带着她的女儿走了,我们从此与她们失去了联系。多年以后,我们得知:我的那位异母妹妹已成为一位京剧演员。有人告诉我说,她的名字曾登在几种报纸上。她们母女俩如今恐怕早就不在人世了吧。

我的生母除了我之外,还有两个女儿,她们都比我小。多年以后,我的大妹妹敏如成为北京师范大学中国文学教授,如今已退休。我的小妹妹静如以前在南京教英文。她也是一位作家,笔名杨苡,出版过一些诗和散文。

我对自己的父亲仅留有若干十分模糊的印象。他身材不高,但很结实。他是祖父八个儿子中的长子。我祖籍泗州(现在叫做泗县),位于安徽省北部。尽管我祖父当了江苏省北部淮安府的知府,并把家迁到那里,但我们仍以泗州为祖籍。我父亲早年是在淮安度过的,后来被送往日本留学。晚清时期,许多具有开明的改革思想的官员,都喜欢把自己的儿子送往国外留学。我祖父的八个儿子都是留学生,他们分别在英、法、美、日等国学习。我听说，我父亲虽然在日本待了几年，但没有认真读多少书，倒是和日本艺妓一起消磨了大部分时光。我记得，在我年龄还很幼小时，母亲曾把父亲在日本时为一位艺妓写的一些旧体情诗拿给我看。父亲死后，她把这些情诗保留了很多年，但是我想她最终还是把它销毁了。我父亲成了一名浪荡公子，回到中国后又抽上了鸦片烟。后来，他决心折断烟枪，彻底改变他的生活。祖父帮他谋得东北地区电信局的差使，后来他又当上了天津中国银行的行长。他变成一位机敏而精明的金融家，也许还是当时天津最杰出的资本家。他不幸在五十余岁时就因患伤寒症而过早地去世，给寡妻们留下一笔丰厚的财产。他可能是天津中国银行一位最富有的董事。我至今还记得我七八岁时的一件事：当时我父亲已去世数年，但我仍须以他的代表的身份出席董事会，许多年长的董事都是我父亲的老友和同僚，他们直夸我聪明、举止得体。

我对父亲只有些许模糊的印象，因为他去世时我只有五岁。我记得他的嗜好之一是在前面的庭院里玩飞镖。那些飞镖可不是英国人在酒馆里玩的那一种。它们是分量很重的钢镖，大约四五英寸长，头很尖，完全是一种杀伤性武器。他站在十至二十英尺开外，向画在一块木板上的靶子投掷。他身手不凡，常能投中靶心。我想这是古代一种对付盗贼或其他坏人的防身武器。他的另一项嗜好是唱京戏，然而他最喜爱的一项嗜好还得数在秋天斗蟋蟀。中国蟋蟀是一种样子像蚱蜢的昆虫。它有结实的颚头和前腿，性喜争斗、搏杀。中国人每到秋天总喜欢喂养、训练蟋蟀，让它们打斗，以决胜负。这项消遣活动始于宋朝末期，一直延续到明清时代。我父亲每年秋天总要购买好几百只这种能作战的昆虫，给其中一些最好的起了些生动、响亮的名字，譬如"金颚王子"、"无敌霸王"之类。他会训练它们学会作战。我记得父亲去世以后，我家的花园里还扔着几百只做工精巧的盛蟋蟀的陶罐。尽管父亲在后半生里已不再抽鸦片，但他仍抽雪茄和香烟。他抽的烟全都是外国货，香烟通常是英国的，雪茄通常是荷兰的。他还爱喝法国科涅克地方产的白兰地酒和其他洋酒。有一次，我从酒柜里取出一瓶他的法国白兰地，往放在前边花园里的一只陶质金鱼缸里倒了大半瓶。金鱼都喝醉了，它们摇摇晃晃地像是在跳舞，一直跳到死，身子浮出水面。我在一旁看得津津有味。那是发生在父亲去世以后很久的事，既然家里人谁也不会去动酒柜里的酒，于是我的恶作剧始终未被发现。

父亲给两位寡妻留下巨额财产，钱都存在银行里，再加上天津的几处地产。我的大母亲和我的生母对银行事务都一无所知，他去世后，家里仍维持着很高的生活标准。家产的大部分就这样挥霍掉了。后来，两个叔叔哄骗我们拿出大额财产来给他们做投机生意，结果都血本无归。家里的仆人们也都大肆偷盗。日本占领北京和天津以后，我家的银行存款都被兑换成日本傀儡政府发行的伪币。日本一投降，这些钱就成为一堆废纸，到了1949年解放时，我家的银行存款实际上都已化为乌有。天津的地产也卖掉了，我家的财产全部丧失了。我的生母只留下少量现金和一些首饰。

当1940年我决心返回中国时，华北地区仍旧在日本人手里，所以我就没有回到天津，而去了内地的重庆。我的生母也离开天津来到重庆与我会合。于是我本人并未亲眼目睹天津老家最后破产的景象。大母亲一直留在天津。中国共产党人解放天津以前，她就因患癌症而病逝。我的生母实际上在日本投降以后就回到天津，去帮助大母亲处理家事，把留下的一些财物卖掉，把大部分男女仆役遣散。当时我在南方的南京，并未回华北。解放以后，我于1952年去北京途中又重访了天津。那时，大母亲早已去世。50年代初，我在北京定居，我的生母和妹妹最终离开天津，到北京来和我住在同一座城市里。

在这一切变化发生以前，我老家的人们一直住在天津日本租界里一座巨大而样子很难看的宅邸里。当时天津的广大地区都由外国列强分治，包括：日本租界、法国租界、英国租界和德国租界。第一次世界大战以后，德国租界取消，并入了英租界。这些外国租界比中国地界治理得要好些，看上去更有现代气息。事实上这些地区是外国在中国占有的殖民地，里面住着各界洋人，主要是外国商人。天津许多富裕的中国家庭也宁愿住在这些外国租界里。我家的住宅位于花园街。附近有几家日本商店和一座日本神社。我家事实上拥有好几个庭院，广大的住宅外面圈起围墙。一进大门就是前院，里面有仆人们居住的房间。右边是客厅，是男主人接待宾客和来访者的地方。再往右走就到了内院，那里有座两层高的主楼，两位女主人和其他眷属就住在里面。内院前部是一座大小适中的花园，有两棵栽在花盆里的大石榴树，通向居室的内门前放着两只大鱼缸，活鱼在里面游来游去。另外还摆着若干盆其他花木。小时候我喜欢独自在那里玩耍。我常在那里看蚂蚁打架，或是捕捉蜻蜓。后来我又在那里玩气枪。家眷们居住的那座主楼背后，还有一个小小的后院，左边是女仆们居住的地方，那里有一扇门，通向右方并通向外边的小巷。前客厅也是一座两层高的建筑。它的右方是一间内室。家庭塾师总是被安置在那里居住。

杨宪益祖父像。

客厅里放置着老式的硬木家具,还有几只祭祀用的铜质器皿,墙上挂着几幅字画。客厅里没有楼梯。楼上的房间和位于右方的家庭主要生活区之间有一道木楼梯相连。我第二个异母姐姐在患上结核病以后就住在楼上。她的母亲担心她的病会传染,于是让她独自居住在那里,直到她死去。在她生病期间,只有一名女仆照顾她。家里不许我常去探视她,不过她倒是真的非常爱我。她总是那么孤独、忧伤,但她从不抱怨。她一直被单独隔离起来。

前院和客厅后边还有一个院子。那是我祖父的妾以及她的家人们居住的地方。祖父退休以后就来到天津,和他的长子,即我的父亲,居住在一起,直到去世。我的祖母死得早,祖父的妾比他年轻许多。她居住在我家中一所单独的院子里,直至30年代初她去世的时候。我的两位母亲都和她相处得不好,所以我们很少去探视她和她的家人。她有一个儿子,只比我大几岁,我们称他"小叔叔",但那个男孩是个十足的小霸王,我总是尽量躲着他。后来他去了香港,我听说他成了一位自由摄影家兼电影制作人。不过我家再也没有与他发生任何联系。

1931年,日本军队占领了东北三省并进犯天津,我家决定卖掉这所旧宅。大家都觉得日本租界不安全,于是我家迁入了法租界,后来又迁入了英租界。最后,我家的旧宅被分成三部分,分别卖给三个不同的家庭。我于1934年离开天津时,家里住在法租界。1937年中日战争爆发,日本军队占领了整个华北并设立了一个傀儡政府,我家就又迁入英租界。当时我在英国。

第二章

读书和入学

学校里的大部分课程我都喜欢。我的英国文学和中国文学成绩远比其他学生好，数、理、化、史、地我也都爱学。我喜欢证明平面几何的一些定理，最后加上 Q. E. D（证明完毕）字样，因为这是训练逻辑推理的好办法。

我小时候从没进过幼儿园或小学。由于我是家里惟一的儿子，我的大母亲在我十二岁之前不许我出门去上学，她怕我会遭到绑架，或遇到什么可怕的意外。于是我只得在家里跟着一位家庭塾师学习。我六七岁时本来有两位塾师，但他们都不能令人满意。后来家里总算请到一位优秀学者当我的老师，这位穷绅士姓魏，一生都很不幸。义和团开始起义时，他刚通过县一级的考试。有些外国人遭到杀害，于是八个强国派军队攻打天津和北京。他的家毁于战火，他的妻儿都死于非命，只剩下他孤身一人。所以他只得到天津来，依靠在几家富室教书以维持生活。他是我的一个叔叔介绍来的，在我家待了数年，教孩子们学习中国古代经典，后来他因年老多病离开我家，回乡去和侄儿们一起生活。两年后他去世了，享年七十有零。我很喜欢这位老教师。他的举止始终严肃、庄重，对我非常和蔼。他认为我是他教过的学生中最优秀的一个，企盼我有远大的前程。他先教我读儒家经典，接着又教我学习其他重要的古代作家的作品。他爱写旧体诗，于是就教我学习写诗。不久他发现我已能写得和他一样好了，他非常欣慰。他离开我家时给我留了几卷他自己写的诗作为纪念。可惜在以后的战争岁月里我把这些手稿丢失了，因此这些诗始终也没有拿出去发表。

我十一二岁时还读过许多古代笔记小说以及数量可观的明清通俗传奇和长篇小说。在那个时代，有些书商专门把书送到几个富有的家庭，把消遣读物卖给那家的女主人和年轻成员，供他们夜间阅读，我总是购买许多本这类书籍，包括早期的侦探小说以及色情文学。中国在20年代初早已有了一场文学改良运动。1919年发生了著名的五四运动，童年时代的杨宪益。

它的性质就是反对外国帝国主义和封建主义,提倡科学和民主。当时天津出现了许多家新式的书店,出售诸如胡适、周作人和鲁迅这样的新作家们的作品。我常乘坐家里的包车,由家里一名年轻仆人陪着,到那些书店去买书。我怀着无法餍足的兴趣阅读这些书籍。但由于我的封建家庭背景以及我接受的古典教育,我十二三岁时对中国文化的观点还相当保守。尽管我贪婪地阅读中国现代文学作品,但我对文学改良以及用白话文取代文言文还抱着将信将疑的态度。我记得在上学的第一年,我在作文课上还写了一篇文章攻击胡适的文学改良刍议,断言文言文比白话文优越得多。当然,后来我逐渐改变了看法,但我仍然喜爱中国的古典语文,并且对中国现代白话诗的功效持怀疑态度。然而,周作人和鲁迅的作品是个例外。我非常喜爱这些作家的作品,这是因为它们的思想内容以及简洁、明晰的语言——尽管它们是用白话文写成的。

20世纪初,中国站在十字路口:是走封建主义回头路呢,还是向前进,接受外国帝国主义列强带来的西方现代意识,走向改良或革命?

我的家是个典型的半封建、半殖民地性质的家庭。我的先辈们都是清朝官员。我的祖父和三位叔祖都通过殿试当上了翰林，都曾出任高级地方官。所以他们是典型的封建文人和官僚。在另一方面，我的父亲和几个叔叔都是留学生，都对西方国家（尤其是英、法、德、美）钦慕不已。我是在这样的家庭背景下成长的，首先接受的是中国儒家教育，我十二三岁时，我的生母终于说服了我的大母亲，允许将我送进一所新式中学去继续深造。她们给我选择了一所法租界内的英国教会学校，校名叫天津新学书院（TACC），它离我家很近。

我先上了一年预科，然后是六年正规教育，加起来一共七年。我所以要上一年预科是因为那所学校里的某些课程，例如：英国文学、物理、化学、世界历史、地理和数学都是由英国传教士当老师，采用英国课本，用英语讲授的。家里怕我学起来有困难，实际上，当时我的英语和数学知识已绰绰有余，我的中文程度早已超过了要求。因此，我在学校里没费多大工夫总能得最高分，可以有充裕的时间用于阅读课外书籍。我的两个妹妹和一个异母妹妹也都进了外国教会学校。那是一所美国教会学校，校名叫中西女学。在那里当教师的教会人士坚持要给学生们各起一个外国教名，于是她们就成了艾米、露西和薇拉。我不肯取外国名字。我那位年长的教会老师说，如果我想到英国去求学，那我就非取个英国名字不可，我回答说："要是那样，我就按照'背教者朱利安'①的名字，叫做朱利安吧。"事实上，我的老师恐怕并不清楚我所说的朱利安是谁，所以他并没有发怒。我偶然知道这个名字是因为我读过一部东欧作家的长篇小说的英译本，其中说起过他。它可能是波兰作家显克微支描写罗马皇帝尼禄和他的时代的长篇小说《你往何处去》，当时这部作品名气很大，并且早已出了中译本。后来

---

① 朱利安（公元 331–363）：罗马皇帝君士坦丁的侄儿，政治家兼军事家，公元 361 年立为罗马皇帝。在位期间，他反对基督教，大力恢复罗马传统的多神教，史称"背教者朱利安"（Julian, the Apostate）。

我到了英国才发现,实际上并没有必须取个教名的规定。于是我仍以"杨宪益"的名字注册(当时拼作Yang Hsien-yi,现在拼作Yang Xianyi)。当时警察局官员误以为我名字的后一音节是我的姓,于是他称呼我"益先生"。

我进学校以后,教我中国古代经典的那位老塾师继续在我家住了几年,可是他已不再向我传授日课。家人觉得我还应该另外请一位教师,在家里教我英语和数学,这将有助于我在学校里取得好成绩。他们找到了一位女教师池太太,她的丈夫是留学日本的医生。当时她三十多岁,只比我大十二三岁。她英语说得流利,还能看法文书。她热爱法国浪漫主义文学。她也取了个教名,叫莎拉。她由于婚后生活不幸福,颇感寂寞,才决定走出家门,来当家庭教师。我的生母和她一直相处得很愉快,直到她发现我与那位女教师过于亲近,女教师也对我动了痴情。我想,母亲是担心会发生家庭丑闻。这也许是她决定送我出国留学的原因之一。我到了英国以后,池太太给我写过几封充满感情的长信,向我倾吐她生活的不幸。但我没有回信。后来我听说她吞食过量的安眠药自杀了。

我上的那所中学——天津新学书院——离我家不远。它是由伦敦一个属于公理会教派的传教士团体创办的。我未来的岳父J.B.泰勒(中文译名戴乐仁)曾经在那里教过书,但在我入学的时候,他已转到在北京的燕京大学去任教了。当时我和他并不相识。因为是教会学校,每天上午十点,

中学时期的杨宪益与母亲和妹妹杨敏如在一起。

我们都得出席一个基督教的礼拜式，时间是半小时。我们用英语唱宗教歌曲、念《圣经》。但是真正成为基督教徒的学生为数很少。我们去那里上学是因为它是一所好学校，有优秀的中国和英国教员。学校的英国教员当然都是些有英国大学学位的热忱的传教士。从某种意义上说，我对每天上午念几段《圣经》倒是颇为欣赏。通常让我们读的是《新约》，但我更爱读《旧约》，因为其中关于乱伦和谋杀的故事都很有趣，还有很好的《诗篇》。教员布道时，我就读以赛亚[①]或希西家[②]，或是读《雅歌》。我还喜欢大声唱赞美诗，这可以增加肺活量。我虽然没有成为基督教徒，但我的这番经历使我学到了某些西方文化和文学的知识，对我大有裨益。

学校里的大部分课程我都喜欢。我的英国文学和中国文学成绩远比其他学生好，数、理、化、史、地我也都爱学。我喜欢证明平面几何的一些定理，最后加上 Q.E.D（证明完毕）字样，因为这是训练逻辑推理的好办法。我也喜欢在化学课上做实验，把硫酸和磷酸钾之类掺在一起。我十五六岁以前很喜欢物理，想成为一位发明家。我试着制作一台永动机，让某种金属球不停地旋转。这当然违反了摩擦力的简单原理。我白白浪费了许多时间以后，终于放弃了这一尝试。那时我已经上了高中，我对物理学的兴趣逐渐消退，我的兴趣又回到英国文学、中国文学和古代史上来了。

我在英语课本里早就学到了罗斯金、哥尔斯密、艾迪生、斯威夫特和其他作家的一些散文，以及沃特·司各特、华兹华斯、格雷、雪莱、拜伦和济慈的一些诗。但是我对西方文学的知识大多来自阅读课外书。那时法租界里有一家专卖外国书的书店。它叫"秀鹤书店"，是一个名叫林秀鹤的人开的。他像是在香港学的生意，人很聪明，思想也新，

---

[①] [②] 以赛亚（Isaiah）和希西家（Hezekiah）都是《圣经·旧约》中的人名。前者见《以赛亚书》，后者见《列王纪》。

懂得如何从国外订购书籍。我每隔一天就要到那家书店去浏览一番他的书，买上几本，或是查阅各种订书目录，通过他来订书。向国外订购书籍到货迅速，不到两个月就来了，我可以用中国货币付款。最初我感兴趣的是儿童读物和青少年书籍，例如：格林兄弟、安徒生、王尔德的童话故事，刘易斯·卡罗尔的《爱丽丝漫游奇境记》和《镜中世界》，巴利的《彼得·潘》、斯蒂文生的《金银岛》、儒勒·凡尔纳的《海底两万里》之类。我觉得莱德·哈葛德的冒险小说趣味无穷。后来我又读了大仲马的许多历史传奇，如达达尼昂系列（从《三个火枪手》到《铁面人》直至《波赫多斯的儿子》）。到了上高中时，我已能迅速阅读英文书籍了，我读了许多英语文学或译成英语的西方文学作品。当时许多欧美文学作品已经被译成中文。我发现，要开列一份当时我阅读过的作品的书目几乎是不可能的事。通常我每天读一至两部，因此最著名的欧美小说家和诗人的作品我几乎已经读遍了。同时我对希腊古典文学产生了深深的喜爱之情，我读的是英译本，我在天津找不到能教我古希腊文的老师，所以我想出国去学习。这是促使我出国到牛津大学攻读古典文学课程的因素之一。

　　当时我对政治也开始产生了兴趣，并满怀热烈的爱国之情。我读了意大利改革家兼革命家朱赛贝·马志尼的《人的责任》一书的英译本，立志以他为我的楷模。我到了伦敦以后，买来他全部著作的英译本，如饥似渴地阅读。我是在契林十字街一家旧书店里找到它们的。第二次世界大战前的日子里，你能在契林十字街和托特纳姆院路之间的那些旧书店里找到各色英文本的稀见书。不过我的叙述有点儿超前了，我还是多讲讲我的早年生活以及我是怎样终于前往英国的吧。

第三章

在学校

我参加了考试，主考官们说我的智商和英语成绩好极了，不必上大学一年级，可以直接上二年级。然而我还想参加清华和北大的入学考试，这时候发生了一件事，它使我的整个计划都改变了，我没有进中国的大学而是去了英国。

20年代末、30年代初的中国青年学生对外国压迫怀有强烈反抗的激情。早在1923年就发生过一场抵制日货运动,因为年轻的中华民国刚刚建立,统治中国的袁世凯就和日本订立秘密协定,让日本在中国享有各种利益和特权。当公众得知这项秘密协定的内容后,群情哗然,条约被迫废止。1925年又发生了由学生和工人组织的另一场抵制日货运动。那年的5月30日,英租界的警察向人群开枪,杀死了一些学生和工人。这个事件被称为"五卅惨案",从此以后每年的这一天,中国的学生和平民都会举行活动纪念这个国耻日。我上初中时和其他同学一起组织罢课,拒绝去听英国教员讲课。这样的活动我们至少举行过两次。学校瘫痪了,我们的英国校长哈特博士为此大发雷霆。校方威胁说,凡是卷入这场运动的学生统统开除,但是这场学潮的领头人是我,考虑到我家是天津著名的富室望族,不能拿我出来示众,于是事情的结果是不了了之。无论如何,这下子使我在同学中建立了威信。

1931年日本驻扎在东北各省的军队向当地中国守军发起攻击,并开始占领那一地区。后来又在长春建立了一个称为"满洲国"的傀儡国家,日本把早已废黜的清朝的末代皇帝拿来当这个傀儡国的傀儡元首。东北四省爱国的中国军队组织起来,反抗日本武装力量的进一步侵略行动,但是蒋介石领导下的中央政府当时正忙于在中国的中部和南部与共产党军队作战,实在腾不出手来支援东北的爱国军事力量。整个中国,尤其是华北,掀起了反抗日本侵略的怒潮。我和班上几十位同学每天早晨上课前开始在校园内进行军事训练,我们自己出钱请来一名退休军官当我们的教练。我们在校内操场上练军操,坚持了一冬，足有两三个月之久。当然，这一切都是徒劳，我们的队伍逐渐缩小，最后大家都不练了。我是坚持到最后的一个。我有早去学校的习惯，课前半个多小时我就到学校了，所以家里人并不知道军训的事，也可能他们知道，但是并没有出来阻止我带有傻气的行为。不过，我和同学、老师们倒是真的给北方的游击队捐过款。

第二年，即1932年，日本开始在上海制造麻烦，他们袭击当地的中国守军——十九路军。中国军队与日本侵略军在上海进行苦战，战争持续了两个多月。我们每天都迫不及待地阅读报纸上关于战况的报道，每当出现中国军队在战斗中没有吃亏的消息时，我们就会向周围的朋友和邻居们传播好消息，并大声欢呼。全中国人民把捐款送到上海前线，支援我们的爱国士兵。中央政府又一次对抗战行动无所作为。最后十九路军被迫从上海撤退。然而日本当时对侵占长江流域还准备不足。他们仍需要巩固已占领的中国东北地区。于是他们签订了停战协定并暂时从上海撤离。当时我正在上高中一年级。这一时期中国人民的爱国热情空前高涨，在天津，中国警备力量与日本浪人之间不时出现偶发的冲突。家里出于安全考虑，决定迁出日本租界，搬到法国租界去住。

除了那些年少气盛、头脑发热的爱国活动以外，当时我的主要兴趣还在于阅读和写诗。我读了更多的旧体诗，从上古一直到现代。晚清时期具有爱国内容的诗歌，例如黄遵宪、康有为、梁启超等人的作品给我留下了深刻的印象，我模仿他们的风格来写诗。我还记得写过一首咏物诗，写的是我买的一尊意大利石狮像。我在诗里说到意大利共和国的建立以及朱赛贝·马志尼，将意大利和中国对比。后来我把这首诗丢失了。我写另一首咏雪诗是受了雪莱《云雀颂》的感发。我在诗中将纷纷飘落的雪片比作诗，比作音乐，比作战士和为革命殉难的烈士。我在诗的末尾几行表达了自己决心有朝一日为革命献身、要把世上的污秽清除干净的愿望。这仅是一个十几岁的男孩充满稚气的幻想——当时我只有十七岁——但它显示了我早年爱国的和革命的感情是何等炽热，它或许还预示了我日后将走的道路。这首诗我现在还有。那是几年前我的一位同班同学寄还给我的，他是我往日的诗友之一。当时他把这首诗抄录了一份，经过漫漫岁月，这首诗又回到了我手中。

当时我还读过许多西方诗歌。我最初感兴趣的是美国诗人朗费罗和英国诗人丁尼生的作品，因为这是年轻的中国学生最先读到和能读懂的诗，接着我阅读拜伦、雪莱和浪漫主义时代的其他作品。中学时代临近结束时，我的兴趣主要放在一些法国诗人身上，例如：波德莱尔、瓦雷里、兰波、戈蒂埃和马拉美。出于某种原因，许多年轻的中国知识分子似乎对那一时期的法国文学情有独钟。我知道有好几个朋友的情况都是这样的。我记得那一时期我喜爱的一部长篇小说是戈蒂埃的《莫班小姐》，它实在算不上是什么伟大的文学作品。我不但读，还试着把我喜爱的一些诗歌翻译成中文旧体诗。我记得我最初的翻译尝试之一是朗费罗的一些诗，接着是莎士比亚戏剧中的诗，例如《暴风雨》中的一首歌，随后又翻译了古希腊女诗人萨福的一些断章。当时我不懂古希腊文，萨福的诗当然是根据英译本转译的。我对文学翻译感兴趣是从那一时期就开始的。我忘记说了，我当时用中文旧体诗形式翻译的作品还有弥尔顿的《欢乐颂》和《沉思颂》。

我记得1933年我十八岁时的一个有趣的插曲。我们的学校新来了一位中国校长。以前的校长是英国人，他就是年长的老师、传教士哈特博士。但是，中国地方当局那个时候决定这所学校应该属于中国，由中国人担任校长。于是学校决定聘请黄佐临先生当新校长。黄先生曾在曼彻斯特大学攻读戏剧，不久前刚从英国归来。他在我们学校仅仅工作了一年多一点。他旋即返回英国，在剑桥大学研究西方戏剧，学成归国后当大学教授，后来成为戏剧权威。他是中国最优秀的戏剧导演之一。他现在八十多岁了，仍健在。他是一位道德高尚的、非常好的人。我和他很熟，对他非常敬仰。在他担任我们学校校长的那一年里，我和他发生了一次面对面的冲突。我领导了一次纪念国耻日的罢课活动。他作为新任命的校长出面干预，让我们停止罢课，否则将承担后果。我没有听他的。当然，后来我们这些学生知道了他是个好人，就把这场风潮平息了。他在天津的那一年里，用英文创作了一部以战国时代为背景的历史剧，讲的是吴国国王迷恋美女西施，结果导致亡国。这部戏剧在某个实验剧场演出过两三场，观众人数很有限。扮演男女角色的都是没有舞台经验的业余演员。他们是从各个学校选来的能讲英语的年轻人，扮演女主角西施的那位姑娘名叫张美如，是我的同班同学李亚福的未婚妻。我演的是一名在吴王自杀前命令他投降的士兵。这是我第一次、也是惟一一次正式登上舞台演戏。我还记得，我的台词只有一行，显然是一个非常次要的角色。我扮演的那名士兵手持宝剑冲上舞台，他以严厉的口气用英语说："放下你的剑，大王。流血是不必要的。"国王以惊恐的目光盯住我看，心里明白他已经没有指望了，于是就伏剑自尽。后来我上牛津大学读书，到剑桥大学去探望黄佐临时，还向他提起过这一有趣的插曲，引起我俩好一阵大笑。

1934年我毕业了，准备进中国的大学。当时中国有好几所好大学。在北京的最有名的大学有清华大学、北京大学和燕京大学。我想上清华或北大，不过燕京大学的入学考试是提前举行的，燕京是美国教会大学，与我校有特殊的关系。我校的优秀毕业生如想进燕京，只需考英语、数学两门，再加上一次智商测试就行了。我参加了考试，主考官们说我的智商和英语成绩好极了，不必上大学一年级，可以直接上二年级。然而我还想参加清华和北大的入学考试，这时候发生了一件事，它使我的整个计划都改变了，我没有进中国的大学而是去了英国。

# 第四章

出 国

杨宪益自传

那时候的我，非常任性，我是家里的小主人，决不受任何人的欺负。也许这和中国人民的感情有关，中国人总觉得所有西方帝国主义都想来欺负我们，当时的我，心中正充满这种情绪。

在我当时的计划里，几乎没有包括出国留学这一项。不过我校有一位年长的英国教员名叫C.H.B.朗曼，他教物理和其他课程，他的妻子教英国文学。他们夫妇俩都非常喜欢我，把我当做得意门生。朗曼先生那一年要休假回英国。他计划绕道而行，越过太平洋去看一看美国，从西岸登陆穿过北美大陆，到达东海岸，然后搭乘另一艘船越过大西洋，最终到达伦敦。他提出要带我去伦敦，在那里替我找一位私人教师教我古希腊文和拉丁文，以便我日后进英国大学学习。我的同学李亚福也想跟我去英国学习，所以我此行始终会有可靠的同伴。我母亲认为这是个好主意。我家有的是钱。那时的汇率对中国很有利：国币四元就可以兑换一英镑。在那以后，兑换一英镑就要国币八元以上了。在经济上我一点都不必担心。我家可以毫不费力地支付我在英国留学数年所需的费用。30年代初，坐飞机出国不说是不可能的，也是极为罕见的，大多数人出国都乘轮船。我记得当时穿越印度洋的最快的船只是两艘意大利班轮，一艘叫凡尔德伯爵号，另一艘叫罗索伯爵号，但我们订的是一艘加拿大班轮的票。那是女皇轮船公司的一艘船，叫日本女皇号还是俄国女皇号，我已经记不清了。该船从上海出发到达温哥华大约需要一个月，比意大利班轮要慢几天。反正我们不急，我们正好顺路看看日本和夏威夷。那年夏天，我们办好了护照，买好了船票，先坐火车到南京、上海，再在上海等船。一路上，我的母亲和英文教师池太太一直陪伴着我。此外还有我家的老仆人潘福，从某种意义上说，他是我们的管家。他照料女主人和小主人，满足他们的生活所需。我的同学李亚福和未婚妻张美如同行。张美如要到美国去住在叔叔家里,她叔叔是中国驻美领事。乘火车的旅程一路顺利。我们受到很好的照料,但这是我第一次离开天津,所见的一切都令我感到新奇和兴奋。小时候,我的妹妹们倒是跟随叔叔到北戴河海滨去过一两次,但家里从不许我离开天津,担心会碰到意外或遭到绑票,因为我是家里惟一的男性后裔。我们先到达南京,由几名家里原来的仆人和几名亲戚迎候,我们在南京住了两天,接着继续坐火车到上海。我记得到达上海时天气炎热。幸亏我们住的是一家最高级的饭店,有空调设备,因此舒服得很。当时在中国北方,空调还是稀罕物儿,我觉得很新鲜。

我在船上与朗曼先生、朗曼太太以及同学李亚福和他的未婚妻张美如会合。那艘加拿大班轮启航了,第一站是日本神户,然后是横滨和东京。每到一地,我们都登岸对那些城市观光一番。我们和日本人之间怀有敌意,但当时中日两国还没有开战,我们在街上闲逛倒也没有遭到不测。那时东京的市容又拥挤又破烂,分明带着上一次地震留下的痕迹。神户和横滨倒呈现出较为繁荣的景象,我们发现几处非常美丽的景点,那里松树繁茂、山石嶙峋。离开日本后,我们的轮船驶向夏威夷。檀香山只有一条长而美丽的林荫大道,那里有美国商店和各种现代化的便利设施。在这条主要的林荫大道背后,是破烂不堪的土著人居住区。我们参观了一个精美的水族馆,欣赏那里近乎热带的情调。夏威夷居民对我们这些旅游者非常热情,他们给我们身上戴满了一个又一个花环,还给了我们许多价钱便宜而极为美味的新鲜菠萝蜜。我们往船上带了许多菠萝蜜,足足享用了好几天。

游完了夏威夷,我们离美国西海岸就不远了。这时,我们这一行人中发生了一场争执。老传教士朗曼先生认为,既然他是我们此行的领队,那他对我们的道德方面和肉体方面就都负有指导责任。他本人以前从来没有去过美国,对美国怀有很深的偏见,认为美国是个道德沦丧的地方。我同学李亚福的未婚妻张美如有个叔叔是中国驻美领事,张美如说，她叔叔要带我们到美国的赌场、歌厅等娱乐场所去观光。朗曼先生反对这个安排。他说，他是我们此行的领队，在到达英国之前，他决不允许我们做出任何不负责任的行为。如果张美如想去，她可以跟她叔叔去，但是我和李亚福必须始终和他待在一起，以免我们受到美国匪徒和娼妓的危害。我们和他反复争执，但他固执得很，对张美如说话生硬，把她气哭了。李亚福什么话都没有说，但我却发了脾气，我公开称他是个专制暴君，还说从此以后再也不听他的话了。我们彼此怒气冲冲地走开。脾气温柔的朗曼太太虽想挽回这一局面，但她无能为力。这场争执直到我们抵达美国时还没有平息。我对朗曼夫妇始终采取爱答不理的态度。到达英国后，朗曼先生给我们找好了旅馆，替我请到了一位私人教师，我们就分手了，但我仍对他心怀怨恨。我在英国期间从来没有去拜

杨宪益赴英国读书时和朋友在旅途中合影。

访过他们，也没有写过一封信对自己的行为表示歉意。我准是深深地伤害了这对老夫妇，因为他俩真的很喜欢我。那时候的我，非常任性，我是家里的小主人，决不受任何人的欺负。也许这和中国人民的感情有关，中国人总觉得所有西方帝国主义都想来欺负我们，当时的我，心中正充满这种情绪。今天想来，我对年长的朗曼先生实在太不公平了，如今我怀着歉疚的心情来回忆这一往事。

我们到达温哥华，从那里直接前往西雅图，这就离开加拿大进入美国领土了，因为西雅图紧挨着温哥华。我们在西雅图受到张美如叔叔的接待，在那里住了两天。张美如的叔叔带我们观光，那里一切开阔的空间和林地都使我们心旷神怡。西雅图是一座美丽的城市，而且气候宜人。除了在一家很小的所谓中国餐厅吃了些所谓的中国饭菜，我记不得在那里还干过什么了。离开西雅图，我们又去游览了黄石公园和落基山。这一切旅行活动都是朗曼先生事先在天津就精心安排好的。我们住在专门为大学生和旅游者设置的小屋或旅舍里，现在这种房子大概称作招待所了吧。我们参观温泉和其他风景点。我特别喜欢独自在大峡谷漫步，一切壮观的景色尽收眼底。在黄石公园逗留三四天以后，我们东行去芝加哥，那一年的世界博览会正在那里举行。朗曼先生以前从未到过美国，他认为芝加哥是一个盗匪横行的城市，我想这准是他在天津看好莱坞电影得来的印象。要不是他想参观世界博览会，这个城市他连看都不想看。我们看世界博览会差不多花了一星期时间，我们参观了由东欧国家和伊斯兰国家布置的展示厅，品尝了具有特殊风味的希腊食品和西班牙食品。我们感到似乎在周游全世界。

给我印象最深的是有一个晚上我在露天剧场聆听了著名的意大利指挥家托斯卡尼尼指挥演奏贝多芬的一部交响曲，是第四还是第五，如今我已记不真切了。这是我平生第一次现场聆听西方交响乐团的演奏。我后来在伦敦听过很多次音乐会，但那次是第一次。当然，我在天津早就受过一些音乐教育，可是当时我只能欣赏一些音乐小品，例如：

贝多芬的《小步舞曲》、舒伯特的《圣母颂》、舒曼的《梦幻曲》、德彪西的《牧神的午后》、拉威尔的《波莱罗》之类。我是靠听留声机唱片学会欣赏这些作品的。我记得 1932 或 1933 年曾有一个意大利歌剧团访问过天津。他们演出过几场，我统统都看了，一场都没落。他们的演出剧目包括《弄臣》、《艺术家的生涯》、《蝴蝶夫人》等等。从那时起，我就培养了自己对意大利歌剧的品味，但我始终对普契尼情有独钟，认为他优于威尔第等人。我特别喜爱一首意大利小夜曲，那就是托赛里的《小夜曲》，开头的歌词是："幸福的回忆像梦一样回绕在我心里……"当然，我想它并不是一首歌剧选曲。关于我早年的西方音乐教育就不再说下去了。我说着说着就跑题了，还是回过头来接着说我们在美国的旅行吧。

第五章

美国见闻

在我们的行程即将结束时，我忽然有了自信，便一边下棋，一边和那个英国人聊起天来。从此以后，我讲英语似乎已轻松自如，再也不会张口结舌了。

我们从芝加哥的世界博览会又跑到尼亚加拉瀑布。参观大瀑布当然完全是朗曼先生的主意。瀑布虽然壮观，但留给我的印象却并不特别深。那次游览中使我铭记在心的印象是，我看见许多美国印第安人在兜售旅游纪念品或在一边漫无目的地游荡。一眼望去就看得出这些人属于贫困阶层，显出一副痛苦、不幸的样子。在天津时我看见过许多穷人，许多人过着比这些人更加贫困不幸的日子。由于印第安人的体型、外貌尤其是肤色与白人不同，这触发我产生这样的想法：他们是二等公民。尽管美国鼓吹她的民主制度美妙无比，但我感觉到这里仍然存在着社会地位的不平等以及对少数民族人民的不公正。这一想法不是我后来才有的。当时我就对此感慨颇深，后来我们在纽约拜访美国作家亚历山大·沃尔考特（Alexander Woollcott），发现他雇有一名黑人仆人时，又引起了我同样的感情。我在天津虽然有很多仆人，但我始终待他们很亲切，而且他们都是像我一样的中国人。因此我从未产生过像这样的感触。我说这话并不是想批判美国的社会制度。我只是在记录一个十九岁的中国男孩的印象。也许当时的我过于理想主义，心里先有了一个美国民主制度的理想模式，总觉得它应该更为完美。因此当我看到被我理想化了的美国存在着社会不公正现象时，就会震惊起来。

离开尼亚加拉瀑布，我们继续旅行，奔向此次美国之行的最后一站——纽约。那里的摩天大楼给我的印象极深。我觉得它们比尼亚加拉瀑布更具魅力。它们并不美丽，看似丑陋却威风凛凛，像是个梦魇。这里的一切都光华灿烂，都具现代色彩，与我们那尘封的、陈旧的华北迥然不同。最高的几座摩天大楼,像帝国大厦呀,克莱斯勒大厦呀、时代广场等等我们都参观到了。我们先是在一家小饭店落脚,接着就搬进了河滨大道上的国际旅社,那是一座接待外国学生的大旅社,流动餐室里供应自助餐,价钱很便宜。周围环境很幽静,这里离城里人口密集的繁华地区很远。张美如的叔叔带李亚福和我到一些游乐场所去观光。朗曼先生显出一副冷冰冰的、疏远的样子,但并没有出来阻止。他决不跟我们到那些"堕落"的场所去。张美如的叔叔还带我们去拜访他的朋友、著名作家亚历山大·沃尔考特。这位作家新近出了一本散文集叫《当罗马燃烧时》,这本书十分畅销,受到好评。张美如送了我一本,可是我始终没有读它。我对美国文学不熟悉,当时我只读过马克·吐温的几篇小说和华盛顿·欧文的《见闻札记》、《阿尔罕伯拉》以及埃德加·爱伦·坡的一些作品。我们到了沃尔考特的家,受到一名身穿男仆制服的黑人的迎接,但是主人出门了,一时半会儿还回不来。所以我始终没有见到这位著名作家。

　　我记得,在河滨大道的国际旅社居住期间还有过一段有趣的插曲。从客房出发走不多远就是一个精美的公园。早晨时我常去那里散步,或站在树下观看几只小松鼠在草地上、树上窜来窜去。一天,我吃完早饭,正在公园里看松鼠时,来了一个衣衫褴褛的男人。他身量还不够中等,显出一副鬼鬼祟祟、惶惑不安的样子。他走过我身旁,回头望了望我,又转身走了回来。起初他有些犹豫,接着他突然走到我跟前,用拳击手的姿势向我举起双拳。由于他形迹可疑,我一直在盯着他看。当他举起双拳像是要袭击我时,我本能地也举起双拳来护住自己的脸。他突然咧开嘴笑了,那样子就像是我们两人已默默地打了招呼,达成了彼此的沟通。他放下双拳,对我说:"喂,老弟!你正是我想找的人。我对你提个建议,怎么样?"我回答说:"什么建议?"尽量装出一副好莱坞电影里美国强盗的样子来。他解释说,他"遇到麻烦了"。他是当晚将在纽约进行的一场拳击比赛的经纪人。那只是一场次轻量级比赛，由一名黑人选手迎战一名白人。不幸的是，今天早上那个黑人发烧，今晚上不了场。他必须找一名替补。这是一场预先设定结果的比赛：让那名白人选手打败黑人选手，但是不会真正伤着他的。当他看到我举起双拳自卫时，他觉得自己已经找到"合适的人"，于是想向我提个"建议"：替那个黑人选手出场。他要把一场对付"黑鬼"的比赛改成对付"中国佬"的比赛，票房价值准错不了。他答应给我"两百美元"，我说谢谢，但断然拒绝了他。我告诉他说，我只是路过这里，我正前往英国学习，不想加入一场拳击比赛。他很失望，就走开了。在那个年代，两百美元也许是一笔大钱，但我是富人的儿子，根本没把它当回事儿。我总不能被打得鼻青脸肿去见我的领队朗曼先生吧。就这样，我错过了在美国参加一场拳击比赛的机会。

我们一行的"纽约十日游"结束了。李亚福和我必须跟随朗曼夫妇继续去英国的行程，撇下张美如和她的叔叔在一起。她将在美国继续她的学业。分手在即，张美如眼泪汪汪的，但表面上还装出很勇敢的样子。她一遍又一遍地嘱咐我们两个人都要常给她写信，别把她忘记。她还特别叮嘱我要提醒李亚福要不是每周给她写一封信的话，至少也要每月给写一封，她若有所思地说："不知我们三个人什么时候才能重新在一起？"对此，我用莎士比亚《麦克佩斯》中的一句话回答："何时三人再相逢？雷电轰轰雨濛濛。"我们三人都大笑起来。事实上，一别之后，我们三人再也没有重新聚首。到达英国后，李亚福起初倒是每月都给她写信，但不久就对打网球和追求歌女越来越感兴趣了。从此再也不给她写信了。李亚福没有通过剑桥大学的入学考试，直到两年以后方才如愿。1936或1937年，张美如去了智利的圣地亚哥，她叔叔被国民党政府任命为驻智利大使或公使。她精神沮丧，写信要我劝说李亚福到圣地亚哥去看她。李亚福到她那里去过一次，两人决定解除婚约。后来我听说她嫁给了一个美国人。李亚福没有取得学位，但决定在英国定居。我不知道他俩如今是否还健在。我在英国最后一次见到李亚福时,他的健康状况很糟。那已是八九年以前的事了。

我们在纽约换乘另一艘轮船越过大西洋到达南安普敦,然后又到达伦敦。旅程很长,一路上也没有什么可以记载的,我觉得沉闷、乏味。我只记得曾和一位英国老医生下过一两次棋。从太平洋到大西洋,在整个行程中,我很少和船上的外国旅客交谈。和陌生人用英语谈话,我仍觉得有点儿不好意思,可是这时候,在我们的行程即将结束时,我忽然有了自信,便一边下棋,一边和那个英国人聊起天来。从此以后,我讲英语似乎已轻松自如,再也不会张口结舌了。

横渡大西洋的旅程使我有机会匆匆记下对过去几周生活的回忆。我是用英文写的,那是一组散文,后来订成了薄薄的一册。当时我正在读 D.H.劳伦斯的两部旅行散文:《意大利的黄昏》和《大海和撒丁岛》。我非常欣赏这些散文,因此我在写自己的散文时,着意模仿他的散文风格。我给自己的散文集起了个拉丁文名字叫《陆与海》(Terra Marique)。那时我刚准备学习拉丁文,所学的第一本书是凯撒的《高卢战记》,书中反复出现 Terra Marique 这两个词,我记住了,觉得很适合做我的散文集的名字。现在看来觉得幼稚可笑,可是当时,我还为自己懂得一些拉丁文而沾沾自喜,迫切地想显示一下。我把这部手稿邮寄给妹妹敏如,但是最终还是没有保存下来。我不记得里面写了些什么。我妹妹后来告诉我说,看来我好像爱上了张美如。

## 第六章

## 伦 敦

保罗总觉得我的思想更加活跃，所以他说我是达达尼昂，他是波赫多斯，他们都是大仲马《三个火枪手》中的人名。可惜少了阿拉密和阿托斯。保罗是由罗马尼亚政府派到英国来的，他说自己是个保皇派，和某部的一位高级官员关系密切。但是我们俩从不详细谈论这些情况，当时我们对欧洲政治并不很感兴趣。

我对伦敦的第一印象是：这是一个令人沮丧的地方，这也许是因为我们到达时天快黑了的缘故。当时的伦敦污染还很严重，在我眼里，它已经很破旧了。火车都是老式的，也不很干净，整个城市似乎笼罩在浓雾、湿气和寒气之中。与光灿夺目的新世界对比，这的确让人失望。我们起先住在罗素广场的一家名叫王家饭店的老旅馆里。后来朗曼先生领我去见一位将要教我拉丁文和希腊文的私人教师。这位教师的名字我现在记不得了，他教我希腊文，他有一位同伴教我拉丁文。他俩都有一副失意的贫穷学者的模样。他俩靠教课是挣不了几个钱的，因为我没见过、也没听说他们还有别的学生。我的希腊文教师是一位牛津毕业生，所以他第一次和我见面就问我：

"你想不想进牛津或剑桥？那是两所最好的大学。"

"哪一所更好？"我问。

"啊，当然是牛津咯。不过它更难进。"他回答。

"那么我要进牛津。"

事情就这样决定了。李亚福是和另一位私人教师谈的话，所以我不知道那位教师对他说了些什么。后来他决心参加剑桥的入学考试。

我想到英国学习西方古典文献，学习希腊文和拉丁文，是因为当时我深深地被古希腊、拉丁文学的丰富遗产所吸引，我已经通过英译本读过荷马史诗、希腊悲剧、李维的《罗马史》、柏拉图的几篇对话，还有维吉尔和其他作品。前面说过了，在天津能教我这些课题的老师我一个都找不到。直到1934年春天，家里才替我找到一位年老的希腊商人，他答应每周教我一两小时希腊文。他只教了两个月，因为此人根本不懂古希腊文,只懂现代希腊文,所以我只记住了希腊字母、一点语法知识和一两段希腊文《新约圣经》。我靠自学一本拉丁文入门,学到了一点拉丁文语法。到伦敦以后,我发现自己基本上必须从头学起。我的私人教师非常认真,每天上午,我都要乘坐伦敦地下铁道车辆从旅馆赶到他的住所去上两三小时课。他还给我留下练习作业,我每天晚上晚饭前后要在宿舍花上两三个小时才能做得完,有时花的时间更长。他给我留的手写的作业有:将一些英语简单句译成古希腊文,还有将短短几段古希腊文译成英语。

我不记得我的教师的住址了,不过那里离我的住处很远,为上课来回奔走再加上做作业占去了我整天的时间。我几乎没有时间干别的事。有时我抽空上罗素广场、契林十字街和托特纳姆院路附近的旧书店去看看,买上几本。前面提到了,我们刚到伦敦时,住在罗素广场附近的一家小饭店,但等我开始学古希腊、拉丁文时,已经搬到附近一家外国留学生宿舍去了,一对英国夫妇是那里的业主。我每周一次付膳宿费,这比住饭店方便,但这里的收费可并不低。那对夫妇属于下层中产阶级,又贪婪又吝啬,为学生提供的伙食质量与饭店无法相比。我的希腊文教师是位优秀的、正直的牛津大学毕业生,但运气不佳,事业不顺遂。我记得他有一张红润的圆脸,总是穿一件已经磨损得露出织纹的粗花呢上衣。他不停地吸烟斗,这使他看上去不太清洁;他的指甲确实很脏。

我的中国同学李亚福搬到别处去住了,也许是张美如的叔叔介绍他去的。尽管我很不喜欢我住的宿舍,但却有一件事可以作为补偿。那里还住着另外两三个外国留学生,其中有一个男孩,我特别喜欢他,他对事物的见解也往往和我相同。他名叫保罗·佐塔(Paul Zotta),是位罗马尼亚留学生。那时候我对老同学李亚福感到厌倦,不愿老跟他在一起了。李亚福的爱好与我不同。他为网球和戏剧界里的事情简直入了迷,而我宁愿把时间用在读书上。保罗·佐塔也像我,也是一条蛀书虫，所以我俩有很多共同点。我们一起逛旧书店，买来一大堆，只要手头有的，什么书都读：柏拉图、亚里士多德、培根、叔本华、尼采、柏格森、巴克莱和西格蒙德·弗洛伊德；还有弗雷泽的《金枝》等一些人类学著作、希腊神话、宗教书籍以及古代历史、文学典籍。保罗·佐塔感兴趣的书籍大致与我相同，我俩常交换阅读，做完功课后一直读书至深夜。保罗总觉得我的思想更加活跃，所以他说我是达达尼昂，他是波赫多斯，他们都是大仲马《三个火枪手》中的人名。可惜少了阿拉密和阿托斯。保罗是由罗马尼亚政府派到英国来的，他说自己是个保皇派，和某部的一位高级官员关系密切。但是我们俩从不详细谈论这些情况，当时我们对欧洲政治并不很感兴趣。我俩在那家宿舍居留的将近一年时间里始终相处得很融洽。1935年春天，我通过了牛津的入学考试后就搬到位于伦敦西区迈达凡尔的另一家宿舍去住了。当时保罗好像是回罗马尼亚去了。我们此后再也没有见面，1938年或1939年，他从欧洲给我写过一封信，他仍然记得我们往日的友情，还对我重新提起达达尼昂和波赫多斯的比喻。后来就再也没有通过音讯。我想，我当时大概没有给他写回信。我至今仍保留着对他的好感以及对那段生活的美好回忆。当时他是我惟一的朋友。

  1934年冬天，我除了准备考试和读书外，没有发生什么特殊的事。当时我独自到巴黎去了一次，也可能是第二年，即1935年去的。我现在记不清了。说起傍晚时到契林十字街和托特纳姆院路的旧书店淘旧书的事，我只记得当时买了英译本《马志尼全集》和《海涅全集》以及法文原本《儒勒·凡尔纳小说全集》。我迅速地浏览马志尼和海涅的作品，但是儒勒·凡尔纳的小说全集，我想我没有全部看完。我发现读法文原文很难，想等将来再看。然而，在那段时间里，我的法文阅读能力并未提高，因此我没有读原文的凡尔纳小说。我记得，一个偶然的机会使我对收藏一些原版书发生兴趣。一天晚上，我在回家途中离开地铁车站，走进罗素广场附近的一家旧书店，在一个角落里发现一

第六章　伦敦

本薄薄的诗集。标价才三个便士,我买下了。这本诗集名叫《莱拉》,书上没有作者名。它是在1814年前后匿名印行的。我觉得这篇诗似曾相识,决心弄清其作者究竟是谁。后来我得知这是拜伦早期诗作之一,初版竟只标价三便士!我高兴极了。从此以后,我会偶尔走进去找找有没有英国的初版书,希望能有更多的意外发现。我收集到几种19世纪的初版或第二版书籍,一本是狄更斯的长篇小说,一本是雪莱的,还有几本是稍后的英国诗人的作品,但我发现它们的定价不菲,不久我就放弃了这种爱好。后来我把收集到的几种初版书送给一位英国朋友托尼·杜雷尔,不过我再也没有以三便士的低价找到一位匿名作者的初版书。

我刻苦用功学习希腊文和拉丁文达五个月之久,1935年春天,我去了牛津大学,参加入学考试。那年头,一个亚洲或非洲学生想要进

牛津大学的默顿学院。

牛津，很难。他们的机会仅仅是竞争在某个学院里的一两个名额而已。录取我的那个学院叫默顿学院，它是牛津大学诸学院中历史最悠久的学院之一，不过，它也许没有基督堂学院、巴里奥学院和莫德琳学院那么出名。我比较轻松地通过了笔试，接着还得进行面试。负责面试的院长或主考人问我：

"你学希腊文和拉丁文有多久了？"

"我在伦敦跟一位私人教师学了五个月。"

"什么？只有五个月？那么你的成绩准是侥幸……咳，杨先生，你知道，我们英国男孩在进大学以前一般总得学上七八年拉丁文和希腊文才行。尽管你考试成绩合格，但你的希腊文和拉丁文不可能很扎实。我们奉劝你延迟一年再上大学。你最好为入学再多学一点希腊文和拉丁文。再说今年亚洲学生的名额只有一个，我们早就确定给来自广东的张（也许是吴）先生了，他准备学历史。我们将会接受你于1936年米迦勒节（也就是秋季）入学。"

我的命运就此决定了。我要再等一年才能进默顿学院。这一年我没有着落。我不愿再付一年学费，我不愿继续住在那个宿舍里。于是我搬到伦敦西区迈达凡尔的另一个宿舍去住。李亚福也住在那里。但是这一回我在伦敦不会待得很久了。

第六章 伦敦

第七章

欧洲各地的旅行

他告诉我说,他的眼前出现了大海。他看到了大西洋的景象。那里有一位美丽的英国金发少女,她正在为我憔悴。我俩尚未相遇,但不久以后就将见面,许多奇妙的事情和冒险经历正在前面等待着我们。

在这段时间里到欧洲各地去旅行倒是一个对我很有吸引力的选择。当时，由于货币的兑换率对我很有利，故而在欧洲的生活费用很便宜。一英镑大约值四百法国法郎。于是我决定把 1935 年夏天到 1936 年春天这段时间的大部分消磨在欧洲大陆。在这期间，我至少到巴黎去了两次。我现在记不清确切的日期了。只记得有一次是和李亚福以及其他几名中国学生一起去的，待了至少有半个多月。由于我已经去过那里，所以可以当他们的向导。我逐渐对巴黎的一些地区变得很熟悉了。我实在喜欢蒙马特尔、蒙帕尔纳斯和爱丽舍大街。我在巴黎观光，游览了卢浮宫、埃菲尔铁塔，还到凡尔赛参观那里的花园和宫殿。我记得拉谢兹神父陵园我至少去过两次，对其中的奥斯卡·王尔德墓和一些法国作家的墓特别关注。当时我对阿伯拉尔与爱洛绮丝①的传说很感兴趣。我还想看一看巴黎公社社员起义失败被杀戮的那堵墙，我看了卡尔·马克思有关这一事件的文章，被公社社员们的精神深深打动。我想正是它开始把我引向马克思主义。说到巴黎地区之外，我记得我在洛桑和瑞士的其他讲法语的地区待了大约一个月。为了提高法语听力和阅读能力，我在洛桑大学待了十多天。我听了一些讲座，但发现程度太深，对提高我的法语水平帮助不大。不过我在巴黎倒是真听了几位著名的法国汉学家譬如马伯乐（Maspero）、格拉奈（Granet）等人的讲座。由于他们讲座的题目是我很熟悉的一些古代诗人，所以觉得好懂

---

① 阿伯拉尔与爱洛绮丝：法国 12 世纪爱情故事中的男女主人公，卢梭根据它写成书信体小说《新爱洛绮丝》。

得多。我记得在洛桑时手头有两本法文书读来饶有兴趣。一本是法国作家勒南的《耶稣传》，另一本是比埃尔·洛蒂的波斯游记《走向伊斯法罕》。我在瑞士时曾在一个瑞士家庭里住过几星期，是在日内瓦还是在别处，我现在已经记不起来了。我吃了很多高质量的牛奶和奶油，但这对提高我的法语水平帮助不大。我跑去参观坐落在一处河岸山崖上的锡庸古堡，拜伦的长诗《锡庸的囚徒》就是在那里写成的。我到阿尔卑斯山的几个滑雪场去了，在那里待了一两天，但我没有试着滑雪，只是爬了爬山，我没有认真费力地爬，只是感受一下在阿尔卑斯积雪的山坡上攀登的滋味。我还去了出产著名的查尔特勒甜酒的那座修道院，买了一些巧克力回来，但那可能是1937年的事了。我对于当年在法国和瑞士随意漫游的日子，记忆已很模糊了。我现在已记不起确切的日期，因为我从来没有记日记的习惯。

1935年夏天，我决定乘坐一艘旅游班轮到地中海观光。我在一家名为托玛斯·库克的伦敦旅行社订了票。我订的是头等舱，这完全是不必要的浪费，但当时我觉得自己手头有的是钱，想让自己这次海上之旅尽量舒适惬意。游程将近一个月，旅游地点包括：直布罗陀、阿尔及尔、里斯本、西西里、马耳他、希腊，还有爱琴海、伊斯坦布尔和埃及。既然是头等舱旅客，我每天晚上到餐厅进餐时总得着装整齐，不得马虎。我穿硬领衬衫，上面打着蝴蝶结领结。我觉得这一切都很好玩。我毫不费力就学会打蝴蝶结。头等舱里的旅客都是有钱的英国和其他国家的专业人士，他们的态度既亲切又愉快。旅游进行得很顺利，惯常为游客们设置的景点和事物也都看到了。我在直布罗陀买了些小件旅游纪念品，观赏了阿尔及尔山上的猴子，许多顽童围上来向旅客要钱。他们伸出手来一迭连声地喊："地奈洛！地奈洛！"（dinero，西班牙语"钱"）我用刚学会的几个西班牙词语回答："奴、探戈、地奈洛。"（No tengo dinero，西班牙语"没有钱"）引起他们的一阵哄笑，他们学着我的口气也跟着说："没有钱！"这实在太好玩了。

我记得在西西里时，有一次我在一家咖啡馆外的荫凉处和一位肥胖的葡萄牙老商人共饮一瓶齐盎蒂酒，一名侍者走来，伸出手先指指老商人，又指指我，问道："是爸爸？是儿子？"我回答："对，对。"我们俩都大笑了一阵。我想，尽管长着东方人的眼睛，但穿着全套西服，我是会被误认为那位老商人的儿子的。中国人与葡萄牙人或意大利人的外貌确实有很多相似之处，而且肤色的差别也不太明显。

在希腊，我游览了巴德农神庙和比雷埃夫斯港，有一次，我在米蒂利尼岛（旧名莱斯博斯），即诗人阿尔凯奥斯和女诗人萨福的故乡，曾在一座充满无花果、橄榄和美酒的花园里享受了一顿美餐。回船时，我还带回一大瓶当地产的甜酒，结果喝得酩酊大醉。伊斯坦布尔之行有点儿扫兴。当地海关误把我当成一个使用中国假护照的日本人了。当时土耳其当权者们出了某种原因对日本间谍的防范很严，他们无法理解，一个年轻的中国学生怎么会想到伊斯坦布尔来游玩，因为当时绝大多数中国学生都很穷。因此他们不准许我上岸，把我困在船上长达半天之久。等把我放下船时，我只有短短几小时了，只能匆匆地走访了几座清真寺和几个博物馆。

我们在埃及可以停留几天，于是我在开罗找了家饭店住下，我参观了附近的狮身人面像和大金字塔，真正做到了自得其乐。当时开罗最豪华的饭店是米娜豪斯，我挑选的一家是价钱略为便宜的中产阶级住的饭店。也许是大都会饭店，也可能是西密拉米斯[①]饭店。在附近散完步，或在沙尘和烈日暴晒下骑骆驼归来，我可以在饭店洗澡，喝清凉饮料，使精神得到恢复。我买了一些仿造的刻有圣甲虫的宝石护身符，还花了五英镑在集市上买了一把非常漂亮的旧弯刀，刀柄是象牙的，上面刻着十分繁复的花纹。但是我印象最深的冒险经历是：雇一名向导，进行了一次沙漠夜游。我想，那次我是在晚上九点钟出发的。

---

① 西密拉米斯（Semiramis）：神话中的亚述女王。

我骑一匹高大的阿拉伯马，向导跟在我身后，我们一路闲游，经过了沙漠中的一座座金字塔。月亮洒下银光，使眼前的一切如梦如幻，非复真实的模样。这时，那名埃及向导对我说，他算起命来可准啦。我只要给他一个银币，让他在掌心里做一个记号，他就能说出我未来的命运。于是我给了他半克朗银币，他就在他掌心做出了一个神秘的记号。我的钱变没了，不用说，当然进了他的口袋。这时，他告诉我说，他的眼前出现了大海。他看到了大西洋的景象。那里有一位美丽的英国金发少女，她正在为我憔悴。我俩尚未相遇，但不久以后就将见面，许多奇妙的事情和冒险经历正在前面等待着我们。这还不算，他还喋喋不休地缠着我，要我再拿出银子来算命。这种种花招逗得我很开心，但没有再给他半个克朗。将近午夜时，我俩去了一处露天咖啡座兼表演场。我们喝了些甜的、味道令人作呕的冷饮，观看一位皮肤黑黝黝的埃及女人跳肚皮舞。饮料钱和看表演的费用当然由我来付。我想，一共花了我两英镑吧，但这钱花得值。月明之夜在沙漠中的经历萦绕在我心头，久久不能忘怀。

　　我们在里斯本的停留是另一次有趣的经历。有一天晚上，我到一处叫辛特拉的地方去玩，那里有一家著名的轮盘赌场。尽管我以前去过几处西方式的赌博场所——在天津我赌过一两次赛马，在伦敦我去过跑狗场，在英格兰北部，我在一次小型赛马会上下过赌注——但还从来没有尝试过轮盘赌。这是我平生第一次，也是惟一的一次。我一进赌场，一位能说英语的年轻姑娘就上前招呼我。她正值妙龄，衣装讲究，相当漂亮。我们聊了聊，我给她要来了饮料。一会儿我就走去换了五英镑筹码。我们走向赌桌，有几名赌客早在那里赌上了。我问她喜欢哪个数，她说："17"。好像说的是自己的年龄，但我不这么看。她确实很年轻，但一副老练的样子。她可能比我要大好几岁，但也超不过三十。不管怎么猜，反正她不是位十七岁少女。我把手里一大摞筹码统统都压在红道"17"上。赌桌管理人刚才还在用法语喊："先生们、女士们，请下注。"此刻又喊道："没人下注了。"就把轮盘转起来。它停在某个数字上，但可惜不是"17"，管理人把我下的赌注一下子扫走了。我微笑着对那位姑娘说，今天我不走运，白天玩累了，晚上得早点儿休息，我乘的船明天一早就离开。我向她道了晚安就起身走回了我居住的饭店。假如我能侥幸赌赢，那些钱可以多花些时候，那么我就可以与她相伴得久些，但我对赌博实在不感兴趣。我玩上一次仅仅为了要有一番感受，我的本性决不是赌徒。

那一年，我可能还访问过欧洲其他许多地方，但我记不清楚了。不管怎么说，那一年我并没有认真读书，而是在闲游中消磨时光。我没有把全部时间都用于游欧洲大陆，我在伦敦也消磨了很多时间，对这座城市也逐渐做到知之深、爱之切了。我买了一张女王音乐厅的季票，在那里欣赏伦敦爱乐乐团高水准的音乐会。大多数场次都由亨利·伍德爵士担任指挥，有时托玛斯·比彻姆爵士也会指挥几场。我对音乐并无极深的爱好。我去听音乐只是为了提高音乐素养。无论如何，音乐是西方文化的一个重要组成部分，所以我要学会欣赏许多西方交响乐作品。但我对它们爱好的程度各个不同。我不怎么欣赏巴赫和贝多芬，从来不很喜欢莫扎特。我宁愿听亨德尔、勃拉姆斯、门德尔松、肖邦的钢琴作品、柴可夫斯基以及晚近的一些音乐作品，例如德彪西、拉威尔、李姆斯基—柯萨可夫的作品，而斯特拉文斯基则更对我的胃口。也许这是因为，在内心里，我仍是一个东方人，而不是欧洲人。

第七章 欧洲各地的旅行

# 第八章

## 从英国到瑞典

听完演讲他离席时,他看见我和其他几名中国学生一道正站在门口,各自手持一顶帽子用以接纳捐款。他显出非常惶惑的神情,他和我道别时偷偷地往我的帽子里放了一张十英镑钞票。我向他致谢。他看到他年轻而富有的中国朋友竟会做出乞丐的行径,一定感到十分震惊。从那以后,我俩再也没有发生任何联系。我从事反日宣传,忙得要命,也顾不得这些了。

政治几乎永远是每一个年轻大学生生命的一部分。在伦敦罗素广场附近的戈沃街上,当时有一个中国会馆。严格地说,它并不是国民党中国大使馆的一个机构,而是由在伦敦的中国公民和中国学生发起创办的。当然它和中国大使馆保持着密切的联系。我是由其他中国学生介绍到那里去的,并且通过会馆的活动结识了更多的中国学生。当时的中国学生可分为三类:像我一样的自费留学生、取得留英奖学金的留学生以及由国民党政府派遣来的留学生。自费生几乎都是富家子弟,大多数人都不用功读书,他们宁愿享受惬意舒适的生活。第二类是取得庚子赔款奖学金的学生。西方列强把在义和团起义失败后从中国攫取的赔款退还给中国,用这笔基金派遣中国的优秀学生出国深造。这些学生通常都能刻苦攻读,学有所成。至于那些由国民党政府派遣来的留学生,他们大部分都是派来监视其他中国学生的,在学术造诣上未必都合格。优秀学生们通常都看不起他们,称他们是"蓝衣社社员"。这是因为,几年前,在孙中山领导下的中国南方,蒋介石和其他军事将领们早已展开了反对北方军阀的北伐战争,但到了1927年,蒋介石转而反对并镇压他原先的同盟者中国共产党人。蒋介石与北方军阀势力妥协,从而控制了中国北方,他把首都迁到南京,并继续镇压中国共产党人和其他革命者。30年代中期,法西斯势力在欧洲兴起,蒋介石仿效墨索里尼、希特勒和佛朗哥等法西斯头子们的榜样,这些人自称"领袖"、"元首"和"统帅",蒋介石也有个专门称号,叫做"委员长"。他的年轻信徒们都穿蓝色衣服,正如他的欧洲对应人物的信徒们都穿黑色衣服或褐色衣服一样。我不必做进一步的讲解了,这早已成为众所周知的历史。在伦敦时,我在自费生和庚款生中有许多朋友,但对于那些"蓝衣社社员"们则避之惟恐不及。当时还有一个中国学生联合会,每年召开一次会议。有一年,我还被推选为该会主席——我不知道为什么会选我,也许是因为我在很多学生中人缘极好,他们都认为我知识丰富,比许多只是在英国住上几年、英语说得不够流利的人要强。但是,我并没有为中国学生联合会做任何组织工作,只是开了几次会。当时,伦敦西区汉普斯特德的厄普兰德路50号那座房子里的主人是一位中年的中国教授和他的妻子。他名叫王礼锡或雪莱·王。他从前是中国中部或南部一所不出名的大学的教授,兼做新闻记者。他是一位历史学家,是一名优秀的、思想进步的知识分子。他的想法很奇特,他认为公元前一世纪即西汉末年那个著名的篡位者和骗子王莽,是一位伟大的改良派和革命家。他因逃避政治迫害来到英国已经有一年多了,当时他正在伦敦的寓所内撰写那篇关于王莽的学术论文。然而,他并不是共产党员。许多中国学生和像他一样的政治流亡者常去他家,因此那里变成了一个社交中心。还有两位中国知识分子和他住在一起。一位是熊式一教授,他后来写了一部戏剧曾在伦敦上演。剧名叫《王宝川》(英文原名"Lady Precious Stream",看来,熊式一是为了适应英国观众,将王宝钏改名了),它是在一个民间传说的基础上写成的。它曾引起轰动,在伦敦一个小剧场里演出将近一年之久。另一位是前国民党政府的地方行政官,也是一位艺术家。他名叫蒋彝。后来他也成为闻名伦敦的中国作家。他出版了一系列关于中国艺术的著作,诸如《心灵的眼睛》、《在伦敦,无声的游踪》等等。1935年,我晚间常去王礼锡的家,享受和他做伴的乐趣,还在他那里结交了很多中国朋友。我从和他们的交往中学到了很多有关中国政治形势的知识,知道了国民党对中国共产党领导的红军所进行的围剿以及类似的事件。后来,中国在1937年开始了反抗日本侵略的战争,王礼锡决定回国去当一名战时记者。他病逝在中国的西北,靠近西安的地方。他的妻子至今仍健在，生活在上海。她成为国民党革命委员会的成员，那是一个爱国组织，是中国民主党派之一。我也成为并且现在仍是这一组织的成员。

1935年冬季，一位名叫厄奈斯特·庇特曼的年长的英国富人邀请我于某天晚上到他的俱乐部去吃饭。我是不久前在游览地中海的轮船上初次与他结识的。在那时，有钱的英国人和专业人员晚间通常都是在自己的俱乐部里度过的。他属于皇家汽车俱乐部。我们吃了精美的一餐，饭后我俩闲谈，还下了一盘棋。他告诉我说，他的一个儿子刚买了一架飞机准备自己用，他建议我也买一架，因为这是非常时髦的事。他还问我的汽车是什么牌子的。我不得不告诉他，迄今为止我还没有汽车。这是我初次在伦敦的一个绅士俱乐部里进餐。后来，1937年中日战争爆发，我和其他一些中国学生在伦敦组织了一次集会，会上发表抨击日本侵略的演讲，并且为支援抗日战争而募捐。我给他发了请柬，他来了。听完演讲他离席时，他看见我和其他几名中国学生一道正站在门口，各自手持一顶帽子用以接纳捐款。他显出非常惶惑的神情，他和我道别时偷偷地往我的帽子里放了一张十英镑钞票。我向他致谢。他看到他年轻而富有的中国朋友竟会做出乞丐的行径，一定感到十分震惊。从那以后，我俩再也没有发生任何联系。我从事反日宣传，忙得要命，也顾不得这些了。

1936年春季，我决定离开伦敦，搬到牛津去住。我找到一处宿舍，和几名也准备在那年晚些时候入学的英国男孩住在一起。按照当时的校规，读正规的文学学士课程的新生，一、二年级时必须住在校园内。我住在那处宿舍是因为我必须等到秋天米迦勒节期方能入学。我记得，我住在那里时曾遇见一位名叫汤姆·哈里森的年轻的英国人类学家，他正在组织一次社会调查，他称作"群众性观察活动"。我报名参加了他的这项试验，跟他一起走访了威尔士、康沃尔等地的许多不同的家庭，共历时数周。我们走访的大多是贫困家庭，孤身老人的家庭也屡见不鲜。我们和他们交谈,听到许多地方民间传说以及关于女巫呀、龙呀什么的迷信故事,我们把这些谈话记录下来。通过这种方式,我大大丰富了关于英国社会的知识。那半年里,我也熟悉了牛津大学里那个小小的中国学生群体。那时在牛津大学各个学院就读的中国学生加起来为数也不满一打。他们中的大多数都在中国上完了大学,到牛津来攻读高级文学士学位(B.Litt.),或拿到一张证书,这只需一至两年就能完成。他们大多数都有奖学金,有少数几个分别得到中国的一些组织机构或个人基金会的资助。我最亲密的朋友之一是历史学家向达,他是来研究在中国敦煌洞窟中发现的古代手抄本文献(写本卷子)的。这些手抄本文献被奥里尔·斯坦因等人运到英国,收藏在大英博物馆中。向达每星期都要到伦敦去研究这些古代文献,但他住在牛津,因为他喜欢这里更加宁静的气氛和比较便宜的生活支出。另一位好友是吕叔湘,他正在攻读语言学。还有一位好友是杨人楩教授,他研究法国大革命史,正在撰写关于圣·茹斯特的论文。我和钱锺书教授也很熟。他是一位研究中国文学和欧洲文学的优秀学者,如今他的名字在中国已家喻户晓,他是中国社会科学院的副院长。当时他和夫人一起在牛津读书,为期两年。他的妻子杨绛是一位优秀作家。当时我的中国朋友当然还很多,但我不想让读者再记那么多难记的中国名字了,因此我只提上述四五位。这几位学者的年龄都比我大,所以他们都叫我"小杨"。

我发现,在英国,人们对中国文化和中国的政治事件的兴趣甚浓,原因是:很多英国人都曾去过中国。这些对中国友好的人士以及在牛津大学学习的中国留学生,就在学校内成立了一个中国学会。学会成员共有一百人挂零,他们每年付一次会费,每星期出席一二次学会组织的会议。学会设一名主席,另设一名秘书,全面负责会务,并做会议记录和所有活动的记录。我进牛津以后,被推选为1936年度的学会秘书。第二年,即1937年,又被推选为学会主席,这一职位一直担任到我离开牛津大学为止。我们的会议通常是组织讲座。我们邀请中、英两国学者做演讲，邀请会员们前来听讲并提出问题。在我担任主席的几年内，牛津中国学会非常活跃，部分原因是中日战争正是在这期间发生的。我们从英国朋友那里得到普遍的同情和支持。我记得，1937年战争刚开始时，我们召开会议，讨论这场战争将会有怎样的结局，许多英国的汉学家参加了这次讨论会。发言非常踊跃，有一些英国和美国学者感觉到，中国抵抗强大的日本战争机器是没有希望的，我与他们争论。我说，尽管中国有种种不利因素，但中国会取得最后胜利，因为我们有世界上大多数人民的支持。我引用一本刚读过的书上的话做论据。那是英国女作家弗丽达·厄特莱的《日本的泥足》。我的发言赢得许多人的赞赏。当时在牛津大学还有一个由日本学生组成的、得到日本大使馆财政支持的日本学会。由于有经济来源，他们可以举行宴请活动，他们干得不错，会员人数比中国学会多。我决心把他们的英国籍会员都拉出来，让他们参加我们的学会。我在一些英国朋友的帮助下开始行动，我们召开更有吸引力的会议并举办有关中国文明的讲座，经过一两个月的努力，牛津中国学会的会员人数从一百人猛增到一千余人，许多以前参加日本学会活动的人士转而前来出席我们的会议了。这使在牛津的日本学生十分恼怒，而我则为自己的工作有所进展而不胜欣喜。

1936年夏季，一位姓彼德森或诸如此类名字的瑞典青年律师邀请我访问瑞典。我和他也是在一年前乘船游览地中海时结识的。我在瑞典待了大约有一个月。他带我去听歌剧。我参观了古物博物馆，还会见了年高德劭的汉学家安德森。他就是那位发现中国西北出土的红陶器皿上的黑色条纹与近东出土的陶器上的条纹非常相像的专家。他得出结论说：在史前时期，古代苏美尔人就和中国有联系。我们还去参观一位瑞典国王建造的一座中国式花园和宫殿。我还访问了阿普萨拉和哥德堡。这位瑞典绅士还请我吃过两次饭。瑞典的饭食很精美。平常日子里，我总是在斯德哥尔摩一家叫做诺尔玛的价廉大众餐厅里吃饭，我学会自己点菜。我在斯德哥尔摩遇见一位年轻的中国学者，他名叫杨周翰，正在协助奥斯华德·赛伦编一本有关中国绘画的书。我和他渐渐熟识了。后来他也到牛津大学去攻读英国文学了。他回国后成为北京大学最优秀的英国文学权威学者之一。他是一位非常好的学者，还把一些拉丁文经典作品译成了中文，诸如奥维德的《变形记》和维吉尔的《埃涅阿斯记》。数年前他因患癌症病逝，这是我国的一大损失。

离开斯德哥尔摩之前，有一天，我到城里一家名叫丽都的游乐园去玩。我遇见一位年轻姑娘，她能讲一些英语句子，她在游乐园里一直陪着我。我俩一边蹓跶一边闲聊，感到十分愉快，尽管我懂的瑞典文比她懂的英文更少。分手时，她用瑞典文问我："我是不是很有吸引力？"当时我没学过瑞典文"吸引力"这个词，因此不懂她的话什么意思。不过我还是猜想到，她说的不会是"丑陋"或"令人不快"之类，于是我含含糊糊地说"嗯，嗯"，态度相当冷淡。后来我找来一本字典查了查，才懂得她说话的意思。我要是早一点知道该多好，那我就会用更加礼貌的恭维语气回答她了。

# 第九章

## 在牛津

杨宪益自传

我记得有几个晚上，我跟他去了当地的酒馆，喝啤酒，还和当地工人一起玩掷镖游戏……我记得有一天晚上，我在和当地工人玩掷镖时有好几次投中了靶心。当地人很惊奇。他们把我举到一张桌子上去站着，大家高声喊道，如果我回去打日本，他们愿意追随我，参加我的游击队。这是个令人振奋的场面。

秋天，学院的米迦勒节期班开学了，我搬进校园内居住。当时学院对新生管得很严。院章规定，每天晚上几点钟以后，男生不得在学院范围内接待女生；外出的学生在晚上十点钟以前必须返回校园，过了十点钟校门就锁上了。英国到处有大众酒吧，供应啤酒、杜松子酒和其他带酒精的饮料，它们就叫做小酒店。牛津的学生和他们的导师时常光顾那些地方。在30年代，学校规定每天晚上几点钟以后，学生就不许到那里去了，学校还设置了一些名为"学监"的管理人员，负责把学生赶出小酒店。尽管我从来没有被学监盯上过，但我还是多次成功地超过规定时间才返校。在这种情况下，我就得爬墙而入，或者从运煤通道滑落下去。默顿街上有一条通向默顿学院的煤溜子。你只要拉开人行道上的一块盖板，从洞里钻进去，就能从煤溜子上滑进学院内的贮煤室。年轻学生总爱违反校规，跟其他学生学玩这种把戏一点儿也不难。校园内的新生居住区称为"寄宿舍"。我住在楼厅上的一个套间，有一间很大的书房、一间卧室，还有一间餐具室，供仆人居住及做盥洗之用，但是没有浴室。每天早晨我得穿过四边形的院子跑到公用浴室去洗澡。每个大学生都有一名仆人，称作他的"侍从"。我的侍从是一位个头矮矮的中年男子，名叫霍华德。他对我非常好，我非常喜欢他。他把我的衣服及时地拿出去浆洗，每天早晨，我还没起床时，他就把我的皮靴擦亮了，把我该穿的衣服备齐、烫平，给我送来热水，供我洗脸、剃须。如果我要在住处招待朋友吃早饭、午饭或晚饭，他就替我订菜。不过在一般情况下，我总是在大餐厅和我的老师们（导师们）以及其他学生一起进餐。集体用餐前，导师们总要站在一张高桌前用拉丁文做祷告。用餐时我们可以要啤酒。大学生活似乎充满中世纪精神，但同时又是令人愉快的。

在当时，要取得文学士学位一般需要三年时间来完成全部课程，并通过毕业考试。但是，修习希腊、拉丁文的学生要取得荣誉学位，就得花四年时间。第一、二年学习希腊、拉丁文学，接着进行荣誉学位考试。考试合格的学生可以进一步研读哲学或历史学课程，这样的学生被称为"格雷茨"（Greats，很了不起）。你也可以不读古典人文学科，把后两年时间用来修习其他课程，譬如外国文学或英国文学之类，然后进行毕业考试，取得荣誉学士学位。我的课程就是这样安排的。我在默顿学院学习两年希腊和拉丁文学，然后又修习英国文学。荣誉学位是分等级的，你可能会取得一、二、三、四这四个等级中的一个。毕业考试的结果会在英国最权威的报纸《泰晤士报》上公布。我在默顿学院的希腊、拉丁文导师是一个非常和善的年轻人，名叫罗伯特·莱文斯。很不幸，他享年不永，死于50年代或60年代。有一次，他请我到他家去吃茶点。他拿出一本他编的罗马著作送给我，作为临别纪念。这本书现在仍保留在我的书架上。

我从来也不是个好学生。在天津上中学时，由于我的中、英文水平远远高于其他同学，所以我从来也不必刻苦攻读，或准备应付考试。当我来到牛津后，尽管我的希腊、拉丁文基础很差，但我觉得自己的智力要应付考试还绰绰有余，因此并不为考试及格而用功。我从不为毕业考试能不能得个优等而伤脑筋。对英国学生说来，毕业时能得个优等是件非常重要的事。以一等成绩毕业，就能在政府部门谋得个好差使。但我知道，即使考个一等，对我说来也毫无意义。我是要回中国去的，不管我得的是什么学位、什么等级，我总能在大学里找到工作。我因为喜欢读古典文献才去学希腊、拉丁学科，可是我从来也无意于成为一位精通希腊、拉丁语法的学究。读古典人文学科荣誉学位，确实需要掌握希腊、拉丁文学的综合知识，要在这两种语言的运用上下很多工夫。然而，我对指定教材从来不大重视，我刚开始读古典人文学科荣誉学位时，首先必须读荷马，我觉得这很容易，因为我喜欢读荷马，但我不喜欢为诸如伊索克拉底、维吉尔、贺拉斯或西塞罗这样的作家花太多时间。我用更多的时间阅读稍后一些的作家，如：爱森尼乌斯、菲洛斯特拉德斯、卢奇安、阿普列尤斯、佩特罗尼乌斯等人，这些作家并不在考试范围之内。我记得，我第一次到我的导师罗伯特·莱文斯那里去上辅导课，他要求我写一篇关于几位希腊、拉丁作家的文章，目的是想考一考我的理解能力和知识水平。我写了一篇论希腊诗人阿尔凯奥斯和萨福的文章，把他们说成是反对寡头政府、争取民主的爱国诗人。我想，罗伯特·莱文斯也许觉得我那年轻人的热情和相当幼稚的解释很有趣。

我进学院不久就与学院管理当局之间发生了麻烦。我和几名来自英格兰北部约克郡和兰开斯特郡的新生交朋友，而他们是些不守规矩的学生。其中之一是伯纳德·梅洛，布莱克普尔一名酿酒商的儿子。另一个是弗雷德·韦勃斯特，约克郡巴恩斯莱一名屠夫的儿子。还有一个名叫西里尔·列特伍德·希顿，他的母亲是寡妇，可是我不记得他是哪里人了。还有其他一些学生陆续参加我们的团体，诸如威尔士人特里·威忒克等人。晚上，我们喝足了啤酒，就会在校内、校外玩各种各样的古怪游戏，譬如说：装鬼、吓唬其他胆小的男孩之类。我记得，一天晚上，特里·威忒克喝得醉醺醺地骑自行车离开了，他是另一所学院的学生。过了不久，他跌跌撞撞地回来了，说是海上暴风雨过于猛烈，他不得不把船驾回来。其实是默顿校园外有一条鹅卵石铺成的小径，他发现自己在自行车上摇摇晃晃骑不稳。还有一次，一个专与我们作对的学生帮绑架了西里尔·列特伍德·希顿，把他身上的衣服统统剥光，因此他只能浑身一丝不挂地从另一个院子跑回来。他被一位导师撞个正着，狠狠地挨了一顿责骂。我有一把玩具气枪，我们常在我的书房里瞄准各个目标射击。一天晚上，我们推开窗子，瞄准校园小巷

第九章 在牛津

对面的路灯,想把它射灭。可是灯罩的玻璃太厚,尽管我们多次射中目标,也没能把玻璃打碎。正当我们努力想把灯打灭时,学院院长恰巧走过我们的窗户,我们险些射中他的鼻子。他吓了一跳,从窗口往里看,只见我们正一个个肚子沾地,伏在地板上往外打气枪呢。第二天早晨,院长把我叫去,要求我说出肇事者是谁。我承认气枪是我的,我愿意承担全部责任。但是院长明明看见房间里还有别的人,在他看来都是些坏孩子,所以他坚持认为是其他人教唆我这么干的。由于我坚持要独自承担全部责任,他也就无能为力了。最后他没收了我的气枪,罚了我二十英镑,事情就这么了结了。这是1936年秋天我入学不久时发生的事。1936年冬天的假期我们可能是在伦敦和巴黎之间的往返中度过的。牛津大学一年分三个学期上课,每个学期为八周。所以一年里有半年多时间我都在校外度假。放假期间我从来不在牛津的校园里待着。

1937年春假期间,我和新朋友伯纳德·梅洛一起到他位于布莱克普尔的家里住了两星期。他的父亲是一名酿酒商,因此我参观了他的酿酒作坊。我还访问了另一位同学弗雷德·韦勃斯特的家,约克郡一座叫巴恩斯莱的小城,但这可能是初夏时的事了。我只在他家住了不多几天。我记得有几个晚上,我跟他去了当地的酒馆,喝啤酒,还和当地工人一起玩掷镖游戏。1937年7月,中日战争爆发,北平和天津激战了一些日子。不久,中国北方就被日本占领了,战争蔓延到南方的上海和南京。战争正式开始时,我是否还在约克郡,我已经记不清楚了,但那段时间里,人们对中国人民抵抗日本侵略的战争确实谈论得很多。我记得有一天晚上,我在和当地工人玩掷镖时有好几次投中了靶心。当地人很惊奇。他们把我举到一张桌子上去站着,大家高声喊道,如果我回去打日本,他们愿意追随我,参加我的游击队。这是个令人振奋的场面。我还记得另一件事,我和弗雷德·韦勃斯特一起住在约克郡时,有一天晚上,我们到酒馆喝酒,直到晚上十一时左右才走着回家。

街上空无一人，非常安静，我俩决定把一盏路灯拧下来，当做一件纪念品带回家。当时街上刚装上一种新式路灯，它叫做贝利夏指路灯，贝利夏正是引进这种路灯的那位大臣的姓氏。它是圆的，样子像只足球，表面有一层珐琅质。弗雷德爬上路灯柱，把路灯拧了下来，我俩把它当成足球，一路踢着它走回家。我们想把它藏起来，不料弗雷德的大姐还没有睡着，发现了我俩干的勾当。她吓得目瞪口呆，以为警察马上会找上门来。她坚持要我们把路灯送回原处，我俩照她的意思办了，一切都很顺利，没有招来任何麻烦。

除了访问我的朋友们在兰开夏和约克郡的家以外，我还独自步行去了湖区，历时一周。湖区在英格兰北部，离苏格兰很近。你只要花很少钱，就能步行经过一系列风景点，每天晚上都可以在一种特设的青年旅社住宿，那里供应晚餐和早餐。至于午餐，你可以在旅途中遇到的饭店里去吃。我越来越喜欢这种徒步旅行的方式。身上只带一只软

杨宪益留学期间和英国朋友合影。

第九章 在牛津

式背囊，每天通常走十五至二十英里，直至到达下一家青年旅社。道路大多修筑得很好，我所遇到的人们都态度友好亲切。这是一种斯巴达式的、健康的消遣活动。1938 至 1939 年间，我在湖区的徒步旅行至少进行过三次。第三次是在 1939 年春天，那次是在和戴乃迭（后来她成为我的妻子，英文原名为格莱迪丝）以及作家萧乾一起去的。萧乾当时是中国一家报纸驻英国的记者。我记得有一回我们在湖区从一家青年旅社徒步走向另一家旅社，我们全靠一张交通图指明方向，结果还是迷了路，因此走了许多冤枉路。戴乃迭又累又饿，竟哭了起来。为了给自己鼓劲，我们决定高声唱进行曲。我们用最大的嗓门唱，首先唱的是第一次世界大战时最流行的歌曲《蒂帕雷里路途遥远》，接着唱了几首苏格兰民歌，诸如：《安妮·罗莉》、《罗蒙湖》，后来又唱基督教圣歌，诸如《前进，基督的士兵》等等，这个办法确实使我们精神振奋，我们就一边唱歌一边前进。我们走了大约二十五英里，终于到达目的地。我们确实走得筋疲力尽，但这次经历给我们日后留下多么美好的回忆呀。

第十章

学校之外

我攻读法国中世纪文学的时间很短,但正是在这期间,我遇到了我未来的妻子戴乃迭,她也在学法国文学。我们俩曾在一起听课。后来我改学英国文学以后,她也决定放弃法国文学,改学中国文学。当时牛津大学刚开始设置中国文学荣誉学位,她是攻读中国文学荣誉学位的第一人。

1937年夏天，我决定到某个安静、幽僻的处所去认真攻读古代典籍，因为第二年春天我就得面临荣誉学位的资格考试，而在这之前，我在休假期间或上课期间几乎从未用过功。我首先想到要去锡利群岛，后来我又注意到报纸上一则广告中说，在康沃尔，靠近彭赞斯，有一个叫拉蒙纳的地方，那里有个渔村，我可以在那里租一套供膳宿的房间，做到完全与朋友和熟人们暂不交往。我按广告提供的地址写了封信，结果真的去了那里。那真是个僻静的地方，一点不错。女主人和蔼可亲，饭菜精美可口，大量提供当地产的新鲜奶油和蜂蜜，那张老式床睡上去也十分舒适。女主人很文静。她伺候我一日数餐，还给我多方面的照顾，但在任何时候都从不打扰我，也从不主动和我交谈。拉蒙纳有一家当地的小酒店。每次我走进那里，常常光顾酒店的当地渔民们就会友好地对我点头致意，但似乎不好意思和我接近。他们用好奇的目光望着我，但从不向我提任何问题。我也不能加入他们的谈话，因为他们说起话来都带着浓重的当地口音，我发现那种方言很陌生，很难懂。他们之间谈的是当地发生的事，我对之一无所知。所以我没能和他们中的任何一个交上朋友。就连当地牧场上的牛也都像是对我怀有戒心，不肯和我亲近。我想，在他们那个偏僻的地方，恐怕从来没有去过像我这样的一个陌生人。我在那里读了几天埃斯库罗斯和色诺芬，就觉得非常厌烦。最靠近那里的城市彭赞斯也不是步行可以到达的。每周中有几天，有一辆公共汽车开往那里，所以我每周总要乘车到彭赞斯去两次，在那里买些侦探小说、鬼故事和惊险小说来解闷。我在那里住了整整一个月，但读的鬼故事和惊险小说远比规定必读的古典文献要多。

我想隐居起来认真攻读的打算落空了,但暑假还没有完,我决定到欧洲大陆去过完剩余的假期。我一直向往着意大利。在天津的时候,我就对现代意大利的创建者之一朱赛贝·马志尼非常崇敬。然而,墨索里尼对阿比西尼亚的侵略给我留下坏印象。阿比西尼亚的命运使我联想起日本侵略下的中国。在当时,一个中国青年自然会对法西斯主义怀着强烈的憎恨,并且同情被压迫的弱小民族,尽管我是个富家子弟。所以,我一到英国就下了决心:只要墨索里尼的法西斯政府还在执政,我就不到意大利去。我始终想访问的另一个国家是西班牙。我在天津上中学时,曾怀着极大的兴趣阅读华盛顿·欧文的《阿尔罕伯拉》的中译本以及阿索林的《西班牙一小时》的英译本,我早就想亲眼看一看西班牙,尤其是安达路西亚地区。不幸的是,1937年西班牙内战开始了,我去不成了。我熟识正在做关于法国大革命和圣·茹斯特学位论文的杨人楩教授。他对我说过,在他返回中国之前,他想到比利时、荷兰、德国,尤其是莱茵河流域去旅游一次。于是我决定与他同行。我们首先来到比利时,参观了布鲁塞尔以及几处隐秘的洞穴。然后去了荷兰,观赏风车和古雅、多彩的乡村。我俩大部分时间花在从科隆至德拉贡的徒步旅行中,接着又经由海德堡、科布伦茨到了柏林和魏玛。我们注意到,无论我们住在哪一家小旅馆,大多数地方都悬挂着阿道夫·希特勒的画像。这种个人崇拜的现象给我留下强烈的印象。这是我初次见到一个活人被当做祖宗或神仙那样崇拜。在当时,我觉得这简直是个稀奇古怪的想法。在我离开中国以前,北洋军阀从来没有强迫过大家对他们表示这样高度的崇敬,而国民党蒋介石的影响力当时还没有到达天津。可是在当时的德国,早已到处弥漫着无法无天的氛围。年轻的纳粹冲锋队员们高擎大旗行进在大街上。在海德堡,我很喜欢参观那座历史悠久的大学,它在很多方面都像牛津(我忘记说了,在荷兰时我参观过的莱登大学也很像牛津)。但是,与此同时,在海德堡的德国青年学生也表现出一副无法无天的样子。我看见一些年轻人喝得烂醉，有两个人在用军刀格斗、砍杀，都想砍中对方的脸颊，一个男孩竟当着姑娘们的面解开裤扣撒尿。我并不是说当时所有海德堡的男孩们的行为都像那样，但我确实发现在大学校园里，在光天化日之下，存在着这种令人憎恶的、带有示威性质的酗酒闹事现象。我的朋友杨人楩在柏林与我分手，他回巴黎去了。我继续在那里逗留了几天。一天晚上，我只花了一马克就买了张票，到一个露天剧场去参观一场盛大的表演。表演本身并无任何引人入胜之处，只是通过一些传说和历史歌颂德意志民族的光荣。开始出现的是一些北欧神灵，如雄赳赳地走下舞台的奥登，然后是一些雅利安族的英雄，诸如希腊和特罗亚的英雄：赫克托和阿契利斯，接着是一些条顿族的武士之类。舞台上尽管五光十色，但表演沉闷之极。但是，正当正式表演即将开始时，入口处出现一阵骚动，走进来几个人。我看见其中有一个身裹深棕色

海德堡大学成立于1386年，是德国历史最悠久的大学。

第十章　学校之外

雨衣的小个子正在往里走，他那微微痉挛的步伐有些像卓别林。他在几名保卫人员的簇拥下走到前排入座。从他进门时起，许多观众都站起身来向他致敬，有的甚至行起了纳粹式的敬礼。我身旁的几位观众显然是从英国来的旅游者。他们或是犹豫不定地也站起身来，心想这是必要的礼貌，或是照常坐着。我也坐着没动。这是我第一次、也是惟一的一次在相当近的距离亲眼看到阿道夫·希特勒。我记得他待在那里看表演的时间不长。只看了很少几个节目他就离开了，他的扈从们也随他一起离去。也许他只是在那个公众场合亮一下相。

我的德国之旅中再也没有发生其他有趣的事。我回到英国时带回一根手杖，外包装上印有莱茵河流域一些德国城市名称的标记。这是我此次徒步旅行的纪念品。我记得在离开德国边境时还发生过一件小小的意外。我是乘火车离开德国的。我的朋友杨人楩比我早走了几天，因此我是独自旅行。火车到达德国边境时正值午夜，其他旅客都在打瞌睡。我突然想起，由于走得匆忙，我没有办离开德国的签证手续。现在想采取补救措施为时已晚。如果他们发现我没有办离境签证，就会把我送回柏林，把必要的手续都补办齐全。我决定学其他乘客，装出睡着了的样子。当乘警走来时，我一边装睡，一边早已把手放在口袋里装着的护照上。我连眼也没睁，就把已经翻开的护照掏出来，让他看有我姓名、照片的第一页。我没让他看有离境签证的那一页。他只是瞥了一眼，就把护照还给我，我赶紧把它装进外套的口袋里。我就这样通过了检查。我想当时那名乘警准是自己也在犯困，对这种例行公事也厌倦了。所以说，我是在没有德国离境签证的情况下回到伦敦的。

我一回到伦敦，立刻卷入种种活动，忙得不可开交。中日战争早已开始，在伦敦的中国学生都在为反日宣传工作而奔忙。我成了活动的领导人之一。当时我做过多少次公开演讲，现在已经记不清楚了。我们组织集会通常都得到那些同情中国事业的英国朋友们的帮助，愿意帮助我们的英国朋友很多。这些集会不是由当地的工会、就是由当地的人道机构出面组织的。我发表激昂慷慨的演说，听众们为我喝彩，并发誓要支持我们的事业，许多好心的老太太走上前来递给我一杯又一杯牛奶。沉浸在这种友好情谊中确实令人非常感动。我想创办一张油印的新闻简报，为当地中国居民提供中国的战争消息。我的一些中国朋友支持我的计划。他们是：语言学家吕叔湘（现任中国社会科学院语言研究所所长）[①]、历史学家向达（现已逝世）、王礼锡教授和他的太太，还有其他几位。我买来一台油印机，每天下午，我把英国报纸上有关中国战争的消息收集在一起，加以编排，拿给吕叔湘和向达，由他们刻蜡版。当时在伦敦东区住着大约800名中国人。他们大多从事餐饮业、洗衣业和其他商业。很多人几乎不看英文报刊，他们宁愿看中文报纸。我们的新闻简报只在中国居民中散发。报纸的名称是《抗日时报》，每天晚上出一张。每天晚上，报纸刚从油印机中印出来，王礼锡、他的太太和其他几位就赶快拿到伦敦东区去散发。当地的中国居民欢迎这份报纸，我们每天晚上印出的800份，在通常的情况下，都能分发到他们的手中。所以我们觉得花这份力气很值得。我剩余的假期就用在做这件事上了。10月份我必须回牛津去上课，这项工作就留给其他中国人来接手。圣诞节和新年假期里，我返回伦敦，继续办这份报纸。这份小报一直坚持出到1938年冬天。

除了为在伦敦东区的中国居民办这份报纸外，我在冬季假期里还从伦敦到巴黎做过一次短暂的访问。当时在巴黎的中国留学生在中国共产党地下党员的支持下，也办了一份报纸，叫做《救亡报》，他们在巴黎有一个办事处。我和几位中国朋友商量了一下，决定去访问他们一次，既然大家都在为共同的事业战斗，我送去20英镑，作为对他们工

---

[①] 吕叔湘先生逝世于1998年。本书写作于1990年及其后一段时间，当时吕先生尚健在。
——编者注

作的微薄的支持。一位资深的共产党代表接见了我，我们进行了交谈。我不知道他是谁。他告诉我说他姓吴，但这可能不是他的真实姓氏。他简单地向我说明中国的政治形势，他说国民党政府的抗日只是半心半意的，他们还是企图消灭中国共产党人，我们和中国人民必须与中国共产党人一起工作，共同抵抗日本的侵略。他还请我在一家小咖啡馆吃了些简单的食物。我以后再也没有见过他，所以不知道他如今是否还健在。也许他如今已是我国政府的一名高官，但我已经记不清他的名字，甚至连他的长相也记不起来了。

如上所述，从1937年夏末到1938年初这段时间，我除了在牛津上课以外，大多数时间都在伦敦，与我的中国朋友和中国留学生在一起。我在王礼锡位于汉普斯特德的厄普兰德路50号的家里度过很多时光，对某些问题的热烈讨论有时会持续到清晨两三点钟。记得有一次，我白天到处奔波、紧张工作，晚上又和朋友们聊个通宵，竟接连两天两夜没有睡觉。到第三天，我精疲力竭，连眼都睁不开了。我想睡一个下午。午饭后，我喝了好几杯浓浓的咖啡，就进莱斯特广场的一家电影院，去看一部好莱坞影片。那是一部无聊的惊险片，电影开始放映，我也就睡着了。我坐在座位上睡得十分香，直到大约下午四时电影放映完毕我才醒来。这一觉睡得我神清气爽，又可以重新投入工作了。

在牛津上课期间，大概是1938年春天吧，我还办了一份小型杂志，社论和一些文章都出自我的手笔，我在文中谴责日本的侵略，并对战争形势加以分析。我的结论是：中国尽管虚弱，但我们能赢得最后胜利。这是一份英文杂志，每一期的篇幅约为10至20页。杂志的名称是《再生》。它也是油印的，每期印数只有三四十份。我没想出售它，也没有征求订户，我把它邮寄给英国的各个友好机构。我甚至给日军驻天津卫戍司令部也寄了一份，目的是想激怒他们。看来日本军队并没有非常认真地看待我对他们的挑衅，这倒是件好事。后来，当我于1940年越过太平洋返回中国时，我们的轮船在日本附近遭到日本海军的阻拦和盘查。如果日本方面早就把我当成一名危险的敌人，我将因我的无谋之勇而陷入非常麻烦的境地。

那年春天，我还用英文写了一部关于中国军队在山西省平型关战胜日本侵略者的独幕剧。自从战争开始以来，这还是我方取得的第一场重大胜利，英国各大报纸对此都有详细报道。1937年7月，日本发动侵略战争后，迅速占领了中国北方的主要城市，包括天津和北京。接着又攻击南方位于长江流域的上海和南京，中国军队抵挡了一阵后，这两座城市都陷入日本人之手。紧接着，日军在南京对中国军人和平民展开了一场大屠杀。国民党政府从南京撤退到位于华中的武汉，接着又从武汉撤退到位于中国西南部内地的重庆。日本占领了沿海和铁路沿线所有的大小城市。当时武汉往西没有铁路，所以国民党政府可保无虞，他们把重庆定为陪都。在华北的日军也向西推进，深入山西省境内，那里是半山区。由板垣征四郎指挥的日军精锐师团在晋北一个地理位置险要的战略重地平型关遭到由林彪指挥的八路军的伏击，这个日本师团的一大部分被歼灭。这是我们在战争期间取得的一次意义重大的胜利。这次胜利不仅暂时阻止了日本侵略军的前进势头，而且在这之后日军再也没有向西推进。就这样，重要城市西安在战争期间始终没有陷入日军手中。我记不得当时我有没有把这个独幕剧刊登在油印刊物《再生》上了。后来我失去了这个剧本的手稿，但这无关紧要，因为它写得匆忙，又出自我这个外行之手，质量不会太好。如今我对这个剧本，连一行台词都记不起来了。我独自办的杂志《再生》只出了三期，到了年底，我就把它放弃了。那时，中日战争进入了相持阶段。日本把它的军事力量铺得太开。中国幅员辽阔，不是他们一口就吞得下去的。日本在占领了南方的广州以后，只是1944年在西南做过一次推进，企图从贵州出发攻打重庆。到了1945年，日本就投降了。

从1937年夏末到1938年初春，我把大部分时间都用于抗日宣传工作。我当然没有时间准备荣誉学位的初试。当时我对从事学术工作已经完全失去了兴趣,我知道,回到中国,我不会有机会过平静的书斋生活。我是中国人,我知道自己必须回去为中国效力。如果我放弃中国国籍,留在国外,我将对自己的行为感到十分羞耻。可是不管怎么样,我还是参加了荣誉学位的初试,并且考及格了,尽管只考了个三等,但对我说来已经够好的了。我知道自己的希腊、拉丁文基础太差,绝对考不上一等,至于拿二等还是三等,对我说来,这毫无差别。春天通过了荣誉学位初试,我就得为完成文学士学位再选修一门课程。当时我对人类学、历史学和原始宗教都感兴趣,但是牛津当时还没有设立人类学荣誉学位:我只能念一年,取得一张证书,而不是荣誉学士学位。很多朋友都劝我不要选修人类学,于是我就没有选修它。但我又不想选修哲学或历史学,因为在当时的牛津,选修这两门课程就意味着必须大量阅读康德和英国史,我对二者都不感兴趣。那么,在一所人文学科的学院里,我只能读外国文学或英国文学了。我最后决定修法国文学,在暑假前的一个学期里专门攻读法国文学。可是,在念了几个星期法国中世纪文学、以欣赏的态度读完《罗兰之歌》等作品以后,在接着读法国现代文学时,我感觉很困难。我从来没有很正规地学过法文,最后我的法文导师建议我还是改读英国文学的好,我听从了他的意见。我攻读法国中世纪文学的时间很短,但正是在这期间,我遇到了我未来的妻子戴乃迭,她也在学法国文学。我们俩曾在一起听课。后来我改学英国文学以后,她也决定放弃法国文学,改学中国文学。当时牛津大学刚开始设置中国文学荣誉学位,她是攻读中国文学荣誉学位的第一人。

# 第十一章

# 戴乃迭

乃迭和我决定订婚，我在校园内的宿舍里举行了一次早餐会，我在会上宣布了我们订婚的消息，那天我的许多年轻的英国朋友都应邀出席了。我也曾向伯尼发出邀请，但他没有来，我再也没有见到他。

1940年我和戴乃迭订婚,并一起返回中国。我往前跳得太远了,还是先来交代一下事情是怎样发生的吧。戴乃迭姓泰勒,是一位英国传教士最小的女儿。她父亲戴乐仁原名叫J.B.泰勒。他大学毕业后决心要当传教士,于是参加了伦敦传教士会社,并且来到中国。他的妻子塞利娜也是一位传道的教师。戴乃迭的父亲曾在天津新学书院(TACC),即我上的那所中学任教,但那是在我进那所学校以前。我进新学书院时,她的父亲早已离开天津到北京的燕京大学(即现在的北京大学。按,其实是燕京大学1952年并入了北京大学)去教书了。后来,在中日战争开始以前,他又作为新成立的工业合作化组织的一名教师到中国西北去工作,那是在甘肃省一座叫做山丹县的小城里。所以我以前从未见过他,也不认识戴乃迭的一家。工业合作化组织(在中国以"工合"的名字著称)是由戴乃迭的父亲以及另外几位属于费边社的年轻的英国理想主义者创建的。这些理想主义者认为:贫穷、落后国家的人民要想自助,只有一个办法,那就是组织成合作社,学习工业生产技术,以提高他们的生活水平。中国西北各省当时是、如今仍然是中国除西藏以外经济上最贫穷、落后的地区。所以他们就选择那个地区作为这项乌托邦社会主义的试验场。他们教授并训练那些贫穷的孤儿们学习并掌握各种实用的技术,他们的工作卓有成效。一位年轻的新西兰人路易·艾黎加入了他们的队伍,后来艾黎因这项工作而成为在新西兰和中国都很著名的人物。工合组织一直存在至今。1945年日本投降后,戴乐仁离开了中国,不久便逝世了。乃迭的母亲一直居住在英国,她虽很长寿,但她去世时恰逢中国的"文化大革命",那时乃迭和我都被当做间谍而投入监狱。乃迭的长兄伯纳德在太平洋战争时在新加坡被日本俘获,在日本即将投降时遭到杀害。她的二哥哈罗德如今仍健在,生活在英国。她的三哥、也是她最小的哥哥约翰居住在津巴布韦。她的姐姐希尔达是一位退休教师,现在居住在英国。

戴乃迭于1919年诞生在中国北京,四五岁时,她母亲把她和她姐姐带回英国。尽管她没有学过中文,但心中保留着在中国度过童年时的美好印象。她和姐姐都在肯特郡一处叫做七棵橡树的地方上学,那里离伦敦很近。中学毕业以后,她获得奖学金来到牛津大学。她学过法文,上中学期间曾到过法国,在一个法国家庭里住了一段时间,于是她决定选择法文作为她在牛津修习的主课。她是1937年去的牛津,比我晚了一年,由于她不学希腊、拉丁文课程,所以她的全部学程为三年。她进牛津大学不久就结识了我在默顿学院的亲密的同班同学伯纳德(伯尼)·梅洛。梅洛把我介绍给她,从此我们三人在一起度过很多时光。由于她过去的生活和中国有联系,于是参加了中国学会,在我担任中国学会主席时,她是这个学会的秘书。我们三人都选修法国语言文学课程实在是巧合。后来伯尼·梅洛和我因为法文不太好而改学了英国文学课程。尽管我非常喜爱法国文学,但我的现代法

年轻的戴乃迭。

语还没有我的中世纪法语好呢。我从来没有正规地学过法语，只是能念一些法国诗歌。我的法国散文成绩实在不佳。戴乃迭也放弃了法文，当时牛津刚设置中国文学荣誉学位，她由于家庭背景的影响，已经逐渐萌生了对中国文学学科的喜爱。她的中文导师E.R.休斯牧师以前也曾在中国南方传教。E.R.休斯是一位仁慈、开明的老绅士，但他的主要兴趣不在文学，而是对人文主义以及中国的儒家学说怀有更大的兴趣，他的中文口语也不太好。他教戴乃迭学习儒家的"四书"，而很少学其他典籍。我结识戴乃迭以后，就劝她多读些中国古典诗歌和古文的传奇故事，以及时代较晚的古典散文。她研读更多的是现代中国语言和文学，那是在她跟我回中国以后的事。毕业考试时，她得了个二等荣誉学位，她是获得牛津大学中文学科荣誉学位的第一人。她现在是英中了解协会（SACU）的副主席，这个协会是由英国的汉学家和对华友好人士组成的，目的在于促进英中两国之间的友谊。

1938年夏天以后，我开始学习英国文学课程，我首先必须学一些盎格鲁—撒克逊文学，如《贝奥武甫》等等，然后是中世纪英国文学，最后才是现代英国文学，从伊丽莎白时代直至浪漫主义时代。课程不要求学生研习19世纪50年代以后的作品，但我从兴趣出发，还是看了不少，尤其是现代诗歌，包括T.S.艾略特和奥登。在读了几个月盎格鲁—撒克逊文学之后，我非常幸运，由诗人爱德蒙·布伦顿（Edmund Blunden）做我的英文导师。他的学生全都爱他，我们都叫他爱称"泰蒂·布伦顿"。这位导师非常有教养，思想自由，态度和蔼，在他任导师期间，喜欢带学生们到小酒店里去喝酒。以前他曾在日本教过两年书，因此对东方来的学生并不陌生。他指导几名中国学生。我一如既往，算不上是个认真苦读的学生。我的精神只能集中到我喜欢的事物上去，我喜欢诗歌，尤其是中世纪早期诗歌。布伦顿对我的癖性抱着非常宽容的态度。解放后（1949年中国共产党人打败蒋介石，建立了中华人民共和国），爱德蒙·布伦顿当时在香港大学任教，曾对大陆做过两次访问，访问期间还曾和周恩来总理畅谈。他问起了我，我去见了他一次。他于70年代去世以后，当时在香港大学任注册主任的伯尼·梅洛把他和爱德蒙·布伦顿共同编辑的一本19世纪后期英国十四行诗集寄赠给我。这本书现在还放在我的书架上。

　　我在记忆中只保留着关于爱德蒙·布伦顿在担任我们导师期间的粗略印象。他多么温和、谦逊，从不对我摆导师的架子，我们只是随便地谈论书籍和其他事情。他常带我到附近一家小酒店去，面前摆着一品脱啤酒，继续我们没有谈完的话题。我记得他常去的一家小酒店是默顿学院附近的蓝熊酒家。我还记得，当我在乃迭的帮助下把中国一首著名的长诗《离骚》译成英文诗以后，曾请他提些修改意见，但他只说了些客气话而未做修改。这首诗据说是生活在公元前四世纪战国时代的传奇人物、中国第一位著名诗人屈原写的。我始终认为这是一首伪作，它的真正作者是比他晚几个世纪的汉代淮南王刘安。那情形就像莪相的诗，据说是一位古代盖尔族诗人写的，但其实是18世纪诗人麦克菲逊的伪作。我用英国的英雄偶句体形式来译《离骚》，出于兴趣，我模仿了德莱顿的风格，对此我自己很得意。这是我第一次把中国古典文学翻译成英语。后来，在解放后的50年代初，我的这部译作在北京的外文出版社出版了。著名的英国汉学家大卫·霍克斯（David Hawkes）见了大吃一惊，他发表了下述幽默的评语：这部《离骚》的诗体译文在精神上与原作的相似程度正如一只巧克力制成的复活节鸡蛋和一只煎蛋卷的相似程度一般大。大卫是我俩的一位好朋友，我俩都觉得他的话很好玩。不管怎么说，我迄今仍认为著名的诗篇《离骚》是一部伪作，我采用"模仿—英雄偶句体"形式翻译这首诗是恰当的。但我不想为了图自己的痛快在这里讨论我所持的理由了。这件事所以值得一提是因为后来我以翻译中国古典文学作品著名，而半个多世纪以前的这部译作是我对此所做的努力之一。

　　1938年，我还翻译了唐代后期诗人李贺的一些诗，伯尼·梅洛帮了我的忙，他把这些译诗拿去发表在牛津大学的一本学生杂志上。杂志的名称究竟叫《契尔威尔》（Cherwell），还是《伊希斯》（Isis），我就记不清了。伯尼·梅洛还在那期杂志的新栏目上介绍我，登载了我平时随意说过的一些话。他称我为"可尊敬的杨"，还配发了一张我只有几岁时穿着中国丝绸马褂照的相片。于是我在牛津大学的学生中间成了个知名度颇高的人物。事实上，伯尼·梅洛、乃迭和我三个人每天都在一起活动：在牛津大学学生会，在河上撑船，到当地一家名叫"泰姬陵"的印度餐馆就餐，或是到其他地方去吃喝。还有一家幽静、偏僻的"鳟鱼酒店"也是我们时常光顾的地方。有一次我们在"泰姬陵"喝得烂醉，我和伯尼离开时从楼梯滚落下来，我俩都难受得要命，乃迭站在旁边一筹莫展。

时光飞逝，我们几乎没有认真做什么功课。到了1940年，我在毕业考试中只能勉强通过，得了个四等荣誉学位，成了"稀有动物"。每年毕业生中得四等荣誉学位的只有一两个人。四等生甚至比头等生更难得。但是，既然我准备回中国，那么我得哪一等都无所谓。当时，在牛津读满四年又取得荣誉学位的毕业生只要多付20英镑住宿费，无需再次考试就能获得一个额外的硕士学位。我交了那20英镑，拿到了硕士学位。但我没有留下来参加毕业典礼，我迫不及待地想赶快带着我的未婚妻戴乃迭返回中国。但这是后话，等以后再说。

尽管当时伯尼·梅洛正在热烈地追求乃迭，我们班上许多同学也都以为她是伯尼的女友，但实际上她更喜欢的是我，不是伯尼，而我已经爱上了她。有一天，我和她互相倾吐了彼此的感情，当天晚上，我觉得我必须把这件事告诉伯尼·梅洛。他显然非常伤心，在那一年剩下的日子里，他尽量避免和我俩在一起。后来，乃迭和我决定订婚，我在校园内的宿舍里举行了一次早餐会，我在会上宣布了我们订婚的消息，那天我的许多年轻的英国朋友都应邀出席了。我也曾向伯尼发出邀请，但他没有来，我再也没有见到他。我听说战争开始时他成了一名拒服兵役者。他一毕业就离开英国到香港大学去教书。我听说他干得很不错，后来成为香港大学的注册主任。他以在战争期间及战后的优异表现，荣获英帝国勋章（O.B.E.）。他也结婚了，娶的是一位很好的瑞士姑娘，名叫莫丽塞特，生育了几个子女。抗日战争结束后，他恢复了和我的联系，当时他找到了我离开牛津时寄往香港、日本占领香港后被日本人没收的一批书籍。伯尼设法给我把书寄往重庆，但是1946年我离开重庆去南京途中又把这批书丢失了。1983 和

20世纪40年代的杨宪益。

1984 年，我和伯尼分别多年后，终于在英国重新聚首。如今他已退休，住在牛津大学附近的阿平顿。

我和乃迭准备结婚的决定还引起双方母亲极大的忧虑。她们都担心我们这一跨国婚姻恐怕不能维持长久。我听说我的母亲在天津得知这一消息时哭泣起来。后来，她在中国见到了乃迭才放下心来，她待乃迭很好。乃迭的母亲塞利娜一开始就不愿意她在假期里用太多时间和我做伴。乃迭在巴黎度假时，她听说我也要去，竟通知乃迭让她缩短假期。当她得知乃迭已下定决心跟随我回中国并且同我结婚时，她做出悲观的预言，说我俩的婚姻顶多只能维持四年。她的预言已被证明是错误的，尽管我们婚后有时的确曾经遇到过一些困难，因为中英两种文化有很大的差异，而且中国无论在当时或是现在都很贫穷。对于乃迭来说，尤其不容易，特别是战时在中国内地度过的那些岁月。

第十二章

回国之前

我在进牛津大学之前，曾读过一些马克思和恩格斯的书。进牛津以后，又读了一些，一个中国青年倾向马克思主义，这决非偶然。我这一代人中的大多数都走了同一条道路。这是中国人民不可避免的历史趋向。

丰富多彩的书籍和戏剧表演永远是构成我文学感受的重要部分，且不提诗歌了。因此我要加一两段文字谈一谈这一时期我看过的一些书，那都是给我留下深刻印象的课外书。我看了当时英、美作家写的一些关于中日战争的书籍，它们有助于我更多地了解中国的政治形势。在我去英国以前，我一直生活在天津的外国租界里，对于中国的政治形势了解得很少。我看到的中国报纸从不向我提供任何关于国民党与南方的共产党激烈冲突的消息。在我读的书中，我发现弗丽达·厄特莱写的关于日本侵略的书《日本的泥足》对我很有帮助。我还要提起牛津毕业生詹姆斯·贝特兰写的两本书，当时他是一名派驻中国的新闻记者，那两本书是《西安事变》和《人民战争》。前者写的是1936年12月东北军少帅张学良在西安扣留蒋介石的事，这一行动迫使蒋介石屈从人民的要求，停止打共产党，并转而抵抗日本的侵略。后者是一篇报道，介绍中国共产党领导下的北方人民的抗日战争。这两本书都给我强烈的印象。当然，我还读了其他关于中国革命和战争的书籍，如《中国发出的雷声》和《红星照耀中国》（即《西行漫记》）。但我最喜欢的是詹姆斯·贝特兰写的报道。几年以后，我与他在中国相遇。那是在1941年，在战时的重庆，当时我和乃迭早已返回中国并且结婚了。他来参加我俩的结婚周年纪念，后来我们在一起吃饭，他当场唱了一首中国的抗战歌曲"九一八！九一八！从那个悲惨的时候……"这是中国音乐家张寒晖在1931年日本占领中国东北三省时写成的。詹姆斯·贝特兰在战争期间还去过延安，对毛主席进行过采访。他后来去了新西兰，成为一位英国文学教授。我们从未通过信，不知他如今是否

第十二章　回国之前

还健在。

我在进牛津大学之前，曾读过一些马克思和恩格斯的书。进牛津以后，又读了一些，但我从未读过马克思的《资本论》。我倒是更喜欢读恩格斯的《反杜林论》以及普列汉诺夫的一些文章。当时我也读托洛茨基的《俄国革命史》。一个中国青年倾向马克思主义，这决非偶然。我这一代人中的大多数都走了同一条道路。这是中国人民不可避免的历史趋向。拿我自己来说，也许我早年阅读的诸如意大利爱国志士和政治思想家马志尼的《人的责任》，中国第一个共和国的缔造者孙中山的《三民主义》以及其他中国和西方的前马克思主义、非无产阶级社会主义思想家们的著作都有助于塑造我的未来。

1939年初春，发生了一件意想不到的趣事，它使我在一段时间里卷进了伦敦的戏剧圈子里。新年假期刚过，我接到老朋友、老同学李亚福从剑桥大学寄来的一封信。那时他早已进了三一学院，攻读历史学或政治学。李亚福从来不是一个认真读书的学生。自从他和我一起来到英国后，起初一段时间他忙于打网球，接着就追起伦敦歌舞团里那些表演合唱的年轻姑娘们来了，花掉很多冤枉钱。1938年，一位名叫熊式一的中国穷教授新创作了一部戏剧《王宝川》，在伦敦一家小剧场上演。演出立刻取得了成功。我想我在前面早已提到过这位

年轻的杨宪益。

熊教授了。他住在王礼锡位于汉普斯特德的家里。李亚福看到熊教授的剧本取得成功，他也想照样露一手。当时他早已和伦敦戏剧圈里的人混得很熟了。然而，他没有现成的剧本可用，于是他就写信给我，要我写一部中国历史剧供他搬上舞台。他说，春假时我可以到剑桥大学去，住在他那里，这样就可以排除干扰，用两星期时间把剧本写成。我答应了他的要求，只花了大约十天工夫就把剧本写出来了。他坚持要向我购买版权，但我告诉他说，我只是写着玩的，不能收他的钱。然而，他非要和我签订一份正式合同不可，于是我俩真的签了合同，并请律师做了公证。就这样，我以一英镑的价钱把剧本的版权卖给了他。这是他平生做成的一桩最便宜的买卖。李亚福请了一位经验丰富的舞台监督以及若干男女演员，准备把它搬上舞台。这一切具体事务我就不管了。他准是为此花掉了好几百镑的钱。当时正值伦敦戏剧的淡季，很多戏剧界专业人员都闲着。他居然使著名女演员黛安娜·温耶特都对这部戏大感兴趣，并答应演女主角。那位专业舞台监督帮着做一切准备工作，李亚福专门为他在饭店里开了房间。我记不得舞台监督叫什么名字了。我只记得他看上去像个骗子，他整天什么都不干，只是喝得醉醺醺的，吹嘘他过去在戏剧事业上的成就。有一天下午，我陪他闲聊，喝掉整整两瓶苏格兰威士忌。李亚福请他帮忙，花的钱准少不了。假期很快就结束，我离开伦敦回学校去了。后来我听李亚福说，那部戏经过几次排练，准备举行首场演出，连请柬都发出去了。可是，那年夏天战争爆发了，整个演出计划只得放弃。我从来没有向李亚福打听，他为这个鲁莽的计划一共花掉了多少钱。

我早就应该说明一下我那部戏剧是写什么的。那是一部三幕历史剧。它的故事与我在天津上学时的校长黄佐临写的那个剧本的故事完全相同。故事发生在公元前五世纪战国时代，吴国国王被邻国越国打败并被杀死。吴王迷恋美女西施，这位美女是剧中命运悲惨的女主角。我没有读黄佐临的剧本，但这个故事是人们都非常熟悉的。我曾经参与了黄佐临剧作的演出,这也许正是我何以要采用同一主题的原因。我给我的剧本取了个名,叫做《紫漠黄昏》。如今我对这部戏剧连一个细节都记不得了,所以说,它准是写得不好。我记得很清楚:由于法西斯主义的崛起,欧洲当时笼罩着大难即将临头的气氛。也许这是我选择这一题材的原因。现在我对自己这部戏剧终于未能上演、并且连剧本也丢失了一事并不觉得可惜。它准是一部非常幼稚和笨拙的作品。尽管当时李亚福和其他人似乎很喜欢它,但是,如果它居然能在伦敦的剧场演出,我会为此而羞愧的。我不知道别人为什么会喜欢我的剧作,也许他们认为戏的主题很切合当时的局势吧。

# 第十三章

## 回国之际

我决定带回国的书籍还装满了大约七大木箱，由海路托运到香港，等我到达那里时去取。但事实上我们再次见到这批书时已经是战争结束以后了。

我很快就将面对回国这一事实了。然而，1939年夏天，我仍想去苏联一游呢。当时苏联国际旅行社在伦敦设有分社，专门安排此类旅游活动。我在旅行社订了票，准备去列宁格勒和莫斯科旅游一个月。但是，当时欧洲局势日益紧张。希特勒已经吞并了奥地利和捷克斯洛伐克，战争已迫在眉睫。等我干完了帮助李亚福在伦敦上演那部新戏的工作后，我想，如果去苏联旅游而恰恰这个时候战争爆发，那么我就回不了英国了。于是我又去苏联国际旅行社伦敦分社，取消了这一旅行计划。在这以后，我再也没有其他机会去访问当时的苏联、如今的独联体国家了。在希特勒攻击并占领波兰以后，英国终于在9月份对德宣战。尽管人们对法国的马奇诺防线仍存幻想，以为它坚不可摧，英国暂时还是安全的，但当时西欧总的政治气氛已变得非常严峻。我记得1939年底或1940年初，有一次我正在托特纳姆院路漫步时，伦敦进行了防空演习。在当时，街上的行人每听到空袭警报总以为德国轰炸机真的来了，大家都往下走进附近的地铁站去躲避。我注意到英国人民都表现得沉着镇定，秩序井然。人们的脸上虽然神态严峻，面色苍白，双唇紧闭，但没有任何惊慌、混乱的迹象。过一会儿，解除警报奏响，我们重新回到街上。我们以后才听说，这不是真的空袭，仅仅是一次演习。但是，战争风云早已笼罩在天空，英国完全变了——再也不是以往那宁静、和平的地方了。在这以后，食物，包括肉类、黄油和食糖，都实行配给。每天，希特勒德国以及英国的卖国贼"嘀嘀勋爵"①，都在无线电台发出

---

① 名字已不记得。他做演讲的口气如此，所以人们这样称呼他。

尖锐刺耳的叫嚣，说要将英国夷为平地。于是，英国政府向人民分发防毒面具。到了夜里，街上一片漆黑，每座房子的窗户上都遮着窗帘，就怕成为空袭的目标。每个人谈论的话题、一切报纸报道的内容，都是战争。

1940年初夏，乃迭仍决定到巴黎度假，毫无疑问，当时战争已真的要打起来了。我在伦敦急切地等待她平安归来，接连三四天，我每天都到滑铁卢车站（或佩丁顿车站）去接她。正当我们听到法国军队战败、希特勒的闪电战已打到巴黎、英国军队已从敦刻尔克撤回的消息时，她平安地回来了。我俩在剑桥附近一处美丽宁静的乡村待了两周，度过我们最后一个田园牧歌式的假期。那地方叫格兰契斯特，英国诗人奥登写过一首关于格兰契斯特的诗，开首两行是这样的：

　　Eith genoimen，但愿我是在
　　格兰契斯特，格兰契斯特！

开头两个字是希腊字，意思与"但愿我是在"相同。每个攻读希腊文学的学生都熟知，这是从欧里庇得斯的悲剧《美狄亚》起首那一行中引来的。

度过了那短暂的田园牧歌式的假期，我必须回牛津大学去面对现实了。我得参加毕业考试，还要收拾行李准备回中国。尽管我已在英国居留六年，平时也很少给我在中国的母亲和妹妹们写信，但我始终明白，等我在牛津大学完成学业，我将返回中国。对此我从未产生过任何疑问，即使在中日战争改变了一切以后，我的心也没变。我知道我回不了老家，因为天津已被日本占领。但是，我必须回中国。那就是说，我得前往内地，到我从未去过的地方，直等到中国赶走侵略者、重新获得自由的那一天。1940年春天，美国方面邀请我到那里去继续古典学术的研究工作。我接到哈佛大学一位姓巴莱特的美国学者的信。

巴莱特以前曾在默顿学院读过研究生课程，我认识他。他知道我将于夏季毕业，突然给我写了一封信，说如果我想继续研究古典学术，哈佛大学可以请我去当助教。这真是他的一番好意，但我还是回信谢绝了。我在信中说，我已在国外住得够长的了，我觉得自己必须回中国去工作。与此同时，我又得到另一封邀请信，它来自一所中国的大学。抗日战争期间，中国北方及沿海地区的大多数大学都迁往内地。天津、北平的三所最好的大学——天津的南开大学和北平的北京大学、清华大学——迁往云南昆明，那里地处中国西南，离中缅边境不远。这三所大学合并起来，重新命名为西南联合大学。它实际上囊括了平津两地最优秀的学者，被公认为战争期间内地最高的学术中心。有两位著名教授推荐我去西南联大工作。一位是著名的小说家兼优秀学者沈从文教授。当时他在那里任教，我的小妹妹杨苡和她的未婚夫赵瑞蕻都是他的学生。另一位是诗人兼英国文学专家吴宓教授。我以前从来没有见过他们二位。沈从文是从我的小妹妹杨苡口中了解我的，而吴宓则看过我在天津上高中时写的一些诗，留下了深刻印象。这两位好心的师长兼朋友邀请我到他们的大学去工作，因为当时中国还没有治希腊、拉丁学问的学者，他们想在大学开设一门古希腊、拉丁语言文学的课程。我得到教授的聘书。我乐意接受这一聘请，因为当时我还没有地方可去，西南联大以学术水平高、学术空气自由著称，那里似乎是我理想的安身之所。我的母亲在天津给我写信，说她也决定和我的妹妹敏如一起去内地。她准备住在重庆的中国银行。虽然重庆和昆明不在同一个省，但总算离得不太远，我们就能常常见面了。于是我就拿定了主意：首先前往昆明，开始我的教书生涯，假期里再到重庆去探望母亲。当时我没有料到，实际情况总不能按照计划好的那样发展，事实上我要等好几年、直到战后才能看见昆明。

母亲在短柬中只是说，她和我妹妹敏如决定离开天津前往内地重庆。她不知道她将在何处栖身，但她提到，中国银行的朋友们会照应她们的。她在信中还说,当时我们家实际上已经破产了。家里持有的法币都被换成伪政权发行的储备券了,而家里长年来总是挥霍无度。所以她不能继续寄钱给我了,希望我一毕业马上就回来。事实上我也已花完了我存在银行里的最后几百英镑,正盼着家里给我寄回国的旅费呢。我忽然发现自己陷入经济困境,年轻的纨绔子一夜之间变成了穷人。幸亏这些年来我买了很多书,既然我不能把它们全都带回中国,于是就把其中大部分都卖掉了。牛津校园里那家叫布莱克威尔的书店有一项很完善的制度:大多数学生在离开牛津前总要卖掉一些书,布莱克威尔书店就折价收购。卖书人通常总能收回书价的三分之二。于是我把大部分书都卖给了布莱克威尔书店,回收的款子足够维持我在英国最后两个月的支出。至于说旅费,乃迭的母亲借给我一笔钱,等我回到国内由我母亲再归还给她。我决定带回国的书籍还装满了大约七大木箱,由海路托运到香港,等我到达那里时去取。但事实上我们再次见到这批书时已经是战争结束以后了。

我们最初计划通过红海和印度洋返回中国,因为我从来还没有经过这一地区。然而在当时,德国的潜艇和战舰正在横行,许多英国船只都在地中海东部被击沉。这条路线太危险,我们回国还得走我来英国时的老路——越过大西洋,穿越北美大陆,然后再越过太平洋。尽管大西洋上也有德国潜艇出没,但至少有英国驱逐舰护航,这条路线总要安全些。

当时的牛津大学已变得面目全非了。我在学院的老朋友们都已离去。许多人参军当了少尉军官,成为战争的第一批伤亡者,从此再也没有听到他们的消息。默顿学生宿舍前院的一个男孩子突然发了狂,他手持一枝枪站在窗口见人就打。幸亏他只打中了一个人,而且伤得不重。我通过了毕业考试,真到了离去的时刻。我离开牛津时心中并无遗憾,因为有乃迭陪伴我一起回国。但是,乃迭在申请前往中国的护照时,有关官员却犹豫起来。他问:一个年仅二十一岁芳龄的姑娘,为什么在这个时候要去中国?

"我要和我的中国未婚夫一起去。"

"你到了中国也许会发现他家里原来有妻子。要是那样的话,我们就得把你送回来。"那名官员说。

"我父亲现在就在中国。他在一所大学教书,并且为工业合作化组织工作。"乃迭告诉他说。

听了这话,那名官员才放下心,就这样,乃迭取得了前往战时中国的护照。

# 第十三章 回国之际

第十四章

回 国

我们从南安普敦开始我们的旅程，我们乘坐一艘小班轮，由一个包括两艘驱逐舰的护航队护送。我们穿越大西洋的航程平安无事，没有受到任何德国潜艇的骚扰。

回国之前先要忙乱好一阵子做准备。我们订了前往加拿大以及从加拿大西海岸越过太平洋前往香港的船票。我们计划从香港经由越南河内、乘火车前往中国内地昆明。我们归程最后一段的票是不能预订的，因为伦敦旅行社最远只能安排到香港，至于从香港到中国内地，他们就不管了。我们想，一到香港就好办了，我们可以和双方的家长取得联系，最后一段旅程就简单了。当时英国实行战时财政约束政策，每一个离开英国的人身边最多只能带出 25 英镑现金。所以我俩离开英国时，口袋里一共只装了 50 英镑。我们想，一切旅费都已付清，这些钱一路上也够花了。必要时，等我们到了香港，可以再问双方的家长要钱的。

我们从南安普敦开始我们的旅程，我们乘坐一艘小班轮，由一个包括两艘驱逐舰的护航队护送。我们穿越大西洋的航程平安无事，没有受到任何德国潜艇的骚扰。有一天，我们在船上从无线电广播中听到德国开始轰炸伦敦的消息。在我们离开英国前，德国对英国真正的轰炸行动还没有开始呢，只是在剑桥或考文垂扔了一两枚炸弹。伦敦还从来没有挨过炸。我们乘船到达蒙特利尔，又乘火车途经加拿大一侧的尼亚加拉瀑布，接着是多伦多和加拿大境内的落基山，最终来到温哥华。蒙特利尔只给我留下模糊的印象。一名我如今已记不清楚的偶然相识者带我俩乘他的汽车在城里走马观花。汽车疾驶而过，城市显得很美，它不像英国，倒是更像法国的某地。加拿大一侧的尼亚加拉瀑布给人的印象不如美国一侧给人的印象那么深刻，但仍然十分壮观。我们是乘出租汽车去的，那名加拿大司机是个大学毕业生，他的话很多,一路上嘴都不肯停。离开尼亚加拉瀑布,我们来到多伦多,在那里歇了一宿。那时的多伦多可不是如今这个繁忙的现代化大都市,它就像好莱坞西部影片中的一座边陲小镇,只有一条繁华的林荫大道,设有电影院和大商店。我们又从多伦多出发,穿越加拿大一侧的落基山,在一处叫做班夫的景色美丽、树木葱茏的旅游点住了一两夜。接着我们到达温哥华,那里的中国移民早已充塞于途了。我俩在那里一家卖炒杂碎的中国餐馆吃了几顿饭。我们乘坐火车用了不到十天工夫就穿越了北美大陆,完成了横贯加拿大的旅程。1934年我来英国途中穿越美国的旅程却花了整整一个月。这倒不是因为加拿大缺少值得游览观光的景点。这一次我不是在做观光游览,而是匆忙赶回中国。再说,我俩身边的钱也紧得很。一路上我俩都吃最简单不过的食物,从不逛商店,连纪念品都不买一件。

因为手头拮据,我们在温哥华时决定,在越过太平洋的航程中要更加节省。乃迭还得睡二等舱或旅游舱,因为一位英国淑女是绝对不能睡三等舱出外旅行的。再说轮船公司也不会把三等舱的票卖给白种人。我买了一张三等舱的票。舱房位置在船的下部,离轮机舱很近,一间屋里住四至五人,实在闷热难忍,让人透不过气来。好在乃迭住旅游舱,我可以常到她舱里去探望。我们和头等舱、二等舱里的一些旅客交上了朋友,与其中一位身材圆鼓鼓的中年美国人尤其谈得来,他说他姓布朗。我们感觉得出,这不像是他的真正姓氏,他似乎有点神秘,不肯透露自己的身份。我们怀疑他可能是正在履行一项秘密使命的中央情报局工作人员。我们还和一位姓布兰克斯顿的英国人很友好。他是研究宋诗和明代瓷器的权威学者,是一位教养有素、性格沉静的英国绅士。我们四人一起在头等舱甲板上或是在休息厅里度过很多时光,所以这次旅行才不显得太烦闷。我记得那位富于旅行经验、到过许多地方、对政治事务知识丰富的美国人布朗给我们介绍了一种新的饮料:半杯朗姆酒加上半杯可口可乐,他把它称为"自由古巴"。这种饮料加上冰块喝确实很不错。我们在船上结识的旅客中还有一位研究针灸的俄国教授，然而我们在船上交往最密切的还得数布兰克斯顿先生和布朗先生。我们到达香港以后再也没有和那两位先生见面，只听说布兰克斯顿先生一到达远东就得急病死了。我们是多年以后从一些英国朋友口中听说这一消息的。真凑巧，我们这次搭乘的又是加拿大女皇轮船公司的一艘班轮。它叫俄国女皇号呢还是叫别的名字，我就记不清了。

这一次航行，轮船在夏威夷未做停留。轮船到达日本附近时遇到了意想不到的麻烦。日本海军船只强迫我们停驶。当时太平洋战争虽然还没有爆发，但日本似乎早已是西太平洋的主人了。几名日本海军军官带了些卫兵登上我们的班轮，命令三等舱里的中国乘客都到甲板上来，站成一排，接受询问。有一位中国旅客，如今我已记不起他的姓名了，他戴着镜片厚厚的眼镜，看样子像是一位大学教授，此时显得特别紧张和慌乱。日本军官吼叫着向他提了几个问题，他回答时口气结结巴巴。于是卫兵们立刻把他押送下船，从此再也看不到他了。当时我想，不知他的命运将会怎样。等我接受询问时，日本军官冷冷地问我是干什么的，我说是"学生"。他问我到哪儿去，我说"香港"。他问我在香港的地址，我回答他"中国银行"。他似乎感到满意，就让我通过了询问。如果他进一步仔细盘问下去，我真不知道结局将是什么，因为我们当时在香港没有真正的住址，也没有保证人。

不久以后，我们的班轮到达上海。尽管中国的那半壁河山早已沦入日本占领军之手，但那时太平洋战争还没有爆发，上海仍在执行一项国际协议，因此我们可以上岸活动。我们登岸时是在夜间。突然，舷梯旁一个身材高大、结实的男人转过身来，对我行封建式的屈膝礼。他叫了我一声"少爷！"我一看，原来是我家的老仆人兼管家潘福。这突然出现的神奇景象令乃迭十分震惊并久久难以忘怀。很明显，天津老家的人派他到上海接我来了。我向他打听"太太"（我父亲的第一位妻子）和"少奶奶"（我的母亲）是否安好。他回答道，老太太身体好，可是我的母亲和妹妹早已到内地去了，她们准备在重庆和我相会。我告诉他，考虑到当前的局势，我就不回天津去了，我准备直接去内地。我还对他说，我只在上海耽搁一晚上，第二天就继续乘船前往香港，所以他不必等我了。后来，等我们在饭店找好房间，他又来告诉我更多家里的情况，但他究竟讲了哪些家庭琐屑，我已经忘却了。

离开上海后，我们到达香港。一个我在旅途中结识的人介绍我们住进香港九龙一家英国人开的小小的家庭旅馆。那真是个精美的居所，地处安静的住宅区，干净得一尘不染，房间也好。它比当时伦敦一般的家庭小旅馆还好，现代化设施一应俱全。那时我们实际上已经把身上带的钱都花光了，不过我们还带着许多很像样的行李，身上是笔挺的英国服装，看上去完全是有身份的体面人。旅馆主人万万没有想到我们竟会身无分文。我们决定在那儿住些日子，直到双方家长给我们寄些钱来。我给天津老家和重庆的中国银行都发了电报，要家里寄钱。乃迭也给当时在西北兰州的父亲发去电报。我们在旅馆等了半个月，但没有汇款也没有回复。准是因为我们所写的地址不够详细。我们陷入窘境。不过我们对旅馆主人说，我们在离开前一定会把全部账单结清的。所以我们每天都在旅馆用餐，每顿饭照吃，饮料照喝，只是在账单上签字罢了。我们出门散步时，从不上商店，也从不进餐馆、咖啡屋或电影院。没人知道我们有多穷。我们在香港既无朋友又无亲戚，没有可以借到钱的地方。我们想，如果景况越来越糟，我们就把行李统统卖掉，用来抵账。然而，我们还得想出办法，如何能继续我们的行程，到达内地。来到香港以后，我们发现日本又向西推进了，中国和越南之间的铁路联系已被切断。看来要走陆路了，我们听说有人就是靠步行或骑马走乡间小路前往内地的。可是，旅客一路上都会遭到土匪抢劫，而且我们不知道这么走究竟要花多少钱。而我们身边没有钱。另外的办法只有坐飞机了。香港和重庆之间有正常的航运服务，每周有航班一至两次。飞机只能在夜间飞行，因为白天会遭到日本飞机的拦截或被击落。看来这是最合理的办法，但是话又要说回来，我们总得弄到订机票的钱呀。

正当我们进退两难之际，乃迭忽然想起她父亲曾在一封信里提起过，他在香港有一位中国老朋友，如果我们遇到困难，可以向他求援。幸好乃迭把他的名字和住址记在她本子上了。那位朋友就是陈翰笙博士，他正在某个进步组织中协助孙中山夫人宋庆龄工作，该组织在香港设有办事处。我们按地址前往那个办事处，找到了陈博士。当他得知乃迭是戴

杨宪益与他的妻子戴乃迭。

乐仁的女儿、我是戴乐仁未来的女婿时，马上借给我们一笔钱，好让我们付清旅馆的账单，还替我们订了飞往重庆的机票。我们的一切困难顿时就迎刃而解。后来我在北京的一次会议上重新见到他，我向他提起我们初次见面时发生的事，感谢他对我们的帮助。可是他对这件事已完全忘却了，他只是模模糊糊地记得我俩在解放前曾见过面。我猜想，他在香港工作的那一时期，曾帮助过许多像我这样的中国朋友排除困难，前往内地。

我们赶往机场、登上飞机已是午夜时分。飞机很小，只能载一打左右中国乘客。我记得那一夜月色澄明，机上工作人员可不喜欢这样的

天色，担心我们的飞机会被日本侦察机盯上。不过，我们这次航程平安无事，只是飞机起飞并升到一定高度后，发生了机器故障，只得返航修理。这样就延误了两个小时。飞机抵达重庆时，天早已大亮。我们先雇了两架滑竿，后来又换乘两辆人力车，才进了城。我们一点没费力气就找到了中国银行的人。银行经理的家人们早听说我很快就要到来，他们端出几碗水煮嫩鸡蛋和鸡汤给我们当早饭，还告诉我说，我的母亲正在她的住处等候我呢。他们坚持要送我们去，于是我们就来到母亲的住所；那儿离得不太远。我母亲住在市郊一座别墅里。别墅相当精美，是中央大学校长罗先生的产业。我母亲租的是楼下那层，罗先生一家住在楼上。那地方叫小龙坎，附近有一条公路，公共汽车通过那条公路进入市区。就这样，我们暂时安顿下来，我们回国的冒险历程至此结束。

第十五章

重 庆

1940年秋天，当我来到重庆时，这座城市已挨过几次轰炸，但遭受的破坏并不大。然而，既然炸毁了一些房屋，城里就充满了无家可归的流民和乞丐，到了晚上，巨大无比的老鼠从阴沟里钻出来到处找食吃。这是个可怕的景象。

重庆是四川东部的一座山城，嘉陵江从西北方向流来，在此汇入长江。居于两条大河汇合处的独特地理位置，使重庆成为中国内地的商业中心。中日战争开始后，国民党政府决定将重庆定为中国的临时首都，因为它有难以攻取的地理特点。当时重庆与中国中部的武汉之间没有铁路联接，日本战机必须沿着长江飞越三峡、深入西部山区，方能到达重庆。对重庆进行有效轰炸是不可能的。国民党政府在山上修建了许多防空洞，一切重要的政府建筑都修建在飞机够不着的岩壁底下。日本飞机只能在城里贫民居住的人口稠密地区扔炸弹。所有高官都在安全地区拥有别墅或住宅，日本飞机根本就炸不着。高官们的防空洞装备得很好，有冷藏库、电力设备，还铺着地毯。重庆还是个雾都，日本飞机只能在上午十时大雾消散以后才能扔炸弹。日本飞机来时，只能在上午十时至下午五时这段时间内进行一到两次轰击，而且它们的行踪在通过三峡之前就会引起注意，人们有充分的时间躲进防空洞里去。日本飞临城市上空之前的二十分钟，空袭警报就会鸣响。我们对此已逐渐习惯了。内地的其他城市就不具备这么优越的地理位置。成都虽然坐落在更西处，但那里是一片平原。贵阳和昆明的情况也一样。这些城市在空袭中受到更大的伤亡。1941年初夏的一天，我正在成都我岳母的住宅里时，遇到了空袭。成都没有防空洞，当我听到炸弹声呼啸直下时，便赶紧躲进庭院内的一条沟渠里。接着是一片震耳欲聋的爆炸声。空袭过后，我走到附近的街上，只见大部分房屋已被炸成废墟，到处躺着遇难者的尸体。我听说那天光是坐在一个公园里喝茶的人就被炸死好几百。那个时候，中国谈不上有什么防空体系，日本飞机可以队形整齐地飞过来，任意丢下炸弹。他们很少轰炸农村，只是在城里人口最稠密的地方扔炸弹，目的要造成人们的恐慌。

1940年秋天，当我来到重庆时，这座城市已挨过几次轰炸，但遭受的破坏并不大。然而，既然炸毁了一些房屋，城里就充满了无家可归的流民和乞丐，到了晚上，巨大无比的老鼠从阴沟里钻出来到处找食吃。这是个可怕的景象。我们听说，地处西南的昆明也刚遭到过猛烈的轰炸，伤亡人数更多。我母亲听说我俩已接受西南联大的聘请，那里早已开学，我们再过几天就要赴任。她哭哭啼啼地坚持不让我们去。她觉得待在重庆会比较安全。她的房东、中央大学校长罗先生也走下楼来劝我们别去昆明，而是到他的大学去工作。他说，他的大学在嘉陵江上溯七八英里处的柏溪村创办了一所分校。该校英文系需要新增教授，如果我们愿意，可以去那里任职。我觉得虽然中央大学学术圈子由于与国民党政府的关系过于密切而声誉不佳，但那里确实还有一些很好的教授。我考虑，昆明似乎真的路途遥远，在战时，省与省之间交通又不便，我离开母亲这么多年，要是刚回来又走，实在有些说不过去。于是我被说服了，便接受了中央大学的那份新工作。我给昆明的西南联大写了一封道歉信，说是我被母亲留在重庆，不能到昆明去了。后来我听说，西南联大一直在等我们去，他们开班等候我们达一年之久。我为此深感歉疚，尤其是事实证明，我在重庆中央大学的工作经历并不令人愉快。后来我母亲也因为当初力劝我们留在重庆而责备自己。

中央大学本部在嘉陵江畔的沙坪坝。分校的位置在沿江上溯约七八英里处。乃迭和我早就习惯在英国湖区徒步旅行，所以我俩就背上帆布包，沿江岸往上走，一直走到分校所在的那个村庄。每到周末，我俩就步行回到我母亲的住处，星期天下午再走回学校。由于我缺乏教学经验，第一年只得到副教授的聘书，乃迭没有英国语言文学的学位，所以她只得到讲师的聘书，尽管她的英文比那里所有的教授都好。我俩还是那里最年轻的教师，我们有些学生的年龄与我们相仿。学生们感到与我俩没有距离，因此我们之间相处得很融洽。我们的学生晚间常到我们的住处来，提出关于英国的问题以及书上的问题，有时纯粹是闲聊。我们从与他们的谈话中得到了许多有关中国政治局势的知识。当时，尽管国民党与中国共产党表面上建立了抗日统一战线，但两党之间冲突不断，国民党政府仍决心要消灭共产党。我们的学生中有一些是国民党政府安插进来专门监视别的学生的，对于进步学生的情况，他们还得向上汇报。我们不时地听到有学生被秘密拘捕或被杀害的消息。学生们告诉我们这样一件事：有一名学生神秘地失踪了，几天以后，在江里发现了他的尸体，装在一只麻袋里，脸部被钝器打烂了。他准是一名中共地下党员，或者是一名嫌疑犯。我俩刚从英国来，平时在与学生谈话时对任何问题都放言无忌，因此被学校当局视为危险的自由主义者。当时中国共产党在重庆有正式的代表机构，还有一张共产党报纸《新华日报》。由于官方的《中央日报》只刊登官方角度的新闻和评论，因此我决定同时也订阅共产党报纸。我想从两个不同的角度观察事物。学校当局认为这一举动颇有离经叛道之嫌，尽管他们不能公开说我行为不当。有一天乃迭发表了一些学校当局很不满意的言论。一些学生问她对大学生中的三青团员有什么看法，她回答说，她从来就不喜欢这类组织，因为这使她联想起纳粹德国的盖世太保。她的话立刻传到了学校当局的耳中。国民党和共产党分别以苏联或德国为楷模，各自挑选出自己的青年，成立青年团，他们分别是国民党和共产党的后备军。如果学生问她对共产主义青年团的看法，也许她会做出同样的回答。她反对任何极权主义的强制纪律。尽管如此，她的话被理解成：她反对国民党政府。很快学校里就传开了这样的流言，说她是一名英国共产党间谍。一位年轻的英国小姐怎么会嫁给一个贫穷的中国知识分子呢？除非她是一名伪装的共产党间谍，出于政治目的才这样做的。英文系系主任张教授是大学校长罗先生的内弟。我在前面已经说过，罗校长是我母亲的房东。张教授和罗校长都是国民党官僚。张教授毕业于美国的一所大学。他的长相像鼬鼠，像狐狸，他的大部分时间都用来在暗中监视学生，对于共产党嫌疑犯，他的嗅觉灵敏得很。罗校长在民国初年时曾是北京大学的一名进步学生，是当时学生运动的积极活动家。但是在嗣后的战争岁月中，他转而成为国民党政府的同情者，一心往上爬，想登上国民党官员的高位。他身材矮胖，长着两条短粗的腿，很像是一只熊。"鼬鼠"和"熊"表面上和我们是朋友，但当他们发现我们和学生的关系过分密切时，决定到学年结束就把我俩排挤出学校。我俩已和学校签订了为期一年的合同，他们必须等到1941年暑假才能把我俩解聘。

我的妹妹敏如陪我母亲一起来重庆，这时候在一所高中教书。她未婚夫罗沛霖的父亲是天津的一名富商，也是我父亲的好友。敏如和罗沛霖早在上高中时就彼此相知。沛霖到上海去修习电子学，但是他在大学毕业后，秘密地去了中国共产党的革命基地延安。他在延安待了几个月，由于他的家庭出身不好，他的共产党员朋友劝他还是回到国民党统治区。于是他回到了重庆，但他仍和共产党人交朋友。他依靠在一家公司当工程师为生。1940年底或1941年初，沛霖带我去见在重庆的中共代表，此人名叫徐冰，后来成为中共中央统战部部长。徐冰热情地欢迎我，他给我两封介绍信，把我介绍给中国两位进步的历史学家，他还勉励我：为了中国的解放，要和中国的革命力量一起工作。我把两封信带回学校，还没来得及去见那两位历史学家，事情就被"鼬鼠"发现了。这进一步证实了他的怀疑。每当我俩在给学生们讲课时，"鼬鼠"本人或是他的一名学生走狗就会搜查我们的房间，我知道他们会干这种事已经有些时候了，这非常令人恼怒。我把上述信件放在一个抽屉里，我在抽屉上做了些记号。当我回到住处时，发现记号没了，知道准是有人偷看了我的信件。事情千真万确，第二天"鼬鼠"就把我请去谈话，他装出一副好心的样子，就像一位老大哥在为我忧虑不安，他说我们刚从英国回来，不知道情况有多复杂，我们和别人交朋友应该万分小心才是。他还对我做出暗示和威胁，说我们可能会陷入严重的麻烦。在这以后，他们还向我发出更多含蓄的威胁和警告。但是，当暑假到来、学校要和教师订立下一学年的合同时，校方仍旧给我发了聘书。然而，校方根本不提继续聘请乃迭的事。我问系主任这是为什么，他只是躲闪推诿说，听有些学生反映，他们不喜欢她的讲课。实际情况是：学生们全都喜欢我俩，乃迭是一位非常认真、敬业的老师，比我强得多。显然，他们想把我俩排挤出去。我们的一位邻居、年近七十的张老先生告诉我说，邻省贵州省省会贵阳市新近创办了一所学院，叫贵阳师范学院。该院英文系需要一位系主任，想请他去担任，但他考虑到自己年事已高，不宜远行。他请我代替他去担任英文系系主任一职。一年前，我违背诺言，没有到西南联大去工作，造成教授缺额和许多不便，现在再去的话，我觉得很不好意思。不管怎么说，贵阳总比昆明离重庆更近一些，于是我接受了他的建议。我和乃迭在重庆任教历时才一年就到另一个省去了。时为1941年夏天。

第十五章 重庆

第十六章

结 婚

我们从亲友中选定两位最有影响的人物当主婚人,一位是天津南开大学校长张伯苓,另一位是中央大学校长罗家伦,也就是我前面提到过的我母亲的房东、我很不喜欢的那只"熊"。之所以选南开大学校长当主婚人,是因为我妹妹在重庆的南开中学教书。两位主婚人依次发表讲话并表示祝贺时,两对新人站成一排。我们向他们鞠躬致谢,整个仪式就结束了。

我和乃迭在离开重庆前，在那里举行了婚礼。我母亲早在初春时就决定要我们正式结婚。乃迭的父亲在中国西北部的兰州从事工业合作社工作和教学工作。乃迭的母亲也回到中国来和她丈夫在一起。但中国西北部的生活对她说来实在太艰苦了，于是她又到成都的一所大学去任教。成都也在四川省，位于重庆西面。它是四川省省会，城市优美，气候宜人，许多外国人都在那里教书。因此乃迭的父母都能前来参加我俩的婚礼。我的妹妹敏如和她的未婚夫罗沛霖决定与我们同时举行婚礼，于是我母亲决定为两对新人办喜事，结婚仪式将于2月16日在重庆举行。婚事是在一家饭店里举办的，我们向各自家庭的朋友约一百多人发了请帖。我母亲还为乃迭设计了一套结婚礼服。那是一件中国式丝质短袖旗袍，上面绣满了龙凤花纹，腰身很紧，并不十分实用。二月初的重庆春寒料峭，礼服很薄，穿在身上挺不舒服。我想乃迭不会爱穿这件衣服的，但她还是服从了我母亲的意愿。这既不是传统中国式的婚礼，又不是西方基督教的婚礼。我们从亲友中选定两位最有影响的人物当主婚人，一位是天津南开大学校长张伯苓，另一位是中央大学校长罗家伦，也就是我前面提到过的我母亲的房东、我很不喜欢的那只"熊"。之所以选南开大学校长当主婚人，是因为我妹妹在重庆的南开中学教书。两位主婚人依次发表讲话并表示祝贺时，两对新人站成一排。我们向他们鞠躬致谢，整个仪式就结束了。婚宴大约包括十二张圆桌，各家亲朋都向我们劝酒。我在婚宴上喝下的酒多得吓人，但丝毫没有享受到饮酒的乐趣。

结婚后不久，我们受到国民党政府教育部副部长杭立武的宴请。

杭博士曾就读于伦敦大学,但他去英国的时间比我早几年。他向人夸耀说,他是拉斯基教授的门生,但我不敢肯定他究竟拿到博士学位没有。尽管如此,人们总称他杭博士,而且他的英文口语确实不算太坏。他还担任中英文化协会主席以及庚款委员会理事。我的岳父戴乐仁也是该委员会理事,和他算是同僚。由于他和我岳父的交谊,他对乃迭和我都非常好,那时他需要我帮他做中英文化协会的工作。作为一名国民党高官,他当然雄心勃勃,使劲沿着政治阶梯往上爬。但他很有教养,总穿着裁剪合身的西服。他看上去有点儿胆怯,总是采取守势,就像《爱丽丝漫游奇境记》中的那只兔子,他的脸颊不时地会突然抽动一下。参加那次晚宴的其他宾客包括:国民党政府的财政部长孔祥熙、国防部长何应钦、孔夫人宋霭龄(宋美龄之姐、蒋介石的大姨)、

1941年杨宪益和戴乃迭在重庆的结婚照。

美国驻华大使以及美国大使馆的一等秘书。我俩是当晚来宾中仅有的身无官职的人。吃饭时,几个美国人向我提了些关于唐诗之类的问题,我们谈了很多无聊的话。晚宴结束后,杭博士和夫人请我们在他家住一夜。当时我们住在我母亲那里,寓所在城外,离得很远,重庆当时又没有出租汽车。我们向他们道谢,说我们还要到城里其他几个地方去呢,就离开了这个显赫的宴会。我们在城里找了一家适宜中产阶级的小旅馆住下,当晚还有一次有趣的惊险奇遇呢。

当时我们并未意识到,国民党政府尽管表面宽松,但对于共产党间谍的警惕性还是很高的。他们半夜三更会对所有旅馆中形迹可疑的客人进行搜查。过了半夜,我俩正躺在床上睡得很熟,忽然有人大声敲门把我吵醒。我没有下床,就叫他们进来,因为门没有锁上。进来的是两名全副武装的警察,他们看了看躺在床上的我,显出怀疑的样子,他盘问我叫什么名字,干什么的,从哪儿来。我告诉他我是中央大学教授。他们看了看乃迭,觉得我更加可疑了。

"这个外国女人是谁?"他们厉声咆哮道。

"她是我太太。"我充满睡意地回答。

他们追问我俩是在什么时候、什么地方结婚的。不幸的是,我一时想不起我俩举行婚礼的那座饭店叫什么,也记不清结婚的准确日期了。这使他们真正觉得我们大有问题,我只好轻轻地推醒乃迭,要她说出饭店名称和结婚日期。可是她当时睡意矇眬,两件事都答不上来。警察显然认为我们的话都是编造出来的。其中一名警察开始称我"同志"了,他说:

"同志!我怕是必须让你跟我到警察局去走一趟了,也好把问题搞搞清楚。"

我听他开始以"同志"称我,便意识到事态越来越严重了。在那个年头,如果称某人为"同志",那就意味着他是一名地下共产党的间谍。如果我跟着他到警察局去接受审问,很可能就永远不能活着回来

第十六章 结婚

了，就像其他许多年轻的中国公民那样，遭到秘密拘捕，从此就永远消失。于是我决定吓唬他们一下。我沉着地望了他一眼说，我和教育部杭副部长很熟，刚才就是从他家来的。如果他愿意的话，尽管给他打电话打听我的情况好了。我还提了其他几位国民党高官的名字。这下子把警察难住了。他迟疑起来，看了看另外那名警察，顿时改变了态度。他以德国兵的姿势，很帅气地两只脚后跟一磕，行了个军礼：

"没事了，先生。您刚才没有说清楚。请原谅。"他们很快就走了。我俩继续睡觉，但我下决心今后再也不在中国的小旅馆住宿了。总而言之，这里不是伦敦。

暑假快要过完时，我在柏溪的邻居张老教授告诉我，贵阳的那所学院已告知他，他们欢迎我去那里担任英文系系主任。同时，他们还聘请乃迭为正教授。于是我们就准备到新的学校去任教了。那年头，中国内地省份之间并没有固定的公共交通运输车辆。政府官员们有私人汽车，各个机关也有自己的运输车辆，但是普通老百姓出门旅行就只能靠自己的本事了，他们可以尝试沿途搭乘公家的汽车。中国的邮政局总有装载邮包的定期汽车，有路子的人们常搭乘邮局的车辆。中国银行替我们做好安排，我们搭乘邮车到达贵阳，历时不到两天。当时搭乘便车的乘客被称作"黄鱼"。我始终没有找到这一称谓在词源学上的根据。

我忘记说了，在我们赴贵阳就任新职之前，我们在1941年夏天还到成都去了一趟。我们也是搭乘的邮车。在成都一所教会大学任职的乃迭的母亲邀请我俩暑假去她那里做短暂的休息。去成都的旅程非常顺利，一点没有遇到麻烦。我俩在成都住在乃迭母亲待的地方，那是一所教会人士拥有的房子。地点在"三圣街"，究竟是哪三位圣人？我始终没有弄清楚。也许指的是孔子、佛陀和基督（或老子）吧？正是住在这所房子里时，我目睹了上文已经提到过的那次轰炸的惨象。我们在那里待了大约一个月。返回重庆时，我们仍依靠关系搭乘了邮车。

车上还有另外两位中国乘客。一位是清华大学校长梅贻琦，另一位是语言学家罗常培教授。梅校长和罗教授都是中国学术界的著名人士。那年夏天，四川西部常常下雨，邮车行驶一天以后，我们发现路上积满了雨水。只见前路茫茫，一片湍流。邮车既无法前进，又不能退回。幸亏我们有两位好旅伴。在路边一间农家棚屋里，梅校长和罗教授富于幽默感地拿出两瓶茅台酒来，那是中国的一种著名的烈性酒，我们颇具学者风度地一边饮酒，一边讲幽默的轶事和笑话，度过了愉快的一夜。邮车又能重新上路了，但开出不久又被迫停下来。我们几乎想放弃搭乘这趟邮车、改乘小船继续前进了。就这样走走停停，走了三四天，我们总算回到了重庆。幸亏我们都没有什么急事，对这次并不顺利的旅行，大家都觉得很有趣味，罗教授还写了一篇游记，描写在四川公路上旅行时的冒险经历，后来发表在一家杂志上。

我们回到重庆后，乃迭接到英国驻华大使馆的一份通知。信上圈着黑框，像是一份讣告。信上说，欧洲战争已经开始，由于日本参加了轴心国，中国和欧洲列强就成为同盟国了。迄今为止，中国已经和日本打了好几年仗，在此期间，英国政府一丝一毫都没有帮助我们，实际上它还继续把废铁卖给日本（但我必须说，英国人民对我们的抗战事业给予了极大的同情）。可是现在，突然之间，西方国家已成为我们的同盟国了，这在一个中国人看来，实在有趣。信上还说，鉴于新的形势，如果乃迭与"敌对国家公民"结婚，她可以保留英国护照，但既然她嫁的是一位"友好国家公民"，那么她必须放弃英国护照，改拿中国国籍证书。乃迭必须遵照政府规定办事，放弃她的英国护照。接着她得马上申请加入中国国籍。然而，在当时，甚至现在也一样，一个外国人要申请取得中国公民身份是一件十分复杂的事，除非你有路子，有官方关系。乃迭的申请没有得到中国有关当局的答复，我俩立刻就要动身前往贵阳，她就只好以无国籍者的身份去了。她的无国籍者身份一直延续到战争结束时，她也实在懒得再提出申请了。战后又过了若干时候，英国政府改变了章程，乃迭又拿回了她的英国护照。1949年解放以后，她再也没有申请过中国国籍，至今她仍是一位英国公民。持有英国护照，便于她出国旅行，而持有中国护照则毫无意义。因为，不管她持有什么身份证件，在中国，她始终被认定是个外国人。

# 第十七章

# 贵 阳

杨宪益自传

在贵阳期间，乃迭找医生就诊，发现她怀孕了。她写信告诉了在成都的母亲，她母亲在回信中建议她到成都去分娩，因为那里的医疗条件较好。

我们初到贵阳时，贵阳给我们留下很好的印象。当时的贵阳还是一个落后的外省城镇，但是起码的现代设施，例如电力供应和自来水，算是已经有了。上一年贵阳也遭到日本飞机的轰炸，但破坏较小。一些房屋被轰炸造成的火灾烧毁，但新学院的校园未遭破坏。我们刚离开的中央大学分校坐落在一个名叫柏溪的小村庄，我们被安排住在一座由土墙筑成的房子里。靠近我们眠床那一边的墙被晚间一场暴风雨冲垮了，我们就这样凑合了一段时间。在那里，我们每天仍不得不踩着泥泞的稻田走去上课。我们在这种条件下教了一年书，如今可以不住农村、转而在城里居住真是太好了。更重要的是，如今我们有了更加志趣相投、更加有教养的同事。柏溪有一些好教师，但没有优秀的学者。但是，贵阳师范学院有一位六十多岁的学者尹石公教授，他学识渊博，富于幽默感。他担任中文系系主任。他手下有一位姓李的助教，虽然很年轻，但很有教养。他是晚清时代一位著名学者的儿子。数学系主任也姓李。他曾在国外留过学，知识相当丰富。我们新建的校园附近还有一所从上海迁来的教会学校大夏大学。那所大学里也有一些很好的教授，其中有一位李青崖教授是教法国文学的，他翻译过许多莫泊桑的作品。与这些教授做伴，我们感到当地的学术空气很浓。然而，我们学院的院长王某却是一个愚昧无知的国民党官僚。每天上午十时，他总要把全体教师和学生统统召集到学院的操场上去，他领着大家先唱国歌，后大声宣读孙中山先生的《总理遗嘱》。整个仪式约历时十五分钟，十分荒唐可笑。他准是根据基督教礼拜的仪式如法炮制的。幸亏他在日常生活中不和教师、学生们掺和在一起，我们也从不和他有什么瓜葛。他和教授们实在无话可说，只是在每个学期结束时请教授们吃顿饭。

我们到校的第一天就发生一件令人不愉快的小小的意外事件。我们刚把行李放在我们的房间里，打开几只箱子，把里面的一些东西扔在床上，就决定先去食堂吃饭。吃完饭，会见了一些新同事，就回到我们的房间里。我们的住处就在校园内，我们从来没有想到过要锁门。然而令人沮丧的是，我们的许多东西都被偷了。偷掉的东西中包括一台打字机、两条羊毛毯、我的几套在伦敦做的好衣服，还有一些钱。那名小偷显然就是校园内部的人，他知道我俩离开房间出去了。我们向学院当局报告了这件事。他们表示遗憾，但却无能为力。他们说，这可能是一名或几名学生干的，但是实在无法查出谁是小偷来。当时，大多数教师和学生都是从日本侵略下的沿海城市逃难来内地的。年轻学生中的大多数人都一贫如洗。他们交不起学费，吃、住全依靠学校。我俩从国外带回来的物品准是给他们留下我们非常富有的印象。我们怎么能责怪他们呢？好在小偷对我们的书籍和手稿不感兴趣，因此给我们造成的损害还不太严重。自从来到内地，我从来不穿西装，我觉得穿着它显得特别，而且有向人炫耀的意味。我宁愿穿一袭蓝布长袍，乃迭也从不讲究穿戴，喜欢穿一件长长的布外衣和裤子。所以很多人准觉得我俩是一对怪人。在那些日子里，我从来不喜欢穿西服，因为这会使我感到太像殖民主义者。但我同时也不穿中山服，因为我不想打扮成官僚的样子。于是我只好穿我那件破长袍。

我们很快就和我们的同事们成为朋友。中文系的尹石公老教授特别喜欢我。我俩初次见面时，他想，我既然刚从国外归来，一定很喜爱莎士比亚。于是他给我讲了有关他的朋友梁实秋教授的一件事。他说，他很喜欢梁教授。梁教授把莎士比亚的一些剧本翻译成中文，有一次他问梁教授：

"我听你时常提起英国诗人莎士比亚，你非常喜爱莎士比亚的诗。

那么我问你莎士比亚是哪年生哪年死的？"

梁实秋回答："他生于1564年，死于1616年。"

"那他只是明朝万历年间的人。他怎么能与我国唐代诗人们相比呢？"

尹老教授为自己讲的笑话开心地笑起来。他不懂英文，但中国古典文学的造诣很深。我早就听说过梁实秋教授。他是著名的文学家，曾留学美国，是当年著名文学团体"新月社"的创始人之一。万历是明朝的一个年号，大约与莎士比亚的年代相当。后来我在重庆见到了梁实秋教授，还和他一起工作过几年。我对他提起尹教授对我说的话，梁实秋还记得那位老人说的笑话。我知道尹教授酷爱中国古典诗歌，就模仿《离骚》写了一首赋体叙事诗，讲述我在国外漂泊的经历。我把这首诗拿给他看，我的诗给他留下极深的印象。尹教授定期与几位贵阳当地的学者见面。他们不时地举行诗歌集会，由一个人做东，大家一边饮酒一边创作古体诗歌。尹老教授把我介绍给他的诗友们，于是我也常在他们举行的诗歌集会上做一两首诗。从重庆来到贵阳，我似乎走进了另一个世界、另一个时代：再也没有政治阴谋，没有流言蜚语，只有中国古典文学和诗歌创作。我觉得这里的气氛很宽松。参加了几次当地年长学者们的诗歌集会，我还偶然结识了一位有趣的人物。他叫卢前，或卢冀野。他是国民党参政委员会委员，该委员会是个没有实权的顾问团体，其中颇有几位社会贤达。当时他年龄并不很大，才四十多岁，但已在文学界很有声望，是位学者兼诗人。他对我评价很高，因为我做起诗来常比老诗人们更加才思敏捷。过了一两年，他在重庆找到了我，介绍我进了国立编译馆。这件事我在下文中还要谈到。

当地的《贵阳日报》请尹老教授编辑副刊。于是他办起了一份每半月出一期的文学副刊。副刊名称叫《小雅》，意思是：保持一点点文化、一点点雅致。这是儒家经典《诗经》中一部分诗歌的名称。他让我和他的助教李先生帮他一起编辑这份副刊。副刊只出了不多几期，我拿出几首自己的劣诗供他发表。我记得在贵阳的那一年里，我还写过一篇短短的散文，谴责某些当权者仿效西方独裁者希特勒、墨索里尼、佛朗哥之流的榜样。我在文章中说，这些人决不会有好下场。我攻击的矛头是针对蒋介石的，但我没有指名。这篇文章刊登出来了，发表时用的是笔名。记得我还发表了一些西方诗歌的翻译，例如英国17世纪诗人赫里克的《致羞涩的情人》。这首译诗用笔名发表在重庆一张报纸的副刊上。那段时间里我还写过些什么、发表过些什么，现在已记不起来了，因为我从不保存自己的早年作品。

我还记得在那一年里，我常和其他教师一起每月到一家饭店聚餐一两次，因为我们都觉得本校食堂的饭菜太单调了。当时通货膨胀还不严重。我俩有两份正教授薪水，又没有孩子，乃迭和我完全有能力下馆子吃饭。今天的大学教授想下馆子吃饭就难了，尤其是那些有孩子要供养的教授，除非是吃请，或是在北京有官方关系。在贵阳时我们经常光顾的一家小饭店的名字很奇特。它叫"培养正气"，它以善于烹调童子鸡著称。鸡汤的味道尤其鲜美。另一样当地特产是闻名遐迩的贵州茅台酒。酒用城郊不远处的清泉酿成，度数很高。有一次，我和乃迭以及尹老先生、小李先生一起到城郊花溪一位朋友家去。那位朋友端出一大坛子这种陈年佳酿，这坛好酒他已贮藏了好几十年。我们几个竟把整坛酒都喝个精光，至少有六七品脱之多。小李先生喝得烂醉，只能在主人家里睡上一夜，等第二天早晨才返回城里。

在贵阳期间，乃迭找医生就诊，发现她怀孕了。她写信告诉了在成都的母亲，她母亲在回信中建议她到成都去分娩，因为那里的医疗条件较好。当时贵阳没有一家好医院，而成都住着许多外国人，尤其是搬迁来内地的教会大学里有许多传教士老师。她还建议我俩上完了这学年的课，就一起搬到成都去。她认识从山东海滨迁来的教会学校齐鲁大学的校长，准能让我俩到该校去当教授。于是事情就定了，乃迭要在 1942 年元月前往成都。我要在这里待到暑假,因为我们早已和学校签了一年合同。乃迭留下的课由我兼起来,也就是说,我每天得上四至五小时的课。尽管教这么多堂课十分累人,但我发现其实一点都不难,因为贵阳师范学院是一所新建校,我们只教一年级的基础英语就行了。根本不要备什么课,只是耗时间而已。我们期待着在成都能生活得舒适一些,但事实证明并非如此,仅仅过了半年,我俩又离开了成都。

第十七章　贵阳

第十八章

成 都

雇男仆比雇女仆要多花钱，但是，尽管他的工资比女仆的工资高，他除去给我们做饭以外，什么事都不干。于是我们不得不花大量时间照顾我们的第一个孩子，亲自给他洗尿布。我们第一个孩子是个儿子。我给他起名叫杨烨，但乃迭爱叫他"臭臭"，因为她觉得他身上的气味像臭鼬。

在战争年代，不断地在中国西南各个城市之间奔波是我们始料未及的。不管怎么说，也许我们命该如此吧。

贵阳也有一个很小的外国人圈子，我们和里面的人变得很熟了。中国在打仗，西方国家的人们对于中国人民遭受的苦难十分同情，他们建立了一个称为F.A.U.（友谊救护队）的团体，给中国送来了医疗用品。贵阳也有一个友谊救护队中心站，该站人员大多是来自社会各界的年轻志愿者,不一定都是专业的医务工作者。我们和其中一些人变得很熟，如：一对美国的年轻夫妇约翰·文森特和艾琳·文森特、剑桥毕业的英国青年迈克尔·沙利文和他的中国籍未婚妻。我记得，约翰·文森特是一位年轻的人类学家，而迈克尔·沙利文则是一位艺术史专家。我们在一起度过很多时光。我们至今都是好朋友。约翰·文森特现在退休了，迈克尔现在住在牛津，是研究中国艺术的权威。1942年夏天，乃迭早已前往成都，就要生她的第一个孩子了。在离开贵阳之前，我请求当地的友谊救护队中心站帮我解决交通问题。中心站有一辆跑重庆的卡车，但是不凑巧，已经搭载了他们站上的其他两个人，而且车上装满了药品和医疗器材。他们建议我坐在卡车前面的车篷里。年轻的外国驾驶员车开得很野，路上又遭遇了一场暴风雨。倾盆大雨像子弹一样打在我身上。我浑身湿透了，但幸亏没有从卡车上掉下去。到了下一个停车站，雨停了，我在那个路边小客栈里喝下一大碗烈酒，身上才稍稍暖和一些。我在重庆匆忙探视了母亲，又设法搭乘另一辆去成都的邮车。但是我的运气还是不佳。那辆运送邮件的卡车也满了，我只得爬上卡车后部装满邮件的行李架，高踞在邮包的顶端。我用绳索把身子和邮包捆在一起，以免从车上摔下来。这一回，我转过脸来朝向车尾，鉴于上一次搭车的经验，这样坐车脸不会直冲着风。那天夜里，我们仍在一家路边小旅店里歇宿。在那个时期，卡车司机在四川省公路沿途到处都有朋友和临时"妻子"，我们那辆车的司机和往常一样也到他的临时"家庭"里去打麻将和整夜喝酒了。第二天，我们必须天不亮就起来赶路，为的是好在天黑以前到达目的地成都。喝得半醉的司机嘱咐我要小心些，要使劲拉住绳子。他告诉我，就在两天以前，坐在车后部麻袋上的一名乘客从卡车上滚了下去，脸部全都摔烂了。说完他就高高兴兴地把卡车发动起来。卡车迅速驶过一处弯道时，我透过晨雾，依稀可以看见马路中间有许多士兵正躺着休息。接着，他们直蹦起来，大声喊叫。卡车驶过他们身边时，我感觉到车身猛地一颠，接着就听见士兵们喊起来："停车！你们轧死了我们的伙伴！"很明显，有些强征入伍的新兵躺在马路中间睡觉，我们的卡车冲过他们躺着的地方，一个倒霉的士兵恰好被车轮碾过。我们的司机知道出事了，但他没有停车，相反地却以疯狂的速度继续往前开。士兵们朝我们追来，他们喊道："停车！我们要开枪啦！"几名士兵端起枪来向我瞄准。我既然坐在邮包的顶端，自然成了他们射击的目标。他们也许不能让车停下来，但击中我却绰绰有余。幸亏在他们扣动扳机前的一瞬间，司机觉得反正逃不了啦，就把车停住了。我们爬下车来，马上就被一群极端愤怒的士兵团团围住。一名军官走了出来，怒气冲冲地和司机交涉。最后军官冷静下来了。他同意这算是一桩不幸的意外事故。被碾死的是一名新兵，他不该睡在马路的中间。但是，他们万万没有料到清晨这么早就会有卡车经过，再说车速也不该这么快呀，连个喇叭都不按就开过来了。

当时国民党政府常到农村去拉壮丁，即强征贫苦农民的子弟入伍当新兵。对有钱的地主家的少爷，他们是不会动的，但负责征兵的官员们都得征满一定的数额，把新兵如数带回来。要是少了一个，他们必须再征一个补上。那名军官解释说，再"买"一个新兵就得花两百银元，所以那名司机必须如数赔偿。司机答应出钱，不过他身边没带着这么多钱。他必须把车开回他"女人"的家去取钱。路很远，步行要好几个小时，走着回去可不行。军官觉得他说的是实话，但他说："假如我让你开车回去，我怎么能肯定你会带着钱回来呢？"最后总算想出了一个解决办法。司机建议说："这位先生是大学教授，我把他留下来做抵押行不行？这一下你就该相信我肯定会回来了吧。"军官和我都表示同意，事情就这么解决了。司机开着车回去了，军官和我以及他的士兵们都在路边旅馆等了五六个小时。我们一边喝茶，一边等待，气氛非常紧张，大家很少说话。如果司机一去不回，天晓得将会发生什么事。我想，军官和士兵们很可能会干脆把我带走，做那名碾死的新兵的替身。然而那名司机是守信用的，刚过了中午，他就回来了。他把银元如数交给军官，军官高兴得脸上露出了笑容。也许他没有料到自己真能得到这么一大笔钱，毫无疑问，靠了那名新兵的不幸，结果他大发利市。军官和士兵们忽然都面露微笑。他们向我道歉说，让我受惊了。军官坚持由他做东，请大家好好地吃顿饭。我们又吃饭又喝酒，分别时好得像朋友似的。我们继续赶路，终于抵达重庆，一路上没有再闯别的祸。我没有提出要补偿司机损失的钱。再说我身边也没有带这么多钱。但是他似乎并不在乎。那年头，就像现在一样，在中国一名卡车司机可能比一位大学教授更有钱。

我忘记说了，在我于1942年夏天离开贵阳去成都之前，我接到成都寄来的一封信，说乃迭的母亲已经到印度去教书了，邀请我俩去任教的齐鲁大学出了些麻烦。那位大学校长（我忘了他的名字）与教职员和学生们发生了纠纷，结果遭到免职。新校长对原校长答应的事一概不予承认，于是对我们的聘任顿时就化为乌有。与此同时，在成都的另一所大学——光华大学听说了这一消息，便邀请我俩到他们的学校去工作。光华大学也是从上海迁来的，员工和教师都很少。在这种景况下我们不得不接受他们的邀请，因为乃迭早已在成都了。八月初，乃迭产下我们第一个孩子后，我们就搬进光华大学校园里去住了。校园在成都市西郊。我们住的地方还算宽敞，但那所大学的教授薪水相当低，比教会学校要少。在郊区女仆很难找，但我们没有人帮着干家务事实在不行。因此我们就雇了一名男仆。雇男仆比雇女仆要多花钱，但是，尽管他的工资比女仆的工资高，他除去给我们做饭以外，什么事都不干。于是我们不得不花大量时间照顾我们的第一个孩子，亲自给他洗尿布。我们第一个孩子是个儿子。我给他起名叫杨烨，但乃迭爱叫他"臭臭"，因为她觉得他身上的气味像臭鼬。我们与学校当局的关系不坏。他们待我们很亲切，但对我们在处理家务方面的困难并没有提供帮助。我们在教员中没有交到好朋友，因此生活颇觉乏味和忙乱。过了几个月，我俩决定至多在那里教一学期书，然后另谋他途。当时有几种选择。一种选择是去昆明的西南联大。然而，尽管我早就听说它是当时中国最好的大学，并且认识里面的许多优秀教授，但是想起我们一回到内地就对他们失信毁约的事来，我仍觉得很不好意思给他们写信。另一种选择是去乐山的四川大学①，那里的英文系系主任曾写信给我，请我前去取代他的位置。然而，这就意味着我俩必须更加深入内地，而当时我对中国的大学已产生了相当深的幻灭感。大学里国民党的政治活动太多；给那些对西方一无所知的学生讲授英语实在索然无味，令人厌倦。有一天，我收到重庆寄来的一封信，信是我的朋友朱延丰写来的。他曾在牛津读文学士学位，时间与我相同。他毕业于清华大学，读的是古代史。他写过一篇关于唐代西突厥的论文。我知道他并不是一位才气横溢的学者，没有做过真正的独创性研究。他对西突厥人的研究论文全都依据法国汉学家沙畹（Chavannes）的研究成果。不管怎么说，他总算在牛津待过，我和他认识。他信上的建

---

① 承杨静远先生来电话指正：当时四川大学在成都，而武汉大学在乐山。——译者注

议对我颇有吸引力，他写道：印度很快就要宣布独立，中国重视与印度的关系，政府打算创建一个中印学会。他已被任命为该学会的会长。学会大楼正在重庆施工建设，年前可望建成。他希望我能到该学会去工作，成为该学会第一位、也是惟一的研究员。我能对他的工作提供帮助。他的英文口语不是很好，他觉得我能帮他与外国人打交道。他答应给我最高级教授的薪水，同时他还打算介绍乃迭到重庆的国民党国立中央图书馆去当研究员。于是我们决定接受他的建议，1943年1月，我们离开成都，又回到了重庆。

第十九章

国立编译馆

国立编译馆最初成立于南京，抗日战争爆发后迁至重庆。馆内有一百多位编辑和翻译，大多是以前在各个高校任教的教授或讲师。

北碚是重庆附近的一个小小的风景点。在我们往返奔波的生涯中，我从来没有想到北碚会是我们在内地生活的最后一个地方。1943年早春，当我们回到重庆时，我母亲和我妹妹敏如已经离开小龙坎罗校长家，搬到不远处的南开中学去了。敏如在那所中学教书。我在动身前往北碚以前的工作单位中印学会位于两路口地区，离城区很近，离南开中学也不远。所以我们和母亲、妹妹一起住在她们的新家，我每周到学会去两三次。乃迭工作的图书馆离得也不远，也在通往城里的那条路上。中印学会的房子刚建成。学会里除一名年轻助理外没有其他成员，根本没有图书，只有很少几件家具。朱教授对于学会工作，心里毫无打算。他只知道整天奔走于各种国民党高官之门，申请更多的资金。他是个既无能又怯懦的人，常被自己的太太呵责，那位太太可是一个可怕的泼辣货。作为一个怕老婆的丈夫，他家里时常吵得鸡犬不宁。有一次，我刚走进他的办公室，一只碗就朝我头顶上飞过来。她本来想砸她丈夫的脸，可是没有打到他，却几乎击中我的脑袋。从此以后，我一听到他俩吵架，总是离他们远远的。

那年夏天，重庆来了一位印度方面委派的代表。我想他大概名叫理查森吧，他在重庆设立了办事处。我到办事处去拜访他。他很有教养，听说我是牛津毕业的，脸上露出微笑，说他也曾在牛津读荣誉学位和古典人文学科课程。他谈到翻译阿里斯托芬的工作以及其他事情，等我们分手时，已经成了朋友。他送给我一大捆他们的出版物，都是介绍印度文化的书籍和小册子，其中有一小本介绍印度音乐的书。我在办公室里利用空闲时间把它从英文译为中文。我译的这本小书始终没有出版。那年年底我离开中印学会时把译稿留在了办公室。也许这是我对该学会惟一真正的贡献。我想这个学会的寿命不会很长，因为在我离开以后，我从来未曾听见有人提起过它。至于那位朱教授，我听朋友说，他在日本投降以后，在上海某大学教书。我想，他无论怎样拼命钻营也成不了飞黄腾达的国民党官员。后来我俩再也没有联系。我从来就是个懒于写信的人，我讨厌写信。

那年秋季的某一天，我在贵阳的一个熟人来我家做客。他就是我前面已经提到的胖诗人卢前，卢冀野。他已经向许多人打听过我，这回找到我真是煞费周折。他告诉我，离重庆不远处的一座小城里有一个国立编译馆。那地方其实仍在重庆市管辖范围之内。他的朋友梁实秋在馆里当翻译委员会主任。他已经向梁教授竭力推荐过我，梁教授表示希望我到编译馆去工作。他们答应给我和乃迭最高一级的教授薪水，我将成为和他一样的高级研究员。迄今为止，编译馆翻译委员会里只有人从事将西方经典翻译成中文的工作，他们希望我俩去领导一个部门，专门从事将中国经典翻译成英文的工作。鉴于西方人对中国史学经典还一无所知，他们建议我翻译《资治通鉴》。《资治通鉴》是宋朝司马光编写的一部历史学名著。由于我对中印学会颇觉失望，而乃迭也想离开中央图书馆，于是我们就愉快地同意了他的建议。我俩对重庆总的气氛从来就不喜欢，让乃迭长期生活在婆婆的屋檐下也不是特别方便。自从生了我们的大儿子，她的身体一直不很好。她曾患过疟疾，不断发烧和腹泻，在此期间，我不得不在城里花去很多时间。我们听说编译馆所在的小城就在重庆的近邻，它叫北碚，位于嘉陵江北岸。在那附近有几处温泉，空气十分清新，与浓尘弥漫的重庆大不相同。靠近山的地方还是一处风景点，有一座寺庙和大片人工林。北碚是一座相当现代化的小城，电力供应与自来水俱全，不像我们以前任教的那个叫柏溪的乡村。比一切有利条件更为重要的是，我们喜欢胖诗人卢前，我们也听到人们对他的朋友、著名学者梁实秋教授赞誉有加。我们感到，与这些学者共事，我们会干得很出色的。事实证明，我们做出的是正确的抉择。我们从此一直在这个编译馆工作，直到解放后的1951年共产党新政府决定把它取消为止。至今我仍保留着对编译馆的美好回忆。

1943年年底以前，我们又从重庆迁往郊区小城北碚。国立编译馆分为几个分部：一个分部负责编辑、出版社会科学或人文科学书籍；一个分部负责编辑、出版自然科学书籍；一个分部负责编辑、出版学校教科书；一个分部负责编辑、出版通俗读物；一个叫做翻译委员会的分部出版西方经典的中文译本。我属于这个翻译委员会，是那里的高级研究员或编纂，和该委员会主任梁实秋教授相同。乃迭和我进来后，这个委员会里又设立一个新的部门，专门负责将中国经典翻译成英文的工作。国立编译馆最初成立于南京，抗日战争爆发后迁至重庆。馆内有一百多位编辑和翻译，大多是以前在各个高校任教的教授或讲师。梁实秋教授以前就在上海的某大学教书。他在北碚的住所是北京大学某教授的夫人所有的一座小别墅。乃迭和我到那里后，梁教授和胖诗人卢前就安排我俩住在附近一所礼乐馆的宿舍里，卢前是该馆的顾问。那所名字奇特的机构规模比我们的编译馆还要小。它的任务是为国民政府的官方典礼或纪念活动制订正式的礼仪和音乐。实际上这个听起来有点儒家气息的礼乐馆没有什么真正的工作可做。当时设立许多类似这样的机构的真正目的是为了安置为躲避日本侵略逃往内地的流亡知识分子。我们和两位杨姓的资深音乐学家住在同一座宿舍里。于是我们的宿舍就被人们称为"三杨楼"。那是一座两层小楼，背后有一个荒芜的花园。著名作家、《骆驼祥子》的作者老舍就住在离我们一二百码处。所以我们可谓得其所哉，和这些志同道合的朋友住在一起，我们以后三四年里一直生活得很愉快。

我很快就和两位邻居成了好朋友。他俩都比我年长得多，而且为人极好。杨荫浏将近六十岁，是中央音乐学院教授，不但精通音乐理论，而且中、西乐器都擅长。当时他正在编著一部中国音乐史。尽管我不懂中国古代音乐，但我常和他谈论这一话题。他对中国古代音乐史的热情激起了我更多地学习这方面知识的兴趣，于是在1943至1945年间，我写成六七篇关于唐代音乐的专题短论文，并得到他极大的鼓励。抗日战争结束后，他回到他以前工作的音乐学院。虽然此后我俩仍不时地见面，但我逐渐失去了对中国音乐史的兴趣。尽管这样，他仍作为我在战争期间的一位好师长、好朋友永远留在我的记忆里。他蹲伏在床前和一位同事下围棋，下了一整天，连中饭、晚饭都顾不上吃的情景至今仍历历在目。我常在一旁观看他下了一盘又一盘。我常替他把饭端来，他吃饭时目光一刻也没有离开棋盘。他在晚年曾要我替他把一部中国音乐史翻译成英文。不幸的是，解放以后，我的生活过于紧张忙碌，竟没能安排时间替他完成这件事。

我们宿舍里另外一位姓杨的是六十二岁的老学者杨仲子。他也是一位音乐教授，太太是瑞士人。他又是一位有教

1944年杨宪益在四川北碚。（塞西尔·皮登摄）

养的绅士，文静而谦和，我也很喜欢他。"文化大革命"前他死于南京，享年八十有零。

我的同事梁实秋教授曾在美国研习英国文学。我在北碚与他相识时，他正在把莎士比亚的几个剧本翻译成中文。他才华横溢，非常机敏。与此同时，他并没有把学术工作当成一回事。他翻译一部莎士比亚的剧本只要十天工夫，译成后对手稿再也不重新读一遍。我结识他以后，发现他从来不谈论文学。他也不喜欢谈论政治或时事；因为他曾与中国著名作家鲁迅进行过论战，鲁迅曾狠狠地批评他对生活所采取的放任自由的态度。他为与国民党官僚们周旋，浪费了太多时光，每天晚上，他要么打麻将，要么在宴会上吃喝、饮酒。尽管他家里总是高朋满座，但我很少到那里去，因为我不喜欢他的一些朋友，而且你和他永远无法进行认真的谈话。尽管如此，他对我始终很好，总是很客气，很能体谅人。他把我介绍给在北碚的中央戏剧学院校长。1944年，我作为兼职教授在那里教了一年英文。1945年日本投降后，他离开内地回到北平，我留下来接替他担任翻译委员会主任。后来我听说他去了台湾，我们后来再也没有联系。听说他在有生之年已将莎士比亚的全部剧本都翻译成了中文，我很高兴。

在北碚时期的另一位亲密朋友是复旦大学梁宗岱教授。复旦大学原先在上海，抗战期间迁来重庆，当时的校址在嘉陵江南岸。我们的校址是在嘉陵江北岸的北碚，因此我俩之间隔着一条江。我们来到北碚后，复旦大学也希望我们能到该校去兼课。由于我早就答应当中央戏剧学院的兼职教授，于是决定由乃迭到复旦大学去兼课。不过乃迭的健康状况不很好，又得照顾孩子，于是我就得常乘坐渡船过江去替她讲课。就这样，我俩都和复旦大学有了关系。

当时复旦大学有一位思想开明的好校长，还有好几位优秀的教授。其中我尤其喜欢梁宗岱教授。他本人就是一位诗人，曾在巴黎留学，结识了不少法国作家、诗人，如魏尔伦和保罗·瓦雷里。他年轻时曾翻译过保罗·瓦雷里写的《水仙辞》,我在天津上中学时就读过他译的那首诗,并且非常赞赏。因此我俩一见面就成了好朋友。平时每隔一天,他总要在晚饭后来到我们宿舍,我们一边喝着当地产的烈性酒,一边畅谈在牛津和巴黎留学的日子,畅谈法国诗歌和文学。我还记得发生在 1943 年冬天的一件与他有关的趣事。有一天晚上他上我家来,我有一整坛白酒,里面还浸泡着龙眼。这坛酒平时藏在我的床底下。凑巧的是,床底下还放着同样大小的一个坛子,里面盛满煤油。当时的电力供应时断时续,很不正常,碰到停电,我们晚上常在书桌上点一盏煤油灯。煤油颜色浅黄,和我贮藏的那坛龙眼酒的颜色相同,那两个坛子是挨着搁的,看起来完全一样。我弄错了,端起煤油坛子,给他倒上满满的一碗。他尝了尝说,我的酒似乎很有劲头,有一种特殊的味道,但他还是毫不犹豫地把碗里的酒喝干了。他离开后,我才发现自己拿错了一坛,但是为时已晚,他已经乘渡船过了江,回到他的大学去了。我真怕会把他毒死,但他第二天又上我家来了,什么事也没有,我俩为此笑得前俯后仰。当时他身体非常健康,好酒贪杯,还爱追求年轻漂亮的女士。他和好几位同事的太太有绯闻,后来还和有年轻漂亮太太的教务长大打出手。由于这一起丑闻,他不得不离开复旦大学,回到他的家乡广西。后来我听说他做起生意来了,解放后不久,这位优秀学者兼诗人被当成当地的恶霸地主关进监狱,由于和当地土匪有联系,他被判终生监禁。后来他被释放,在广州讲授莎士比亚和伊丽莎白时代诗歌。70 年代末,我在广州举行的一次英国文学会议上见到他。他那时年事已高,但身体仍然健康,神情仍然愉快。他告诉我,他已完成了莎士比亚十四行诗的翻译,还根据德文翻译了《浮士德》。他对中医药很感兴趣,送给我一瓶他特意配制的药水,说是具有很好的壮阳功效。一年以后,我听说他死了。不知道他是不是被自己配制的药水害死的。他和我一样都是性情中人。可惜的是,如今像他那样的学者和诗人已是凤毛麟角了。

第二十章

翻译工作

那些年里，我是个相当多产的作者，有很多论文和译作问世。假如我一生中的这个丰产期能持续得更久，我很可能成为一位历史学家，成为与中国古代史有关的各种课题的权威。但是，后来的事态发展使我离开了学术研究的领域。

抗战时期的北碚与云南昆明、川西成都和乐山以及广西桂林一样，由于聚集着逃难来的众多大学教授、科学家、作家和艺术家，一时之间成了一个文化中心。我在1943至1946年间与许多中国知识分子相遇并成为朋友，要列举他们全部的中国名字会使读者们感到头疼，所以我只提很少几个与我在那里的生活有直接关系的朋友的名字。现在我要讲一讲我在编译馆里的工作和那一时期我的著作情况了。

我在编译馆里的主要工作是将《资治通鉴》翻译成英文。除此之外，我记得还翻译过一本中国戏剧简史，那是一位年轻学者写的。我花了两个月时间翻译完这部著作，但由于种种原因，这部译稿始终未能出版。这是许多译稿的共同命运。战争期间，书籍的出版非常困难。在内地，纸张和印刷设备都紧缺。再说，国民党政府对这类稿子的出版也不感兴趣。他们只对出版希特勒《我的奋斗》中译本这类书感兴趣。他们主要的目的只是要把像我这样的知识分子留在学术机构里，让他们保持安静。

编译馆的优越之处是它有一个很好的图书馆。好的外国书籍并不多，只有诸如吉本的《罗马帝国衰亡史》之类少数古典名著，但是收藏的中国书籍真不少，我在中国古籍图书室里花很多时间进行阅读和做笔记。1944至1946年间，我写下大量笔记，还写了大约两百篇短论文，论述的范围包括：中国古代史、中国文学史、古代神话传说、古代中外关系史以及中国少数民族的早期历史等等。当时，我在各所大学里的一些朋友都已回到仍在日本占领下的上海。日本军队正忙于应付太平洋战争，已无暇继续进犯中国内地了。上海的情况也逐渐恢复正常,许多出版社又在出版书籍和杂志了。有些朋友请我把我的一些文章寄给上海的新中华书店,发表在该店出版的《新中华》杂志上。这些文章登出来了,后来收集成一本书,叫《零墨新笺》。解放后,70年代末,这本书重新出版了,再版时又补进了很多短论文。那些年里,我是个相当多产的作者,有很多论文和译作问世。假如我一生中的这个丰产期能持续得更久,我很可能成为一位历史学家,成为与中国古代史有关的各种课题的权威。但是,后来的事态发展使我离开了学术研究的领域。

我还做了一些英译中和中译英的工作。我记得我译了兰姆《伊利亚随笔》中的两篇、几部辛格①的独幕剧、赫里克的一些诗和其他文学作品。这些译作是否在上海出版了,我不敢肯定。我在牛津的朋友、学者钱锺书当时在上海,他为当地图书馆编一种杂志,叫《书林季刊》(Philobilion),他要我为该刊物写几篇英文论文,

上海中华书局 1947 年出版的杨宪益著作《零墨新笺》。

---

① 辛格 (John Millington Synge, 1871–1909):爱尔兰剧作家、爱尔兰文艺复兴运动的代表人物。作品有悲剧《骑马下海人》、喜剧《峡谷阴影》及《西方世界的花花公子》等。

于是我写了许多论唐代中国与拜占庭帝国关系的论文。我在乃迭的帮助下翻译了晚清的一部长篇小说《老残游记》。一位朋友把这部译稿带到英国，在一家英国出版社出版了。我不记得是艾伦和厄恩文出版社还是柯林斯出版社了。不过这本书似乎并没有再版。解放后，它作为熊猫丛书之一在北京的中国文学出版社出版。我还做了许多中译英的工作，其中有陶潜（渊明）的诗、温庭筠的抒情诗、李贺的诗、几篇唐代的变文如《燕子赋》（它就像是英国的《猫头鹰和夜鹰》）、《维摩诘经变文》（它讲的是一位印度圣者）、南北朝时期关于"神不灭论"的论争以及苗族的创世诗。这些翻译大部分都在解放后的70年代以及80年代初出版了，但有一些手稿还是丢失了。我还翻译了一些中国现代文学作品，如：艾青和田间的诗若干首、郭沫若和阳翰笙的戏剧各一部。那两部戏剧是为美国富布赖特基金会或美国学者费正清翻译的。当时美国在重庆设立基金会，用来帮助中国作家，因为通货膨胀已开始肆虐，中国知识分子已经感到了它的挤迫。我必须兼很多课才能维持生活。

日本在进军中国中部的武汉并占领南部的广州后，战线上出现了暂时的平静。日本在南京和华北扶起了傀儡政府，并停止进攻，以便巩固他们已经占领的地区。中国游击队在日本占领区的活动使他们感到困扰，分散了他们的注意力。1941年秋天，我们在贵阳教书的时候，太平洋战争开始了。我记得，我们每天都怀着极大的兴趣读当地报纸上的消息——日本轰炸珍珠港、击沉英国战舰、横扫从香港到新加坡的整个东南亚地区。乃迭忧心忡忡地读到这些消息，她在为在日本占领新加坡时被俘的长兄伯纳德的命运担忧。说到我在那些日子的感想，坦白地说，我觉得自己是个旁观者，饶有兴味地眼看着一个法西斯国家在痛打另一个老牌帝国主义国家。战争似乎正从中国大陆退潮。我在1940年回到中国时，充满激情，一心想以某种方式为我们神圣的抗日战争服务。但是在国民党中国，我很快就感到灰心和幻灭，无所作为地避居中国内地，仅仅是苟活而已。我躲到北碚，埋进图书馆的书堆里，或是和朋友们在一起说笑话、饮白酒，战争似乎离得很远。然而，1944年春天，我一时从冷漠中被震醒。日本军队又一次向中国西南部推进，占领了广西桂林，前锋直抵与四川毗邻的贵州省，而四川正是陪都重庆的所在地。四川人民震惊了。我的朋友、胖诗人卢前甚至说到如果重庆陷落，他只好与南京傀儡政府合作了。他说伪政府里有他的国民党老朋友。当时我想，一旦重庆陷落，我就到共产党在西北的抗日基地延安去。我给重庆新华社写了一封信，询问他们能不能送我去延安。他们很快就给了我回信，信上说，尽管他们非常欢迎我和我的家属去那里，但是考虑到旅程十分艰难，所以他们建议我还是留在重庆，为革命事业工作。于是我放弃了去延安的想法。可是日本军队并没有继续前进，很快就退出了贵州。我想，这是因为他们必须同时在许多条战线作战的缘故。

过了一年，即1945年秋天，战争结束了。美国扔下两颗原子弹，苏联在中国东北、那时的所谓满洲国打败了日本军队，日本就投降了。有一天晚上，当我正在和同宿舍的另外两位杨先生一起边聊天边欣赏月上回廊的景色时，听到战争结束的消息。那时中国的中秋节快要临近了。我们听到爆竹声和远处人群的欢呼声、锣鼓声。人们在街上奔走，出售印有斗大红字、宣布这一喜讯的新闻号外。尽管看过报纸，人们早已获悉战争已经结束，但在那几天里，仍感觉到这是一个意外的惊喜。经过漫长的、令人精疲力竭的八年抗战，人生的新篇章似乎已经揭开了。人们顿时感觉到战争似乎已经过去，大家都充满激情地在谈论未来。另外两位杨先生说的是沿长江顺流而下，回到他们的老家和原来的大学。乃迭和我对于未来并没有什么计划。我们不想回天津老家，心想还是随着编译馆迁回南京的好。当时来到内地的人都是流亡者，他们都来自长江下游，被认为是"下江人"。大家都想沿长江顺流而下，前往南京、上海。有些人想到华北去探视家人，看一看自己以前所在的机构。如此众多的人都要回去，交通运输成了大问题。那些有官方关系的人很快就能返乡了。我的同事梁实秋教授立即回到北平，并且离开了国立编译馆。他把我留下来当翻译委员会的主任。我们等了一年才得以解决回南京的交通问题。1946年秋天，我们乘坐一只极其窄小、非常不舒服的木帆船往长江下游驶去。我们到达南京时，正是又一个中秋节。我的命运似乎总和中国的中秋节联在一起。我第一次到伦敦是在中秋节，回到中国是在中秋节，日本投降是在中秋节，从重庆回到南京又是中秋节。

在我继续叙述战后我于1946年回南京后的生活以前，我必须先说一说1944至1946年间我在北碚居住时的几位外国朋友和熟人的事。北碚离战时首都重庆不远，是一个风景美丽的地方，山上树木郁郁葱葱，还有温泉，因此在重庆的外国人经常来此度周末。我们的家不时地有外国人来访，有使领馆工作人员，也有普通旅游观光客。我在这里只能提及对我日后的生活有些影响的少数几个人。1944年，著名的英国摄影家塞西尔·皮登爵士（Sir Cecil Beaton）来到我家。他替我的家人们、朋友们拍了些照片。我如今还保留着他替我和胖诗人卢前拍摄的一张相片，地点是在北碚附近的一个山洞里。他还给我刚满一周岁的儿子杨烨拍了照。他把孩子放在一张桌子上，但孩子显出很不舒服的样子。当时摄影家不知道是什么原因。客人走后，我们发现杨烨在桌子上拉了一泡屎。糟糕，他把桌子弄脏了，塞西尔后来并没有把那张照片给我们，我猜想他或许也注意到了。他后来寄给我一些照片，其中就有我和卢前在山洞里照的那一张。这也许是我保留下来的那个时期惟一的一张照片。我和塞西尔爵士后来再也没有通过音问，我想他可能早已去世了吧。

那一时期我们接待过的另一位著名的来访者是印度首任驻华大使K.P.S.梅农（Menon）。他也许听印度特使理查森先生提起过我。理查森是印度独立以前派驻中国的代表，上一年我在重庆的中印学会工作时曾与他见过面。梅农和我成了好朋友。由于我对印度古代史和古代中印关系很感兴趣，梅农先生就把他私人收藏的许多关于古代印度和中亚历史的书籍借给我看，其中包括剑桥印度古代史、奥里尔·斯坦因论古代中亚的著作以及其他书籍。这些书在我撰写关于阿育王、迦腻色伽、摩醯罗矩罗的评论以及其他短文时帮助很大。我的老朋友向达曾在伦敦研究保存在那里的敦煌写本卷子，那时在川西乐山的中央研究院工作，他常给我写信，我俩常在通信中交换彼此对这些课题的见解。向达教授懂一点梵文。他还有另一个名字叫觉明，他把自己的名字翻译成梵文，写成"菩提耶圣"（Bodhi-Yasa），于是我在回信中故意把自己的名字签成"达摩伐弹那"（Dharmavardana）。谁要是偶然看到我俩的通信就会大惑不解：菩提耶圣和达摩伐弹那，这两个印度僧侣是何许人？其实我对梵文知之甚少。我们从中国古代佛经中找出这两个名字来，只是开开玩笑。后来梅农先生行经中亚回到印度，他写了一本旅行记。他的儿子小梅农先生在80年代也当上了驻华大使，他把他父亲K.P.S.梅农的一本著作赠给我。

第二十一章

## 离开重庆

这些书和照片统统损失掉实在太可惜了，可是我们还得庆幸自己没有在那艘船上，到达南京时我身边总算还留着少量书籍。至今我的书架上还有几本盖着日本戳子的书，作为对那个时代的纪念。

我上面已经提起过，长江下游是日本投降后每一个去内地的人都想要回归的地方。我俩最终也朝这个方向去了。1944年，乃迭再次怀孕。在此期间，我们的一位老相识、年轻的奥地利犹太裔女士魏璐诗到北碚来看望我们。我俩是在1942年到成都去住在乃迭母亲家中时与她相识的。当时她住在乃迭母亲住的同一座房子里。璐诗离开我家时，乃迭替她拎皮箱，这导致流产，乃迭失去了她怀着的婴儿。此后的两个月里，乃迭的身体一直很虚弱。可是她很快就康复了，1945年我们又有了一个孩子，她就是我的长女杨熒。璐诗嫁了一个中国男子，可是他后来离开了她，去了美国。解放以后，璐诗进了北京的外文出版社，成为我们的同事。她在社里和乃迭一样，都算是外国专家。她现在已经八十多岁了，但依然精神矍铄，身体强健。她已取得中国国籍，现在是中国人民政治协商会议全国委员会的委员。

1944至1946年间，我每一次从北碚到重庆去探望我的母亲和朋友时，总要和在英国驻华使馆供职的一些英国友人聚一聚。其中之一、当时担任大使馆二等秘书的约翰·布罗菲尔德（中文名蒲乐道），是剑桥出身，他性格古怪，是一名虔诚的佛教徒。他年轻时曾上五台山当了一阵子和尚。我偶然在重庆和他共度周末时，他常给我讲各种各样关于吸食鸦片、越南的娼妓、瑜伽功师以及他早年当和尚的经历等令人难以置信的奇闻轶事。我们常在一起大喝中国酒，他喝醉后就躺在地板上唱令人忧伤的俄罗斯歌曲，并且哭泣。我想，这是因为他的母亲是俄罗斯人，所以他才会有某些俄罗斯人的特性。我和他相处得很好，我们彼此都喜欢相聚在一起。后来，在他仍担任英国驻华大使馆

20世纪40年代杨宪益生活过的北碚城区。

二等秘书期间,他决定和一位中国姑娘结婚。他邀请大使来参加他们的婚礼,可是他后来又胆怯了,终于在婚礼举行前溜走。这件事成为一桩丑闻,导致他离开大使馆。后来他在曼谷一所大学当英文教授。他出了很多通俗性的佛学书籍,但是,80年代初他患了皮肤癌,他到中国来治病,就住在我们在北京的家里。他送给我一本他新出的关于中国茶的书。他回到曼谷不久就去世了。

我们通过蒲乐道的关系,和在重庆的英国驻华使馆的其他几名成员成了朋友。我最喜欢的是另一位剑桥出身的亨利·麦克阿里维(中文名马德良)。他起初修习希腊、拉丁文,后来又学了几种欧洲语言,包括俄语,接着又到巴黎,师从伯希和,成为一位杰出的汉学家。那些日子里,他常和我以及蒲乐道在一起大量喝酒。日本投降后,他在重庆和一位名叫绫子的日本女人结婚。他离开大使馆后,我介绍他进我所在的国立编译馆工作。一年后他去了上海,为英国情报部工作,直至中国解放。后来他回到英国,在伦敦的东方与非洲研究学院(SOAS)当中国史和中国文学教授,出过两三本关于晚清时代以及慈禧太后的书。不幸的是,他死得太早了,大约是在50年代或60年代初。他是一位才华横溢的学者,因放浪形骸而早逝。我非常喜欢他。说到英国大使馆的其他友人,我还可以举出很多,譬如说乔·福特和帕特·柯特斯等人。但我不想说这么多了，只想提起一个人，他就是大使馆武官阿德里安·康威·伊文斯。日本投降后，他也曾到北碚来探访我们，还说可以让我们坐他的吉普车去南京，尽管我们没有接受他的建议。我在后文中还要提起他，因为我们在1946年秋天到达南京后，与他过从甚密，这对我们以后的生活遭遇实在是关系非浅。

1944年初——在乃迭流产以及不久又怀上了我们出生于1945年的女儿以前，乃迭的父亲戴乐仁到北碚来看我们。当时他大部分时间都在西北兰州，从事工业合作社的工作。但他时而会到重庆来，因为国民党政府开始对外国人开创的工业合作社实验活动产生了兴趣。他们觉得可以利用它作为展览样品，以谋取国外的捐款。我的岳父必须与国民党政府就他的工合组织的未来发展问题定期进行磋商。他是个好人，但很天真。他只想为中国人民做好事，从来没有料到国民党政府竟会利用他来实现他们从国外谋取捐款的企图。那次他来探望我们时，情绪很高。我们陪他去了温泉，还爬上了附近的缙云山。他年事已高，但仍然精神健旺，我记得他爬上山顶时，兴高采烈地高声喊道："Excelsior!"这是一个拉丁字，意思是"更高些吧！"他走后，给乃迭来了一封信，信上说，他离别时本想说"上帝保佑你们"的，但却忍住了没说出口，因为他怕我们并不像他一样信仰基督。他觉得，如果对我们说"上帝"，未免唐突，有把他的宗教信仰强加于我们之嫌。他就是这样一个朴实、谦恭、善良的老绅士，从不把自己的观点强加于人。

1945年日本投降后，我们得到从英国传来的悲惨的消息：乃迭的大哥伯纳德在日本投降前夕，被日本人强迫驱赶着在婆罗洲一带进行"死亡跋涉"，终于在途中死去。在英国的家人要我们向他的父亲透露这一悲惨的消息。当时乃迭刚生完我们的女儿杨荧，正在养息身体，就得由我到重庆去看望我的岳父。当我小心谨慎地把这一悲惨的消息告诉他时，他没有流泪痛哭，只是躲进了另一个房间。过了一会儿，他回来向我道别,外表十分平静,不过我知道,他的心碎了。他非常爱他的长子伯纳德这位在东南亚工作多年的优秀的化学工程师。在这以后,我的岳父很快就离开了中国,回到英国不久,他就逝世了。乃迭的母亲早已离开中国赴印度任教,日本投降后,她也回到英国。此后她还活了很多年,但是她去世时正值60年代末"文化大革命"时期,当时我和乃迭都被投入监狱。1972年乃迭获释出狱,但她已经看不见了。我为我的岳父、岳母感到非常难过,他们生活在悲惨的年代,在悲惨的年代为中国工作。

1946年夏天,我们总算得以带着两个十分幼小的孩子和我们的行李,登上编译馆雇来的一艘木帆船。我们和许多同事一起乘船离开重庆,顺长江而下。我们的生活又揭开了新的一章。我所在的编译馆是一个学术机构,在国民党政府机关里根本排不上号,当然得不到更好的交通运输工具。所有像样的舟船、飞机、汽车都被征用来运送国民党官员和有官方关系的人们去南京了。经过长达一年的协商,编译馆只能雇到两三只木帆船,用来把我们和我们的同事们送往长江下游。船要走好几天。由于船上人满为患,每个人只能占有一个极窄小的空间,还不到八英尺长、三英尺宽。我们只能躺着,连动都不能动。船上没有盥洗设备。由于恶劣的卫生条件,我们的女儿杨荧浑身长满疥疮。当时人们盛传着这样的话:晚上,船行驶到三峡附近,会有强盗从山上下来抢劫过往船只。这种倒霉事幸亏没让我们碰上。过三峡时,船上警告说,船可能会翻沉,这引起一阵慌乱。大家都平躺在地,终于平安无事。我们就这样过了美丽的长江三峡,平安地到达目的地南京。到了南京,我们才听说,在我们后面的那艘装载着我们大量书籍和其他物品的木帆船起火并沉没了,造成了一些人的伤亡。那艘木帆船上装着几桶汽油,一旦起火,根本没法救。在我们离开北碚前,恰好有一大批书籍装成几大木箱从香港运到。这就是我1940年夏天离开牛津时海运到香港去的书籍中的一部分,我想大约有七八大木箱吧。很显然,这批木箱运抵香港时,太平洋战争已开始打响,日本军方就把我的书扣下了。他们的工作很有条理。他们在每一本书上都盖了戳子,上面是日文"杨的藏书"这几个字。我的老友伯纳德·梅洛战后到香港大学去当注册主任时,他认出这些书是我的旧物,就把它们寄到重庆。我只打开一两木箱,拿出了很少一些书,其他木箱原封不动地被我送上木帆船,准备运往南京。它们当然都在那场船难中毁于一旦,连同一些衣服和我老家的照片。这些书和照片统统损失掉实在太可惜了,可是我们还得庆幸自己没有在那艘船上,到达南京时我身边总算还留着少量书籍。至今我的书架上还有几本盖着日本戳子的书,作为对那个时代的纪念。

# 第二十一章 离开重庆

第二十二章

在南京

我记得，1948年和1949年初，我的教授月薪只相当美金八元或两袋面粉，在此期间，国民党政府正在走向崩溃。国币这么不值钱，要干六七份工作才能勉强养活一家人。

一到南京，我们立刻又面临一个大难题：要找到一个栖身之所。我记得那是个月圆之夜。正值旧历的中秋节。几乎所有的住处都客满了，我们只能在编译馆办公室的木地板上过夜。我睡得很熟，半夜时我突然惊起，似乎预感到了危险。我们到那里时，我累极了，忘记把灯关上。我看见在灯光下的地板上，有一只硕大无朋的深红色的蜈蚣，它伸出上颚正准备袭击我的前额。我没能把它逮住，它快快地跑掉了。这一惊使我再也无法入睡，尽管乃迭和两个孩子睡了一大宿安稳觉。第二天，我们出去找住房。编译馆的一个职工介绍我们到煤球店背后的一个人家借宿。我们住楼下，房主人和他妻子住楼上。房间和设施还凑合，可是那个女主人够难缠的。她十分贪婪，时时都想榨取我们的钱财，而且她总是和那位怕老婆的丈夫大吵大闹，搅得家里鸡犬不宁。我们忍了半年，实在忍不下去了，就搬到编译馆附近的另一个住处。那里的房子要好些，也安静得多。我们住房子的前半部分，房东太太一家住房子的后半部分，后院也归她家用。可是，那里的租金实在太贵了，我们住了不到一年，又搬走了。我们得出结论：要是没有公家的帮助，找房子简直是徒劳。前文已提到，国民党政府教育部副部长杭立武博士在我们刚回重庆时就对我们非常好，这时，他跑来问我，能不能兼职担任中英文化协会的秘书长。他现在正担任协会秘书长一职，但部里的工作实在太忙了，他想让我——和他一样的英国留学生——代替他当秘书长。中英文化协会在南京有一座很好的大楼，楼后有花园，会议室很大，办公室在楼上。我希望能把家搬到那里去，于是我同意兼职担任中英文化协会秘书长，我在国立编译馆的工作不

第二十二章　在南京

变。不料杭博士不希望我把家搬到办公大楼里去。他答应给我们另找住处，可是他的承诺始终没有兑现。我为中英文化协会工作直至解放。我要做的事很简单，就是为中国教授和会讲英语的中国官员以及外国朋友们（主要是外国使馆人员）组织各种报告会和鸡尾酒会，这样的活动大约每月举行一次。协会的编制十分精干，只有一名兼管财务的行政秘书和一名年轻的会计。另有一名园丁负责收拾房子和干一些其他杂务。他们在办公时间到那里去工作，下班以后整座楼都空空荡荡。我每隔几天才到那里去一次。1947 和 1948 年间，我组织了几次报告会，其中一次由我本人主讲，题目是唐代中国与拜占庭帝国的关系。另一次由叶公超教授（日后他去了台湾，担任国民党政府外交部部长）主讲，题目是孔子时代中国知识分子的角色地位。我还组织过几次鸡尾酒会和一次中国古玩、字画拍卖会，卖的大多是假古董。我记得苏联汉学家费德林曾来参加过几次报告会。

从 1946 年冬天到 1947 年底，我们在城里找过两次住所，结果都失败了，想通过国民党政府的关系找住所也没有成功，于是我在 1948 年初决定到一所叫做建国法商学院的新建校去当兼职教授。该校开大一、大二英语，需要英文教员。他们把校园内的一所带游廊的平房腾出来给我住，我接受了。当时国民党政府的经济状况很糟。通货膨胀逐渐控制不住了，大多数知识分子都发现自己单靠一份薪水难以维持生活。于是我们中的很多人都兼差，即同时兼做几份工作。我记得，1948 年和 1949 年初，我的教授月薪只相当美金八元或两袋面粉，在此期间，国民党政府正在走向崩溃。国币这么不值钱，要干六七份工作才能勉强养活一家人。我们的情况还算是好的。乃迭的一位美国朋友露丝·利本在一家美国救援机构 E.C.A.（经济合作署）工作。她请乃迭担任该组织的行政秘书一职，每月可以领到两百美元薪金。有了这项收入，我们的生活比大多数其他大学教授都要好得多。尽管如此，那一时期我仍兼做好几份工作：国立编译馆高级研究员和分部主任、中英文化杨宪益曾在中央大学(解放后称为南京大学)历史系任拜占庭史教授。

协会秘书长、法商学院英文教授,后来还担任中央大学(解放后称为南京大学)历史系拜占庭史教授。我决定在中央大学开讲拜占庭历史课程,是因为当时我正在写一部对拜占庭史和中国史进行平行研究的著作。东罗马帝国的衰亡使我联想到中国当前的形势:封建官僚政治、裙带关系、腐败风气和军事独裁。前来听我讲课的学生很多。其中一些更聪明的学生希望我进行更多的对照,以揭露垂死的国民党政权。后来,中央大学的学生走上街头,呼喊"反饥饿、反内战!"的口号。乃迭和我支持这种爱国的示威活动,我们帮助他们把口号和宣言翻译成英文。1948年底,中央大学的学生实行罢课,我的拜占庭史课程也就不再讲下去了。

从抗日战争结束到1949年4月南京国民党政府垮台,一条反对国民党的爱国阵线已充分形成,现在我要讲一讲自己在这一阵线中所起的作用。事实上我在北碚时就决心加入反对国民党的进步力量了,那是在抗战即将结束的1945年以及1946年。自从我于1940年回国以来,换了一个又一个工作,从重庆到贵阳、到成都,后来又回重庆,我一度对政治冷漠,我在国民党中国所见所历都使我感到憎恶。太平洋战争也没有改变我的冷漠态度，抗日战争似乎离我的生活很远。因此我只是埋在书堆里。抗日战争结束使我回到了现实。尽管大多数中国人都反对发动新的内战，但国民党政府仍决定继续进行战争，以消灭中国共产党。当时我目睹的种种事实，使我热血沸腾。抗战时期，有一处里面躲着几百人的防空洞被锁上一整天，结果几百人都因窒息而死。国民党士兵把死尸和垂死的人扔进卡车，拉去埋葬。这是许多中国记者和外国记者都亲眼所见的事。我还亲眼看见一名身患疟疾和腹泻的新兵躺在路上等死。他被人丢弃，身上盖满一层苍蝇。没人敢上前帮助他，因为怕被指控为共产党间谍。在当时的国民党中国，这一类违反人道的野蛮事实比比皆是。日本刚投降时，我就接到我的朋友向达教授的一封信，他告诉我，他的一位朋友、有才能的翻译家兼教授冯承钧因贫穷而死，他的遗属竟没有钱安葬他。向达悲愤之极，写信给朋友求援。我给他写了回信，寄去了钱。我在回信中说，既然国民党反动政府把知识分子视同草芥，那么我们一定要和共产党站在一起，来推翻这个可恨的政权。那是在1946年春天。过了不久，我和国立编译馆的另外两位年轻同事决定参加在各所大学和政府机关中秘密组成的一个反对国民党的地下组织。

第二十三章

定 居

我在南京定居以来，很少为国立编译馆做翻译工作，大量时间都用于兼职和从事政治工作。我还抽时间写些短文，主要是关于中国北方诸少数民族如蒙古族、满族、回纥族、朝鲜族古代历史的研究文章。

毫无疑问，地下活动成为我战后在南京那几年生活的组成部分。我在编译馆有一个好朋友，他名叫萧亦五，是个伤残军人。他在一次敌机轰炸时炸掉一条腿，他所在的团队就不要他了。他不是知识分子，只上过小学。他是被抓去当国民党兵的。他天生有讲故事的才能，失去一条腿后，他在武汉街头讨饭，偶然遇见著名作家老舍。老舍赏识这个年轻人的才能，对他非常同情。他介绍萧亦五到国立编译馆来，在出版通俗书刊的部门工作。我认识老舍，通过他的介绍，我成了萧亦五的朋友。萧亦五和我同庚，他的生活经历非常有趣，他常向乃迭和我讲述许多军旅生活故事。他让我知道了国民党军队许多腐败的事实。我对他说，我真想参加一个反对国民党的地下党，要为推翻政府出把力。他说，他也有同样的想法。他有一个年轻的同事叫邵恒秋，此人曾参加过华北的农民运动，他也想跟我们一起干。邵恒秋介绍我们认识一个在财政部当职员的姓孙的人，他是个地下共产党员。孙同志介绍我们参加一个叫做"民联"的地下政治组织。尽管它服膺孙中山的"三民主义"，听上去像是个亲国民党的组织，但实际上它是个与地下中国共产党有联系的秘密党派。它的成员是一些反对蒋介石政权的前国民党官员和爱国将领。后来到了1948年，它并入了以香港为基地的国民党革命委员会。萧亦五、邵恒秋和我虽然不是国民党员，但都参加了国民党革命委员会。邵恒秋的任务是要在南京组织起一支地下的政治力量。萧亦五的任务是要与他以前在军队中的熟人联络，策动国民党军队中的若干团队投向共产党方面。我的任务是通过与外国使馆人员和国民党上层人物（包括大学教授）的交往，取得对北方的中国共产党有用的政治、军事情报。这一切是在 1946 年冬天我们到达南京后不久发生的事。从那时起,我虽然还不是中国共产党党员,但我已经在为同一事业工作了,我已经可以称自己是一个"同志"了。后来我确实向我的朋友孙同志提出过要成为一名真正的中国共产党党员的要求,但当时南京刚解放,他必须马上离开南京。所以我的愿望未能实现。从 1947 年到 1949 年初,邵、萧和我三个经常见面,不是在中英文化协会就是在我们在南京租下的一家小小的古董店里,我们讨论问题,传递情报,或是阅读中国共产党的秘密文件,如毛泽东的《新民主主义论》,那是从中国共产党在西北的革命基地延安传过来的。

当时的国立编译馆已成了个空壳子,几乎无事可做。我们只是偶尔到那里去露一露面。实际上我已停止翻译史学名著的工作了。《资

1947 年时杨宪益的一家人。

治通鉴》上起公元前五世纪的春秋战国时期，下迄公元十世纪唐朝末年。我只翻译了前面一部分，译到公元一世纪西汉末年。国共两党三年内战时期，绝大部分政府工作人员和在大学工作的知识分子都干不成什么事。恶性通货膨胀，知识分子对未来都看不到任何希望。许多年轻的知识分子都远走他乡：香港、印度、美国等地。也有朋友劝我到印度某大学或香港大学去教书。但是，当时我对中国共产党抱有信心，相信中国最终将获得解放。于是我不想离去，而是和我的家人们一起待在南京。当时，有了乃迭在美国救援机构的薪金，我们的收入比绝大多数在学术机关工作的人们都要多，于是我们一直坚持待在南京，直到1949年4月南京解放。

我在南京定居以来，很少为国立编译馆做翻译工作，大量时间都用于兼职和从事政治工作。我还抽时间写些短文，主要是关于中国北方诸少数民族如蒙古族、满族、回纥族、朝鲜族古代历史的研究文章。1947年，我在牛津大学的老朋友杨人楩教授来看我。大家一定还记得我说过，他是研究法国革命史的优秀学者，他的学术论文的题目是《论圣·茹斯特》。他告诉我，他和以前在伦敦读政治经济学的黄少谷有联系，当时黄少谷是国民党政府的国防部副部长。他和黄少谷早在1927年以前，当国民党和中国共产党合作进行反对北洋军阀的北伐战争时期就是老伙伴了。他说，黄少谷是国防部属下的报纸《扫荡》的主编，现在这张报纸已改名《和平日报》。黄少谷要杨人楩为报纸编一张文学增刊，但杨人楩推荐我和另一位老友吕叔湘教授代替他来做这个工作。这是因为吕叔湘和我以前曾做过报纸的编辑工作，我们在伦敦时编过一份支持中国抗战的油印报刊。吕叔湘和我都接受了这一工作，但我说，我的兴趣是中国古代史，我将不担负任何有关时事的工作。于是我们决定出两种增刊，吕叔湘负责编辑当代文学增刊，我负责编辑中国古代史增刊。我把自己写的大部分研究文章都拿到增刊上发表了。该刊别的作者很少，我只刊登了几位年轻同事的几篇短文，而用不同的笔名把我有关古代文学和历史的研究文章都刊载出来。该增刊每两周出一期，我一直干到1949年初国民党政府临近崩溃时为止。就这样，我写的关于古代史的文章绝大部分都发表了。后来，解放以后，我把这些文章收集起来作为《零墨新笺》的第二集出版。

杨宪益著作《零墨新笺》书影。

写到这里，我还得回过头来说一说以前提过的我在南京熟识的那位英国人。我和他的联系与我一家人在解放以后的遭遇实在关系非浅，这导致我在50年代和60年代初被怀疑为一名英国间谍；这导致乃迭和我在"文化大革命"期间双双入狱，达四年之久，从1968年一直关到1972年。这名英国人就是英国驻华使馆武官阿德里安·康威·伊文斯。我前面已经提到，我们是在北碚时通过我们共同的朋友蒲乐道等人的介绍认识的。他是个年轻的单身汉，爱驾驶一辆德国大众牌汽车到各处风景点游玩。我和乃迭都非常喜欢他。我们来到南京以后，他时常来看我们，我们乘坐他的汽车，随他去过南京附近、长江下游的一些城市，如：扬州、苏州、宜兴、无锡、镇江等地。有他，我们始终觉得愉快。伊文思是个天真、可爱的小伙子，但是担任他那种工作却并不十分合适。他总是为每月必须写的正式报告发愁，不知道该怎

杨宪益著译作《近代英国诗钞》书影。

么写，我们常为此打趣他。我设法通过他取得一些有关国共内战的情报，有一次，他甚至向我出示了一张在北方的共产党军队的部署图，还向我叙述他和国民党将领们接触的情况。我把这些情报传递给与我联系的共产党人。1949年4月，中国共产党的军队渡过长江，占领南京。国民党政府官员全都逃往南方或台湾，南京已不再是中国的首都了。英国政府想承认新近在北京成立的共产党政府，但他们还想在台湾保留一个领事馆。于是伊文斯被派往台湾。从此我们再也没有任何联系，多年以后，我才从几位外国朋友口中得知，他在一次登山活动中遇难，已经死在台湾了。50年代，中国政府组织了一次肃清暗藏的反革命分子的运动，他们对我过去与外国驻华使馆人员的联系进行调查，认为我和伊文斯的关系是个疑点。从那以后，我成了一名政治上的怀疑对象，我的冤情直到二十年以后，即到了70年代才得以澄清。

第二十四章

解放（一）

第二天早晨我起床时，城市外围非常安静。九点钟左右，我听到共产党军队开进城里的声音。我走到附近的城北鼓楼的一条大街上。那里早已挤满人群，主要是大学生，他们聚集在马路旁，用开水、饼干和糕点欢迎开进城来的军队。

随着南京国民党政府日益衰败，解放接踵而至。到了1949年初，南京早已是一片混乱了。日本投降以后，中国共产党在东北各省建立起一支强大的军队。苏联出兵消灭了部署在东北的大量日军以后，他们撤走了，把许多军事装备都留给共产党军队，从而帮助拥有日本坦克、枪炮的、装备精良的共产党军队在1948年冬天在东北地区打败了国民党军队。经过另一场重大战役，共产党夺取了天津和北平，并把北平定为他们新的首都。1949年春天，在南方的淮河流域到长江下游入海地区之间又进行了另一场重大战役。事实上，蒋介石军队中最精锐的部分都已被消灭了。经过（东北）辽沈、平津、淮海三大战役，中国共产党已经控制了长江以北的中国半壁河山。

当时美国政府一直在帮助国民党政府，为他们提供军事装备。苏联虽然承认南京的国民党政府，但却在暗中帮助北方的中国共产党。斯大林建议中国共产党适可而止，不要渡过长江，把华中、华南地区留给国民党和美国，从而使中国分裂成两半。毛泽东和其他中国共产党人认为国民党政权已经摇摇欲坠，失去了大多数人民的支持，于是他们决定向南方进军，把国民党赶出中国大陆。他们拒绝了苏联的劝告。1949年4月，共产党军队渡过长江，攻克南京。国民党军队在南方只进行了零星的反抗，不到一年工夫，整个中国大陆，包括海南岛都已解放。国民党残余逃往台湾，至此，著名的解放战争胜利结束了。

1949年4月南京解放时，我正在搬家，搬进一处有游廊的平房。国民党政府从内地还都南京以后，南京人口骤增，想找合适的住房非常困难。从1946年到1948年底，我们被迫搬了几次家，最后住进我兼课的那所大学校园内的一所平房。1949年初,大学像其他机构一样也关了门。学生们不再上课,许多政府小职员都走上街头,从事美元、银元和钞票之间的非法交易。当时,一千元钞票在两三小时之内就会贬成五百元。由于有乃迭在美国救援机构的额外收入以及我干各种兼职的收入,我们的经济状况比大多数别的教授都要好。尽管当时住房仍然紧缺,但城里还有许多小块空地,我和国立编译馆的少数几名同事可以租得土地,建造自己的平房。1949年春天,我们搬出校园内的平房,住进我们在编译馆附近新盖的一所有三间屋子的简易平房内。我们在那所平房里住了一年。1950年,我们又搬进附近另一所有一个小小的庭院的较好的平房。那时,南京已经不再是首都了,大多数国民党官员已逃亡,我们只花几百美元就能买到一所较好的住房,我们在那里一直住到1952年底。当时我们受北京的外文出版社聘请,要到那里去当翻译,离开时对我们的家还有点依依不舍。

1948年冬和1949年初春,国立编译馆的工作人员,包括翻译和编辑,自动组织起一个类似工会的"工人福利委员会",以保护自身的权益。我因为人缘好,被选为该委员会的主席。1949年初春,国立编译馆馆长赵博士突然到上海去了,他到一所大学任教,不愿再回编译馆。他是德国留学生,学的是化学。他是国民党党员,知道国民党政府即将垮台,不愿在共产党到来以后面对编译馆内贫困又愤怒的人们。我们召开了全馆职工大会,选举一名临时的新馆长,我得到绝大多数选票。以前的馆长都是由国民党政府任命的,他必须是国民党党员。我成了国立编译馆有史以来惟一一名不是由政府任命的馆长,而且也不是国民党党员。

国立编译馆归国民党政府教育部领导。教育部长是杭立武博士,前面已经提到了,我们在内地时,他一直对我非常好。他完全不顾编译馆馆长已经失踪、群众已经选举我当新馆长的事实。他对此始终未做任何表示,所以我至今也不知道自己这个馆长当得是否合法。到了

1949年3月底，绝大多数高官都已离开南京逃往广州，接着又去了台湾。这位教育部长杭博士也要到台湾去了。编译馆的几名同事听到这一消息，就请我在他离开前去和他见上一面，请求他给编译馆留些钱。我们每月的薪金都由教育部下拨，如果教育部突然停止运作，编译馆里的人们只能饿死。那年头，政府雇员们都是做一天吃一天。我到他的办公室去，向他说明编译馆同仁们经济拮据的情况，他马上开了一张支票给我，钱数足够支付全馆职工三个月的薪金。接着，他热切地对我说：

"你是不是准备赶快离开南京？"

我回答说，我没有准备离开，也许我会待一段时间，看一看共产党来了以后情况会怎样。

"不过你应该知道，共产党是不会容忍知识分子的。我们已经获悉，就在几天以前，他们在北京大学开了专门针对知识分子的斗争会。"

我没有和他争辩，只是微笑着说，我不是国民党党员，他们也许不会把我当成阶级敌人。乃迭是英国人，所以她也绝不会有什么麻烦。他告诉我，他和他的家属第二天就要乘飞机去台湾了，他可以让我和我的家庭乘同一班飞机走。

"如果你决定走，你可以来乘我的飞机，把乃迭和孩子们都带上，但行李不能太多。"

我谢谢他的好意，还谢谢他给我的支票，接着就告辞了。后来我听说他在台湾当上了国际反共联盟的主席。从此我再也没有和他有任何联系。他也许还健在吧。我回到编译馆，把支票交给全体职工，大家都很高兴。当时编译馆有一百多名编辑、翻译和行政人员，要是没有这笔钱，大家一定统统散伙了。可是事实表明，编译馆内大多数成员都留了下来，直到第二年年初，新成立的北京中央政府决定将该馆解散，把大家分配到其他政府机构为止。

4月22日，南京解放前夕，中共兵临长江北岸，他们面向南京以及南岸的其他城市，已经准备好发动最后的攻击。南京城里，所有国民党高官、将领们都早已逃亡，只留下一支缩编缺额的部队负责守城。城里一片死寂，大多数店铺都早早地关门，怕遭到偷盗和抢劫。但是，事实上什么事也没出，大多数居民晚上都待在家里不出来。我们也睡得很早，不到八点就上了床。夜深时，可以听见从长江北岸浦口港传来沉闷而重浊的枪炮声。我睡得很酣，对即将来到的事感到高兴，尽管我并不知道未来的共产党政府会是什么样。但是我在国民党政权统治下的亲见亲历已经使我对之深恶痛绝。我想，生活在任何别的政府之下也比在国民党政府统治下要好。第二天早晨我起床时，城市外围非常安静。九点钟左右，我听到共产党军队开进城里的声音。我走到附近的城北鼓楼的一条大街上。那里早已挤满人群，主要是大学生，他们聚集在马路旁，用开水、饼干和糕点欢迎开进城来的军队，还有一些人出于好奇，站在一边观看。没有任何慌乱的迹象，也没有狂热的欢呼。一切都在平静中进行。我们这时才听说人民解放军是从城市北部、长江岸边的入城门径下关开进来的。已经有好几支分遣部队走过，他们都是些年轻的战士，身上穿着破破烂烂的军装，风尘仆仆，显出疲惫的样子，但秩序井然，纪律严明。他们从学生手中接过开水，

1949年4月23日，人民解放军解放南京国民党政府时的照片。

还向我们微笑,但并没有停下脚步。他们正在急行军,走向城市的中心,然后向东转,直奔蒋介石总统府所在地中山门。他们占领总统府后,继续东进,出了城市东门,追赶国民党的残余军队。这些国民党的残兵败卒没有进行任何抵抗。他们已经毫无斗志,彻底瓦解了。一些掉队的散兵游勇都当了俘虏或是投降了。还有一些人扔掉军装,躲进乡村当农民去了。仅仅一天工夫,一切都已恢复平静,店铺重新开门营业。就这样,南京未打一仗就解放了。上海的情况不同,经过短期激烈的战斗,才于约一个月之后解放。

第二十五章

解放（二）

杨宪益自传

南京解放以后，我很少有工夫陪伴我的家人们。乃迭生了我们第三个孩子，我的二女儿杨炽。她生于1949年11月，南京解放后才几个月。当时乃迭住在医院里，我很少跑去照顾她。

向新政权的过渡不是在一夜之间完成的，但速度并不慢。在共产党进入南京实行控制之前，萧亦五、邵恒秋和我就已组成一支纠察队，于晚间巡逻，保护编译馆的财产。每天夜里，我们手持棍棒在编译馆院子内到处巡视，防止强盗、小偷闯进来。可是什么事也没有发生。我值过两三次班。后半夜，在树木葱郁、阒无一人的院子里到处巡行是很让人害怕的差使。天黑以后，城里一片死寂，谁也不会在街上徘徊，我们一个小偷都没有抓到，所以我们巡视约一周后就停止了。不过，偷盗还是发生了：编译馆库房里总是存有八九大桶煤油，后来我们发现，里面的一半装的是清水。我们最终也没有查明偷煤油的究竟是谁，真不知道他是怎样捣的鬼。除此之外，依靠我们的警觉，编译馆的财产一件也没有少，我们把它们统统交给了新的共产党当局。人民解放军进城两天以后，新来的共产党南京市文化专员把我和南京图书馆、博物馆、高等院校等文化机构的负责人召集在一起，听他训话并执行他的指示。新任命的文化专员姓赵，身上是一套破旧的、不太干净的解放军军装，一双赤脚穿着草鞋。他坐下来，给我们下指示，诸如"保护好你们单位的财产"、"要做到一切完好无损，并等待进一步的命令"之类，他还让我们拿出笔，把他的这些指示记录下来。他态度粗鲁，有点不太礼貌。他一边口授指令，一边用手不停地抓挠他那双肮脏的赤脚。他那不文明的习惯暗示出他一定是一位农民出身的共产党老干部。但是我们后来发现满不是这么回事。他以前是大学里的知识分子，后来参加了共产党地下组织，去了北方，现在随解放军回到江南来了。当年许多中国进步知识分子都像他那样。他们爱穿臃肿不堪、破破烂烂的解放军军装，故意做出一副不文明的农民的样子来，好像自己是老革命。后来我们几乎不再有机会和他直接接触了。他指定一名姓曾的大学生当他派驻我馆的联络员。我和小曾相处得很好。他是晚清名臣、于19世纪50年代镇压太平天国革命的曾国藩的曾孙。赵专员一声令下，让我们全馆上下忙个不停，他要我们把编译馆的旧档案、材料清理一遍，把没有用处的文件统统扔掉。他的这一举动后来受到北京中央政府的斥责，上面又指示把其余档案原封不动地送往北京。我听说赵专员不久以后死了，大概是患了肺结核病吧。小曾同志在南京留了下来，直到1957年他被划为"右派"时为止。他在那场所谓的群众运动中自杀身亡。

1949年4月23日南京解放，一周之内共产党新政权就建立起来了，局势迅速恢复正常。恶性通货膨胀突然终止，人们不必再涌上街头去把中国钞票换成美元了。一切前政府职员、大中小学教师照常干原先的工作，工资待遇不变。再也没有不安和混乱。前国民党报纸被新的共产党政府的《新华日报》所取代。我们每天都在报上读到胜利的消息，解放军继续向南进军，要解放大陆其他尚未解放的地区。共产党军队势如破竹，除了在湖南和广州以外，几乎没有遇到什么抵抗。到了1949年底，国民党残余已逃往台湾及附近岛屿，整个大陆已得到解放。南京解放数天以后，共产党给南京派来了新市长。他是个中年的老革命家，名叫柯庆施。他请我到他那里去吃过几次饭，谈过几次话。当时的共产党官员都很节俭，不像现在的官员那样会浪费很多时间和金钱举行豪华的宴会。我们每次只吃四小碟很普通的菜，喝一碗汤。柯市长态度亲切，我和他不拘礼节，相处融洽。他祖籍安徽，所以认我为他的同乡。新市长没有专用汽车，他像城里其他官员一样，出行时不是步行就是骑自行车。这些表现给我留下非常好的印象。后来我还和中华人民共和国副主席董必武、曾任新四军军长的陈毅元帅以及其他几位共产党领导同志一起吃过饭。我对这些人既热爱又尊敬。

在这几位老一辈共产党领导人身上没有装腔作势的官气，他们的举止就像普通老百姓。真可惜，后来的不少共产党官员并没有把这个好的传统继承下来。

我所属的地下组织并入了国民党革命委员会，它是几个与共产党合作的民主党派之一。当时的指导思想是：要有一条包括许多政党的统一战线，各政党通力合作，组成一个以中国共产党为领导的中国新政府。人民政治协商会议是人民的议会，其中包括所有政党；政务院是政府和其他职能部门的执行机构。我的同事、伤残军人萧亦五决定不参加国民党革命委员会，他想参加中国共产党，于是只有我和邵恒秋参加了新成立的国民党革命委员会。我担任秘书长，邵恒秋负责民革的组织工作。我代表民革南京市分会草拟了所有支持中国共产党的宣言和讲话。这些宣言和讲话都在中共南京市委机关报《新华日报》上发表了。我还写了一系列文章，解释中共在国民经济、教育、文化以及其他方面的政策。这些文章发表在1950至1951年的《新华日报》上。后来，我偶然写了一篇谈中国宗教自由问题的文章，文章中提到早期耶稣会传教士在把西方科学传入中国方面起了积极的作用。那天我和共产党领导干部们正在开会讨论当地的形势。新华日报社社长、负责宣传工作的一位领导同志

杨平凡作杨宪益漫画像

丁聪作杨宪益漫画像

悄悄地把我那篇文章退还给我。文章中某些语句下有他用红铅笔划的线，旁边还加上惊叹号。他说，他想以后找个时间和我讨论这篇文章，希望我能做些修改。那几天我从报纸上看到，他们正在谴责当地的天主教僧侣，指控他们是帝国主义间谍。很明显，他们不赞成我文章中的一些说法。我什么也没说，只是微笑着把文章拿回来。我和他再也没有讨论过这件事，然而我意识到：我的所有想法并不都能与共产党的路线吻合。于是我不再为《新华日报》写稿了。我在南京时期，与当地共产党政府的关系非常良好，新市长等人始终尊重我，待我很亲切，我们之间从来没有在任何问题上发生争执。然而，仍然有一些事，例如上述有关那篇文章的事，使我意识到我在发表某些意见时必须有所保留。正因为这个原因，我在解放初的这几年里没有再提出加入中国共产党的申请，我宁愿留在党外，做一名"同路人"。

1949年底，北京方面决定取消国立编译馆，把它并入国家出版总署。由于那时我早已专门从事统一战线工作，所以就被任命为南京市人民政治协商会议副秘书长。所谓政协，就相当于英国的上议院。我的时间分别用于国民党革命委员会南京市分会以及中国共产党南京市委统战部。我担任这两项工作直到1952年底我调到北京外文出版社当翻译时为止。我的日常工作主要是组织和主持南京市各界人士的会议。我们经常从早晨一直工作到后半夜，因为会议结束以后，我还得和我的共产党同志们讨论会议情况以及下一步该做什么。其余时间，我用于和当地的国民党革命委员会的同志们在一起。南京解放以后，我很少有工夫陪伴我的家人们。乃迭生了我们第三个孩子，我的二女儿杨炽。她生于1949年11月，南京解放后才几个月。当时乃迭住在医院里，我很少跑去照顾她。但她在那所医院里有不少朋友，所以得到很好的看护。她早先是美国救援组织ECA成员，曾为医院做过很多事。生完孩子后，她受南京大学（以前叫中央大学）聘请，当该校英文系教授。她原先所在的单位ECA在解放后立即停止活动，因为美国支持国民党政府,不承认共产党新政权。1950年朝鲜战争爆发了。在年轻人中间,反对美、英帝国主义的情绪变成了某种仇外的情绪,这种情绪也蔓延到了各所高等院校。乃迭在大学里工作,对此感受得比我深,因为我总是和共产党人在一起工作的。好在这种情绪很快就过去了,没有造成什么麻烦,让这里的英国人感受到自己像是二等公民。我们还是热情支持中国的抗美援朝战争,当群众募捐购买飞机支援前线时,我们还捐献了很多钱。我作为南京市政府的一名领导干部,曾经几度前往火车站慰问从朝鲜前线归来、准备送往医院的伤兵。中国参加朝鲜战争的初期,伤亡人数很大。后来战争形成僵局,中国有效地阻止了敌方的前进。

杨宪益和戴乃迭的三个孩子,他们是大儿子杨烨、大女儿杨荧、二女儿杨炽。

第二十六章

解放初期

1951年"三反、五反"运动我参加了，当时开过一次群众大会，斗争了几名在美国石油公司当买办的商人。上面要我起草一份关于这场群众运动所取得成就的报告，但我的稿子最终未被采用，因为文章的调子太温和了。

解放以后,"老大哥"很快就成了我们亲密的同盟者。

1950年春天,中国和苏联缔结了"中苏友好同盟互助条约",我们正式加入了苏联集团。在南京举行了很多有组织的庆祝活动,苏联成了上面说的"老大哥",当时对苏联成就的宣传铺天盖地,同时还出了很多文章和书籍揭露美国支持国民党反对中国人民以及对中国进行文化侵略的可耻行为。俄语取代了英语的地位,成为人们最喜爱的外语,许多原先教英语的老师都必须转而学习俄语,改教俄语。我是市政府的一名领导,也受到苏联领事馆的邀请,参加一次庆祝条约签订的宴会。我在祝酒时喝下无数杯伏特加酒,在一片红旗招展中,我们观赏了从共产党西北老革命根据地延安传来的腰鼓舞。我即兴创作了一首诗,把当前情景与唐朝初年相比,当时唐朝北部及西北部边境有强大的突厥,唐朝不得不把突厥看成是老大哥。后来唐朝成功地将突厥赶到中亚地区。在一片红旗中观赏腰鼓舞使我想起唐朝开国皇帝在庆祝他的胜利时的情景。后来,当我重新想起这首诗来时,我为其中包含的强烈的民族主义情绪所震惊。当时,正统的马列主义者应当把莫斯科看做世界革命的中心,不应把我们的情势与唐朝开国时相比。我的一些中共同志看过那首诗,但并未认真思索。他们并不懂得其中的历史含义。

大约就在那一时期,有一次我和几位同志讨论苏联的工业成就时,我不假思索地突然问我的朋友:

"我国什么时候才能赶上并超过苏联的成就呢?"

我那位在中共统战部门工作的朋友大吃一惊并严肃地说:

"我们怎么能想要超过苏联的成就呢?难道莫斯科不是世界革命的

中心吗?"

这时我才意识到自己问了个不该问的问题。幸好我的朋友以后并没有为此而批评我。不过,在那一时期,我还是在两件别的事情上受到中共统战部门温和的批评。南京刚解放时,我在中国报纸上看到关于"紫石英号"事件的报道。英国战舰"紫石英号"在穿越长江时,恰好有一艘中国帆船从北岸驶来。据中国新华通讯社说,英国战舰向中国船只开火,造成人员伤亡。当时我想,英国战舰这一挑衅行为实在太古怪了,因为英国政府的对华政策与美国不同。美国支持国民党政府,而英国政府知道国民党政府正在走向崩溃,并不想步美国的后尘。两三天以后我在一张英国报纸上看到,是中国船只先开的火,然后英国战舰才进行还击。我觉得这种说法比较合乎情理。我把这张报纸拿给我的共产党同事们看,并说出我的想法。

"你为什么不相信我们自己的报道,反倒相信外国帝国主义报纸上的说法呢?"他们反驳我说。我因站在错误的政治立场受到了客气的批评。但是他们并没有使我真的相信自己确实错了。去年中国的一位海军官员在《人民日报》上发表了一篇关于四十年前发生的这一事件的文章。他说当时他是那艘中国船的船长,是他下令首先向"紫石英号"开火的。后来他不敢向新闻界说出事件真相,于是谴责都落在"紫石英号"的头上。过了这么多年,我的看法终于得到了证实。①

我还记得南京解放初期的另外一件事。这和加拿大大使馆有关。解放前,我和外国大使馆,尤其是英、美、澳大利亚和加拿大大使馆的许多官员交朋友。解放后,英国首先承认我们的新政府,并将大使馆迁往北京。在南京的美国大使馆关闭了,并且停止运作。加拿大犹豫不决,不知道应当按照英国模式还是按照美国模式行事。所以他们的代办契斯

---

① 据编者检索,《人民日报》自创刊至今的所有报纸没有哪一期刊登同类内容的文章。这里应该是杨先生误记。——编者

特·朗宁继续在南京居留了两三个月。我和契斯特很熟。他常请我去吃饭，还和我一起品评他收集的中国古董，那都是他从本地古董商那里买来的，几乎都是假货。加拿大大使馆仍留在南京，中国新政府不承认它，因此契斯特·朗宁的身份只是一个非官方的外国公民。一天晚上，他请乃迭和我去吃饭，他告诉我们，加拿大政府决定按美国路线行事，所以他很快就要离开中国了。在清点大使馆的财物，整理、装箱时，他在一只旧柜子里找到许多甲骨碎片，那是早已去世的一位加拿大老传教士明义士（Menzies）留下的东西。既然这是无主财物，他完全可以把它们扔掉或任意处置。他看到甲骨碎片上还刻着字，很像是商朝的甲骨文。他请我鉴定一下这些东西，还说不知道当地的古董商是否愿意要。我草草看了看，告诉他说，是商朝甲骨，不过我不是甲骨文专家，究竟是真是假我可不敢断定。我说，要是真品，就该送进博物馆。落入古董商手中实在太可惜了。他说，他乐意把这些甲骨送给南京博物馆，但是他和本地官方没有接触渠道。他建议说，如果我真认为它们有价值，那他愿意把这些东西全都交给我，由我全权处理。我同意了。第二天一早，他就雇一辆人力车，由一个男孩把这些甲骨，连同那只旧柜子都送到我家里。这批甲骨共计四千件以上。我立即给南京博物馆打了电话。当时的女馆长是我的老朋友，她也是英国留学生，曾在伦敦大学攻读埃及学。她立即取走了这批甲骨。经过鉴定，她在电话里情绪激动地告诉我，这就是著名的"明义士商朝甲骨收藏"，原先还以为早就被偷运出中国了呢。里面只有极少数赝品，绝大部分都是真的，这一收藏的发现对于商朝历史、语言的研究真是一大贡献。她准备立刻向北京报告，她说，中央政府一定会为这一发现向我表示感谢的。我是在办公室里和她通话的，让我的一位年轻的党员同事在旁边听见了，他觉得这件事的处理方式不太正确。他忧虑地说：

"对不起，我听到你在打电话时说的话了，你难道不觉得在与博物馆打交道以前应当先请示政府吗？因为事情牵涉到一名前外国使馆的官员。"

我对他说，我认为这样做问题不大，尤其是在这样的具体情况下。如果我不接受这一批商代甲骨，那么它就会被卖给或送给某些古董商人，我们就会失去这些珍贵的收藏品。我那位年轻同事坚持说我应当先报告政府，政府就可以让那名前外国使馆官员归还以前"窃取的财产"，如果他们拒绝，将得到应有的惩罚。不管怎么说，我已经把东西转交出去了，我的年轻同事将这一情况报告了党的统战部。统战部的人对我进行了委婉的批评，说我让这名"外国帝国主义间谍"钻了空子，他们是在挑拨我们共产党政府和民主党派之间的关系。我弄不懂他们所说的话的逻辑，但这件事也就算完了。过了几年，在日内瓦会议上，契斯特·朗宁成了周恩来总理的好朋友，70年代初，他得以重新来中国访问。1975年他在撰写中国经历的回忆录中提到了这批甲骨收藏品的事。他在书中并没有提我的名字，因为当时正是"文化大革命"时期，我被关在监狱里，他不想让我陷入更多的麻烦。我如今仍保留着他后来题赠给我的这本回忆录。

尽管有诸如此类的小分歧，但我在解放初的那些日子里与共产党同事们的关系还是好的。我颇受信任，参加了南京市政府的各次讨论会，帮助做出决定。南京市召开第一次镇压反革命群众大会时，我还是主席团成员呢。当原国立编译馆的一名秘书以销毁文件罪即将被判处终生监禁时，我为他申辩，有关当局尊重我的意见，他被改判为四年徒刑。1950年土地改革运动时我没有下乡去，因为南京市政府需要我这个头面人物时时抛头露面。1951年"三反、五反"运动我参加了，当时开过一次群众大会，斗争了几名在美国石油公司当买办的商人。上面要我起草一份关于这场群众运动所取得成就的报告，但我的稿子最终未被采用，因为文章的调子太温和了。

第二十七章

工 作

于是我们决定进外文出版社。该出版社社长刘尊棋是一位资深的中共党员。解放前他在上海编过几种杂志，他早就有系统地把中国文学全部主要作品都翻译成英文的设想。他要我来主持这一计划。

1951年初春，我接到北京方面的邀请，要我到那里去做翻译工作。我在学术界的许多朋友早已去了北京，例如曾在大英博物馆研究敦煌写本卷子的向达和曾在抗日战争前和他的夫人杨绛一起在牛津攻读的钱锺书教授。向达在北京大学教历史，钱锺书在毛泽东著作翻译委员会当首席翻译。向达向钱锺书建议，让乃迭和我到这个翻译委员会去工作。对于中国知识分子来说，从事翻译毛主席著作的工作是一种殊荣，我们还可以得到中国大学教授中最高一级的薪金。正式邀请信寄到共产党统战部门时，他们告诉我说，他们对我在南京的工作评价很高，实在不愿意让我去北京。可是这是中央政府的决定，他们又不能阻止我去。他们让我自己做决定，如果我想留在南京，也可以留下来。我已经做了差不多两年的统战工作，很想转回到学术工作岗位上来。不过，我不想翻译毛主席的政治、哲学著作，倒是想翻译中国古典文学作品。于是这件事就搁下了。我不愿离开南京。我刚买下一所精致的小平房，庭院里两株木兰树正含苞待放。过了若干年，在中国一场接一场的政治运动中，我拒绝去做把毛主席著作翻译成英文的工作这件事又被提了出来，作为我对毛主席不够崇敬的证据。我不得不为这件不可饶恕的罪行对自己进行大批判。

然而，我实在不愿在南京为名目繁多的统战会议和民主党派工作继续浪费光阴了。南京解放后的两年里，我实际上几乎什么也没有写，什么也没有译，除了大量阅读马克思主义书籍包括马恩列斯毛的著作外，很少读别的书。我读了几部苏联历史学家的中亚古代史和考古学著作的英译本，记得我还曾把苏联历史学家格列柯夫论基辅罗斯的一本书和其他短文的英译本翻译成中文。我的译稿后来散失了，所以这些译文始终未能出版。总之，我对如此繁多的政治会议开始感到厌倦，想换个别的工作，后来发生的一系列事件更使我确信：我还是离开南京开始新的事业为好。

1951年，我所在的民主党派国民党革命委员会决定举行改选，选出新的领导成员。一位姓李的老国民党员刚参加民革就有人想让他当领导。我则想让我以前的同事、负责组织工作的邵恒秋当领导。于是发生了一些争论，我受到了批评，说我采取了宗派主义的态度。这种政治上的争吵使我深感厌恶，我想离开。这时候中国共产党华东局决定在苏州成立一所新的学院，用于改造旧知识分子，包括大学教师和前国民党机关的资深成员。训练课程历时约两三个月，在此期间，学员们要回顾自己过去的历史，并当众进行"自我批评"，其他人为了"帮助"他，要对他进行"批评"。这是一种"洗脑"的方式。经过训练的知识分子将被分配去担任新的工作。我早就是新的南京市政府的一名领导了，本来不必去上什么改造课程，但我还是想去，因为我想分配到大学里去，担当新的教育任务。结果我真的去了，还当上了学习组长。两个月后我回到南京，上面通知我说，我可以摆脱行政工作，到上海复旦大学去教书。当时乃迭在南京大学教书，上面说，等这个学期结束，她可以带着孩子们也到上海去，和我在一起。我本想进历史系，教中国或西方古代史，但大学当局说英文系更加需要我，让我去教英国文学。我到上海去了一趟，住了短短几天，会见了上海市教育局局长，事情就这样定下来了。这是1952年初夏时发生的事。

正在这时，继起的事件完全改变了我去上海工作的计划。亚洲和太平洋地区和平大会将于初秋在北京举行，需要很多翻译人员。我的名字也在几位有才华的翻译家之列，于是我和乃迭都被召唤到北京，为亚太和平大会工作。同时，我们不得不把几个小孩留给一位善良、可靠的女佣照看。我们刚到北京时住在市中心靠近故宫博物院的一个安静的院子里。随后我们接到通知，说孙中山夫人宋庆龄（她是新成立的共和国的副主席）想把她历年的讲话和文章选编成一本书，准备分发给与会代表们。她要乃迭和我来编这本书，于是我俩就不必再做大会上的工作了。我们就在自己家里，做编辑手稿的工作，两周后书就编成了，英文本及时出版，正好赶上分发给代表们之用。孙夫人把两本扉页上有她亲笔签名的书赠给我们，以感谢我俩为此所做的努力。做完这项工作我们很快就离开北京，并未出席亚太地区和平大会。我们在北京逗留期间曾与许多老朋友和新朋友会晤，主要是北京各大学的教授以及各家出版社的领导人。我们会见的人里有外国语学院院长和外文出版社社长。这两个机构都成立不久，两家的领导人都力劝我们不要去上海，要到北京来工作。新成立的外国语学院教多种西方语文。里面的许多教授我们早就认识了，他们都是优秀的学者。我们内心也想和他们一起工作，但鉴于过去在内地几所大学教学的经历，我俩实在不愿意再从事教英文的工作了。

于是我们决定进外文出版社。该出版社社长刘尊棋是一位资深的中共党员。解放前他在上海编过几种杂志，他早就有系统地把中国文学全部主要作品都翻译成英文的设想。他要我来主持这一计划。我将以"专家"的身份决定该翻译、出版哪些作品，我还可以挑选一些书留给自己来翻译，乃迭和其他年轻的编辑、翻译可以帮助我完成这一任务。我很喜欢把未来很多岁月都用于这类工作的想法，于是我们决定立即返回南京，首先要向上海的复旦大学道歉，然后就收拾行装带着我们的孩子迁居北京。我回到南京把我们的决定向统战部汇报时，他们没有表示异议，只是对我俩的北上感到有些遗憾。我们把解放前夕花几百美元买下的小平房卖掉，就启程前往北京。在离开南京之前，我就请求单位准许我中途在天津停留，以便探视我的母亲，单位同意了。我们在天津母亲家住了几天。那不是我童年时生活过的老家。老家的住宅早就卖掉了。母亲在原先的英租界租了一所比旧宅小得多的房子。

母亲和大妹妹决定迁居北京,以便和我离得更近。我们在天津做短暂的停留后,继续前往北京的旅程。外文出版社把我们安置在市中心的一座小房子里,让我们和社里几位外籍员工住在一起。他们是法国籍女士戴妮丝和他的中国丈夫李风白,一对日本籍夫妇菅沼和池田。他们都很和蔼可亲,我们和他们一起住在那座房子里直到1954年外文出版社的新宿舍楼建成。此后,我们搬往北京西郊的百万庄,那里离北京动物园很近。我们在那里住了将近四十年。

20世纪80年代杨宪益在百万庄寓所里。

第二十八章

# 毛主席的接见

当他走到我跟前时，周总理说我是一位翻译家，已经把《离骚》译成英文。毛主席热爱中国古典诗歌，《离骚》是产生在中国南方的一篇古诗，正是毛主席最喜爱的作品之一。他伸出汗津津的手掌和我热烈地握了握说：

"你觉得《离骚》能够翻译吗，嗯？"

"主席，谅必所有的文学作品都是可以翻译的吧？"我不假思索地回答。

解放后的北京给我们以极为美好的印象。尽管我的出生地天津离北京很近，但我童年时只到过北京两三次。以前我喜欢旧北京，但它充满尘土，不太干净。可是，这座古城一解放顿时就变得干净起来，当时旧城墙还没有拆除，古城往日的美丽犹存，还保留着许多称作胡同的宁静街道以及古董店和旧书店。1952年时发动了一次健康与卫生运动，整座城市干净得一尘不染。人民对新政权很满意，尤其是年轻人对未来更充满热情。反对贪污腐败的群众运动刚刚开始。尽管运动中有少数无辜的人遭遇麻烦，受到不应有的批判，但这仅仅涉及到少数官员和一些商人。当时绝大多数人都支持新政府组织的这场群众运动。它和以后进行的多次群众运动不同，没有扩大打击面，也没有引起人们的抱怨。

我们对在外文出版社的新工作很满意。我以前翻译的许多中国文学作品都出版了，其中包括公元前四世纪中国诗人屈原写的《离骚》和其他诗歌。我还翻译了清代古典小说《儒林外史》和现代著名学者兼诗人郭沫若写的历史剧《屈原》以及其他现代文学作品。我的译作中最有分量的一部可能是现代中国最重要的作家兼思想家鲁迅的四卷本选集。1954年，领导介绍我认识了鲁迅的亲密朋友、共产党员作家冯雪峰。我们和冯雪峰一起选编、翻译鲁迅的作品。由冯雪峰和我来选，然后由我和乃迭把选定的作品翻译成英文。冯雪峰是一位老资格的共产党员，解放前曾被国民党在集中营里关了很多年。我非常喜欢他。他的性格温和又充满热情，是一位道德高尚的人。我觉得他在很多方面都与他的朋友、80年代担任中共中央总书记的胡耀邦非常相似。

第二十八章　毛主席的接见

1954年夏天，我们一起在海滨城市北戴河时，冯雪峰介绍我认识了胡耀邦。还有一本书是乃迭和我都非常喜爱并把它译成英文的，它就是民间叙事诗《阿诗玛》，给它作插图的是青年画家黄永玉。当时他还没有出名，但后来就成为一位著名画家了。我们和他至今仍是好朋友。当时及嗣后我俩翻译的中国古典文学和现代文学作品，多得实在不胜枚举。只要这么说就够了：1953年以来，乃迭和我成了中国文学作品的著名翻译家，而且至今仍享有这个声誉。

1953年，我以特邀委员身份参加了中国人民政治协商会议全国大会。我还被选中参加中国作家协会和中华全国文学艺术家联合会。后来我当选为中国作协和全国文联常设机构的委

杨宪益译作书影

员，我保有这个位置直到80年代。1953年或1954年初，我和其他科学家、作家和艺术家共计二十人，应邀去会见毛主席。会见的地点是中南海，那是位于北京市中央的一处带有湖泊的大花园，所有共产党领袖人物都住在那里。中国领导人毛主席以前在延安时常常和知识分子进行不拘形迹的会见和谈话，可是解放以后，他已被奉若神明，具有至高无上的地位，一般人几乎见不到他。能被他接见被认为是极大的荣誉。我至今仍清楚地记得当时的情景。我们全体人员被领进一个大厅，屏息敛气地在那里等待着伟人的到来。首先进来的是周恩来总理，他和我们无拘束地谈话。周恩来总是这样的，他的言谈举止就像

个普通公民，从来不摆架子。中国人民，尤其是知识分子，就是爱他这种品质。接着我听到有人宣布：毛主席来了。我们站成一排等待接见。毛主席从我们面前的一扇门里走进来。他以缓慢的步伐向我们走来，面露微笑，显得羞涩。他身体早已发福，但看上去非常健康。他走过来，一个一个地和我们握手，周恩来跟在他身边，依次地把我们一一向他介绍。当他走到我跟前时，周总理说我是一位翻译家，已经把《离骚》译成英文。毛主席热爱中国古典诗歌，《离骚》是产生在中国南方的一篇古诗，正是毛主席最喜爱的作品之一。他伸出汗津津的手掌和我热烈地握了握说：

"你觉得《离骚》能够翻译吗，嗯？"

"主席，谅必所有的文学作品都是可以翻译的吧？"我不假思索地回答。

他停住脚步，像是想就此问题再说些什么。但他转眼间又不想说了，他微微一笑，再次和我握手后就去和其他人打招呼了。后来我想，他显然不相信像《离骚》这样的伟大诗篇能够翻译成其他语言，当然，他怀疑得有理。尽管我为翻译《离骚》花了心力，但是，就连我都怀疑，翻译诗歌是否能做到逼真。毛主席本人就写诗，他又不是不懂。真可惜，他那天没有详细说出他对这个问题的想法。他和全体人员都握过手后就离开了，我没有机会和他讨论这个问题。在这以后，我在不同的场合还见过毛主席两三次。有一次他邀请一些作家和其他人士前去吃饭。我们都与他不同桌，他与周恩来总理、中国人民解放军总司令朱德元帅和董必武副主席坐同一张小桌子。我和作家们坐在一起。吃饭时，刚喝下几杯中国酒后，我问挨着我坐的杜鹏程（长篇小说《保卫延安》的作者）：我俩一起到毛主席桌前向他敬酒好不好？他说行，我俩就真的走了过去。毛主席像是稍稍有点吃惊，因为在这以前，还没有坐在别张桌子前的人敢跑去向他敬酒的。始终保持殷勤有礼、机智灵敏的外交家风度的周恩来总理立刻端着酒杯站起身来说：

"现今毛主席不喝酒,我来陪两位喝一杯。"

我们干杯后就离开了,没有再对毛主席说别的话。他只是面带微笑坐着和我俩点了点头。另一次是毛主席邀请少数作家和戏剧演员去参加晚会。我也在其列。地点是中南海紫光阁。毛主席请相声演员侯宝林讲个笑话。毛主席非常喜欢传统的相声,侯宝林讲的时候,他常常哈哈大笑。接着他请一位维吾尔族女舞蹈家唱歌、跳舞。节目单上还有其他几个歌、舞表演,我只是坐在那里欣赏和跟着鼓掌而已。那天晚上参加晚会的人太多,我没有机会和毛主席谈话。还有一次,我应邀前去聆听毛主席的讲话,他讲的是我国社会的各种矛盾以及意识形态问题。那是在1957年反右派运动前不久,在那次运动中,中国知识分子中的许多人都被戴上右派分子帽子,被送往流放地。从那以后,我再也没有在什么会议上见到过毛主席。在解放后的好多年里,每年10月1日国庆节都在天安门广场举行阅兵典礼,典礼结束时,毛主席会出现在城楼上向人们招手。我有好几年都站在观礼台上,可以看到很远处的毛主席。我不记得他最后一次出来检阅是在哪一年了。

我和毛主席的会见就写到这里。

第二十九章

## 50 年代（一）

杨宪益自传

1955 和 1956 年间，有一份杂志很受群众欢迎，它叫《新观察》。它的编辑跑来向我约稿，他们要我写几篇题材广泛、群众喜闻乐见的轶事、掌故。于是我写了一系列文章，讲的是：中国的邮票、中国的菊花、中国的金鱼、中国的竹子、中国的荷花和中国的梅花等等。结果这些文章大受欢迎。

50年代时，翻译和写作占去我大部分时间。但是，除了我在解放初那几年在外文出版社从事中译英工作以外，还做了几件别的事应该一提。

自从我被选为全国文联委员以后，我交了很多文艺界朋友。那些年，我还做一些将外国文学翻译成中文的工作。我记得我从拉丁文翻译了维吉尔的《牧歌》，从希腊文翻译了阿里斯托芬的《鸟》和《和平》，此外还译出了普劳图斯用拉丁文写的一部罗马喜剧《凶宅》，还有肖伯纳的《卖花女》、《凯撒与克里奥佩特拉》等等。那些年里，中国每年也纪念"世界文化名人"。50年代初，阿里斯托芬和肖伯纳被定为"文化名人"，于是出版社就要我翻译他们的作品。出于同样的原因，有关领导还要我写几篇介绍惠特曼、奥维德和其他作家的文章，拿到报纸、杂志上去发表。我写这些介绍文章并不是因为我特别喜爱这几位作家。约略与此同时，一家少年儿童文学出版社要求我为小读者们写些文章。于是我写了一部篇幅不大的长篇小说《赤眉军》，说的是西汉末年著名的农民起义的故事。我打算写一整套系统地描写数千年中国历史上历次农民起义的长篇小说。当时中国的历史学家们根据毛主席的思想，都认为农民起义是推动历史前进的动力。我还写了另一部长篇小说《黄巾子弟》，说的是东汉末年农民起义的故事，但是出版社的编辑们认为我笔下的农民英雄形象还不够高大。我不能同意他们的观点，所以我就把手稿扔在一边，放弃了为孩子们写历史小说的计划。1955和1956年间，有一份杂志很受群众欢迎，它叫《新观察》。它的编辑跑来向我约稿，他们要我写几篇题材广泛、群众喜闻乐见的轶事、掌故。于是我写了一系列文章,讲的是:中国的邮票、中国的菊花、中国的金鱼、中国的竹子、中国的荷花和中国的梅花等等。结果这些文章大受欢迎。编辑拿出许多读者来信给我看,读者都希望我多写一些。这些文章写来毫不费力,我也爱写。可是,1957年一场反右派运动在中国突然降临,《新观察》的编辑、一位姓黄的很有才华的青年被划为"右派",送往流放地去了。我不再为这家杂志写文章了。我料想它也该被勒令停刊了吧,这倒不是因为它发表了我的那些"无害"的文章,而是因为有些栏目中发表的观点过于自由了。

1957年反右派运动以前,还有一家向国外期刊提供题材广泛的文章的通讯社,它们需要有关中国花卉方面的文章。反右派运动开始前,毛主席和中国共产党想鼓励中国知识分子发挥创造力,以促进新中国的艺术、文学和科学的繁荣,于是"百花齐放,百家争鸣"成为风行一时的新口号。诗人郭沫若立即写出歌颂一百种花的一百首短诗。这家通讯社对其中的含义心领神会,便来向我约稿。然而,宽松、欢快的时间很短暂,反右派运动突然降临,我便停止供稿。我想我也许写了十来篇文章吧。我连一份报纸都没留,也不知道我写的关于中国花卉的文章当时发表了多少篇。

在那几年,我除了为外文出版社翻译中国文学作品外,还和一份用英文发表的杂志《中国文学》有关系。这份杂志创刊于1950年10月。它是对外文化联络局局长、中国戏剧家洪深头脑的产儿。洪深请他的朋友、刚从英国归来的英国文化协会学者叶君健帮助他办这份杂志。叶君健认识我,写信给当时还在南京的我,要我提供译作。就这样,乃迭和我在这份杂志创始时期就与它发生了联系。除了乃迭和我,一位年轻的美国人西德尼·夏皮罗(即沙博理,他在上海娶了一位中国妻子)也为这份杂志工作。1950及随后几年里,我们三人是该杂志仅有的译者。1954年以前,《中国文学》只出过不多几期。1954年,乃迭、我和沙博理都已调到北京,我们决定把杂志改为季刊。杂志上只刊登解放前北方解放区的文学和中国古典文学作品。杂志的选材较乱，有很大的偶然性。在中国现代文学作品的选择上，叶君健征求新成立的中国作家协会的意见。杂志的设计和版式都模仿《苏联文学》杂志。1956年，《中国文学》社并入外文出版社，政府决定将所有的外语出版社都合起来，成为一个机构。我们在作为一个独立部门的《中国文学》编辑部办公，但仍继续为外文出版社英文组译书稿。

我想我应该提一提50年代初所交的朋友，尤其是外国朋友。我准备把我大部分中国朋友和熟人的名字都略去，因为把他们的名字音译成英文对外国读者说来，实在莫名其妙，很难记住。50年代初，由于爆发了朝鲜战争，共产党领导的中国遭到西方各国的孤立。结果是，我们没有什么外国大使馆可以接触，我们以前的外国朋友留在中国的极少。然而，在这一时期，我们与新的一群外国人交上了朋友，他们是由西方国家共产党派来的，或是中国政府雇用的外国"专家"。有些人是抗战时期就来华的医生和新闻记者，但绝大多数是解放以后来的。其中很多人是犹太籍或无国

杨宪益像。

籍者，也有一些是西方国家共产党组织派来的共产党员。他们很多人在学术上并没有深造，但也有例外，有几位为人又好又聪明，我逐渐非常尊重、非常喜欢他们了。在这里我只能提少数几个人的名字。其中一位是阿兰·魏宁顿，他是老资格的共产党员、记者，解放前就来到中国，并且认识毛主席。朝鲜战争时，他谴责美国进行了细菌战。50年代末，中苏两个共产党分裂时，他站在苏共一边，并且很快就离开了中国。我的其他几位好朋友都是英国共产党党员，如：南·格林、泰德·布德克、史珍妮和托尼·杜雷尔，他们都采取与阿兰·魏宁顿同一立场。他们都捍卫赫鲁晓夫在苏共二十大上的路线，于50年代末都离开了中国。还有一些是欧洲其他国家的人，如报社记者哈里·西克洛夫斯基来自奥地利，哈里·丢尔克来自东德。他们属于我最好的朋友之列。这些朋友中的大多数人都已故去。大多数人后来都因苏联侵略匈牙利和捷克斯洛伐克的做法而对苏联产生了幻灭感，但他们仍保持着共产主义的理想。我们晚上经常在一起。我们最爱去的地方是北京东城的几家咖啡屋，我们到那儿去喝啤酒或白酒，还会唱起西班牙内战时的国际纵队之歌《四位将军》等歌曲。尽管当时我还没有参加共产党，但我感到和我的共产党员朋友们之间有着强烈的同志情谊。我至今仍保留着对于那个时期、那些朋友的亲切、美好的回忆。

## 第三十章

## 50 年代（二）

尽管有一系列政治运动的干扰，但50年代仍是我从事中译英工作成果最丰硕的时期。《离骚》及其他诗歌、四卷本《鲁迅选集》以及清代长篇小说《儒林外史》出版以后，我又翻译了3至7世纪的故事集、唐代传奇、宋明平话小说、清代初期的诗剧《长生殿》、明代诗剧《牡丹亭》节译本、元代剧作家关汉卿的《戏剧选》以及一些地方戏剧本。

从 50 年代后期开始，群众运动成了中国生活的一部分。我与外国共产党员友人们相处欣然的状态没能维持多久。1955 年党又组织发动了另一场肃清暗藏反革命分子的群众运动。在文学界，资深作家胡风（他从来就和周扬等有权势的作家们不和）以"反革命活动"罪受到指控。接着，其他知识分子也被怀疑犯有同类罪行而遭到政治迫害。夏天时，我正准备和乃迭到北戴河去度假，突然接到通知说，由于我还有些历史问题没有搞清楚，需要接受审查，所以我不能外出休假。过了一星期，办公室又通知我说，考虑到乃迭是外国专家，我还是去吧。乃迭在 1954 年被确认为外国专家。政府为处理外国专家事务，专门设立了外国专家局。外国专家的工资是中国教授工资的三四倍。靠了乃迭，我俩每月的收入比中国其他教授夫妇要高出几倍。我想这是新中国产生特权阶级的开始。部长级以上的政府高官和外国雇员享受着普通老百姓无法得到的物质上的特权。他们成了一个特权阶级，为了满足其特权，甚至还专门设立单为这些人服务的特殊商店。苏联的情况也一样。事实上，这正是陈旧的封建心理的复归。

不过，我在肃清暗藏反革命分子的运动中没有受到多大伤害。只为我开了几次调查会，主要是调查我解放前和外国使馆中的朋友以及其他外国朋友的关系，也没有做什么结论。然而，从那时开始，我能感觉到我的地位发生了微妙的变化。我不再享有中国专家的待遇，只把我当成一名普通翻译，而且有些共产党的会议就不让我参加了。我申请加入中国共产党，但我的要求被客气地置之不理。所以说，从 1955 年到 1972 年我获释出狱时为止，我头上笼罩着政治疑云。我不再是中国共产党可信赖的朋友了。

　　1955年的那场运动对知识分子的影响面还不算大,只有少数知识分子被怀疑有历史问题。我看到有人锒铛入狱,有人流放农村,但他们大多是我并不熟悉的人。肃反运动后有一个短暂的间隙,人们感到了一丝松弛。共产党又一次提倡"百花齐放,百家争鸣",鼓励民主党派"批评和帮助"共产党政府干部改进作风。1956年底1957年初举行过好几次会议,与会的有共产党负责干部、民主党派人士以及来自各个不同机构的高级知识分子。作为一名老资格的民革成员和文艺界领导人,我必须参加很多次这样的会议。我们受到鼓励,要我们知无不言、言无不尽地公开批评共产党的缺点、错误。我在会上很少发言,这倒不是因为我不敢讲,而是因为我当时对我国社会主义革命仍充满热情,我坚定地相信中国共产党的领导。也有一些知识分子在会上尖锐地批评共产党。1957年6月,毛主席谴责了几位民主党派人士和另几位老年或青年知识分子,说他们是试图推翻共产党领导的资产阶级"右派分子"。当时上面给各级组织都下了定额,必须惩罚多少人,许多单位把那里10%的知识分子都打成了右派。打成右派的人不是被开除就是被送去劳改,甚至连他们的家人也必须与他们划清界线,他们彻底成了社会的弃儿。只有在二十多年以后,即"文化大革命"结束以后,才免除了他们身上耻辱的标记,恢复了他们的社会地位。我虽然没有戴上"右派"帽子,但在以后的一次次运动中,我被称为"漏网右派"。反右以后,我失去了在文艺界的许多最好的朋友,中国失去了许多最优秀的知识分子。我的老朋友、历史学家向达被划为"右派分子"。当年邀请我到北京来工作的外文出版社社长刘尊棋也被划为"右派分子"。他的被撤职使外文出版社失去了一位最有能力的领导人。帮助我编译《鲁迅选集》的冯雪峰同志也被打成"右派",尽管他是一位资深的共产党员。1957年后,尽管我仍对共产党的领导有信心,但我的脑子清醒得多了。

尽管有一系列政治运动的干扰，但50年代仍是我从事中译英工作成果最丰硕的时期。《离骚》及其他诗歌、四卷本《鲁迅选集》以及清代长篇小说《儒林外史》出版以后，我又翻译了3至7世纪的故事集、唐代传奇、宋明平话小说、清代初期的诗剧《长生殿》、明代诗剧《牡丹亭》节译本、元代剧作家关汉卿的《戏剧选》以及一些地方戏剧本，其中包括昆曲《十五贯》、京剧《打渔杀家》、京剧《白蛇传》。我还为《中国文学》杂志翻译了唐宋诗选，入选的诗人有：李白、杜甫、王维、温庭筠、李贺、苏轼（东坡）、陆游和范成大。我还翻译了韩愈、柳宗元等唐代作家的散文作品。翻译上述作品以及其他许多作品时，我都得到我妻子乃迭的帮助。没有她，我不会把它们翻译成这么好的英文。

其实，乃迭比我工作得更努力，她独自翻译了许多中国现、当代文学作品，尤其是中国现代长篇小说和短篇小说。不幸的是，我俩实际上只是受雇的翻译匠而已，该翻译什么不由我们做主，而负责选定的往往是对中国文学所知不多的几位年轻的中国编辑，中选的作品又必须适应当时的政治气候和一时的口味，我们翻译的很多这类作品并不值得我们为它浪费时间。我主要翻译中国古典文学作品，所以在选材方面还算是幸运的。但有时候即使是古典诗歌的选择也要视其"意识形态"和政治内容而定，我们常常要为编辑们选出的诗和他们争论不休，经过长时间的商讨方能达成妥协。

在我翻译宋、明小说时，我们必须到北京图书馆去复制那里收藏的一种明代版本，因为通行本是经过删节的。有一篇非常精美的小说，叫《蒋兴哥重会珍珠衫》，原来的版本里有几处很精致的性爱描写。尽管我们是根据未被删节的原本翻译的，但英译本最终出版时，这篇小说还是在审稿中被删除了。同一本书中还有一篇小说涉及明朝时的日本海盗（倭寇）。我们的编辑指令我们把这篇小说也删掉，他们担心否则会得罪日本朋友。还有一篇是宋代优秀的鬼故事《西山一窟鬼》。小说写得很精巧，充满幽默情趣，乃迭也翻译得很好，但是不巧得很，当时毛主席刚发表著名的谈话"我们不应当怕鬼"（意思是指外国帝国主义），于是这篇鬼故事只好删掉。我们在那些日子里从事翻译工作所遇到的麻烦真不少，上面所述仅仅是其中少数几个事例而已。

很多在国外的朋友不明白我们的处境，他们想，我们的译作有好几百万字之多，一定赚足了稿费。其实我们翻译中国古典文学作品从来没有得到过报酬，也不享有任何版权。惟一的例外是我们翻译的中国古典小说《红楼梦》。那是因为《中国文学》杂志后来从外文出版社分了出去，成为一个独立机构，而我俩是《中国文学》杂志社的人，我们翻译《红楼梦》是在为外单位做事，于是《中国文学》杂志社的党支部书记就要求外文出版社付给我们稿费。这是我们获得工资外稿费收入的惟一一次。

1958年大跃进运动期间，我们没日没夜地译书，快得像发了疯似的。这当然会影响翻译的质量。鲁迅的一部非常优秀的学术著作《中国小说史略》，我们只花了十天工夫就译成了。我一直在为当时未能有充裕的时间把它译得更好些而遗憾。

解放以后，上面总是强调：中国知识分子应当为工、农、兵服务，并且通过体力劳动改造自己。50年代中期，尤其是1957年反右运动以后，就强调得更厉害了。当时是全国农业、工业和商业改造时期。私有制产业和商店被政府所有制产业和商店所取代。在农村成立了合作社，接着又合并为更大的合作社，到了1958年，终于变成人民公社。社会主义革命加快进行。大跃进开始了，在农村造成广泛的破坏和灾难。在那些日子里，我也"自愿"参加了一些体力劳动。例如，每年夏初小麦成熟时，全体政府工作人员都必须下乡一至三天去帮助收割。尽管要耗费时间，我倒是很喜欢暂时离开案头工作，调剂一下精神。1958年我和其他政府工作人员一起在十三陵水库劳动了十天。我们干得可卖力啦，挖沙子，用手推独轮车运沙子。大家的热情都很高，可是晚上下班时我们都已精疲力竭,吃饭时连粥碗都端不动了。1959年我和其他人一起参加了建造人民大会堂的劳动。我还花很多时间访问北京市郊区农村,进一步懂得了居住在乡村的农民们有多么贫困和愚昧。安排这一切活动都是为了让我们接受再教育。然而,知识分子的思想是很难改变的。当党组织鼓励政府工作人员如实说出自己对于农村在人民公社化以后,农民拥有自己的工厂而无需依赖城市工业品的感想时,我表示怀疑说:"难道让农民不再种田、不再向城市提供农产品了吗?难道要让城市不再存在、从此消亡吗?"我的怀疑被认为极为无理,但暂时我还没有受到批判。说起大跃进,党曾经宣称中国将于三年内在钢铁产量方面超过英国,五年内超过美国。我不相信,觉得这是不可能的,但我并没有提出争论,因为对于运动的精神,我还是赞赏的。但是,当人们说"人有多大胆、地有多大产",粮食亩产量可以连续翻番(小麦先是亩产千斤,接着是两千斤、四千斤……)时,我觉得这话听起来像是迷信了。我表示说,利用有限的土地决不能生产出数量无限的小麦来,因为这不符合物理学的规律。党员领导干部们觉得我所以会有这种怀疑,是由于我的资产阶级出身以及根深蒂固的资产阶级思想。但他们还是没有对我进行批判。后来,我们室里开政治学习小组会讨论国际形势时,谈到柬埔寨当前的局势,我表示赞成西哈努克亲王反对红色高棉极左路线的斗争,还说绝大多数柬埔寨人民都支持亲王。而小组里的其他人都支持波尔布特的极左路线,并表示希望柬埔寨迅速转向共产主义。我与他们争论了两星期,我坚信自己的观点,他们无法说服我、让我改变看法。出版社领导决定从其他科室抽调六七名最好的年轻编辑来与我辩论。但他们仍然无法把我说服。有一天,外文出版社党委书记非常客气地通知我说,他们决定召开一次全社大会讨论我的资产阶级思想方法,并帮助我改变错误观点。他们希望我能理解,这完全是为了我好,不要产生抵触情绪。我表示同意。全社大会就这样举行了,社里把所有的编辑、翻译和机关工作人员都召集在一起。大会开了两天。人们一个挨一个地走上讲台，痛斥我的资产阶级反动观点，说我由于资产阶级的生活习惯和思想作风，才导致在社里发表反动言论。他们让我坐在后座上，听取人们对我的愤怒批判。很多积极上台发言的人都是领导授意他们这样做的。实际上这都是事前布置好的一场戏。许多发言批判的人激动得像发疯似的，嘴里喷发出许多胡说、夸张和谎言。他们甚至把给另一家干活的女佣都动员来发言了。他们本来想叫我家的女佣站出来，但她为人非常诚实，实在不懂为什么要批判我，于是拒绝了。他们弄来另一名根本不认识我和我的家人的可怜女佣，让她一般性地说一说她在旧社会如何一贯地受地主家庭虐待的事。她让自己的批判发言弄得激动万分，她一边哭泣，一边诅咒。我虽然没有参加解放初期进行的土地改革运动，但看到她那副样子，我倒是十分感动。现在我已经被放在一名挨斗的反动地主的位置上了。三次批判会开罢，我得做一个简短的发言，感谢同事们在思想意识方面对我的帮助。在我内心深处，我觉得他们扮演的纯粹是一场无聊的闹剧。他们所做的一切都是徒劳，因为我仍坚持我原先的想法。然而，经过这场荒谬可笑的表演，我决定以后开会时尽量少说话，再也不要和我的同事们争论了。

第三十一章

# 从1958年到1960年

能住在市里一座带庭院的旧式房子里，我们都感到高兴，这比住在西郊单元楼里强多了。我们立刻通知单位的办公室说，有一位朋友把市里一座房子借给我们住，我们已经决定要搬到那儿去了。那座房子位于北京城东北部一条叫做八宝坑的胡同里。庭院非常宽敞，长着一些枣树和胡椒树。我们非常喜欢住在那里，事实上我们住了大约三年，从1958年到1960年。

在中国境外居住、对中国过去几十年历史一无所知的人们，往往会把所谓的"文化大革命"看成是"疯狂"的同义词。他们以为中国只是在60年代后期到70年代前期这一特定的时间内发了疯。事实上，疯狂开始的时间比这还要早十年。不是因为绝对权力意识冲昏了毛主席和其他老革命的头脑，就是因为毛主席感到自己逐渐衰老，想加快社会主义革命的速度，使他能活着看到共产主义事业在全世界的胜利。不管是哪一种原因吧，总之，从1955年的肃反运动，到1957年反右派运动，再到1959年的大跃进运动，政治运动接连不断，连喘口气的工夫都不留，整个国家变得越来越"左"。中国知识分子的地位越降越低。我这么说并不是否定中国共产党领导下的四十多年里，中国所取得的某些重大成就，尤其是在工业化和增强军事力量方面。但是，我们付出了什么样的代价呀！别扯这么远了，还是回过头来讲述我个人的历史吧。

1958年，造成人心惶惶的反右派运动刚过去不久，忽然有一位与我素不相识的年轻同志对我做了一次神秘的访问。他说他们知道我在解放前曾为地下党做过工作，通过我所接触的一些特殊人物，收集关于国民党政府的情报。他说，党组织觉得我的工作卓有成效，他们想让我重新与那些人恢复接触，通过类似的渠道为党收集消息和意见。他说，他可以提供北京城东部的一所房子供我们居住。他说，他的朋友在北京东北部有一所房子，现在那位朋友出国了，房子正好空着。我们马上就可以搬进去住。我告诉他，解放前，我和地下党接触的事，我是连妻子乃迭都瞒着的，因为我不愿她卷入危险。现在情况不同了，我要把你的建议和她商量一下然后再决定。于是我把这件事告诉了乃工作中的杨宪益。

迭。我们两人达成一致,决定不妨去试试。能住在市里一座带庭院的旧式房子里,我们都感到高兴,这比住在西郊单元楼里强多了。我们立刻通知单位的办公室说,有一位朋友把市里一座房子借给我们住,我们已经决定要搬到那儿去了。那座房子位于北京城东北部一条叫做八宝坑的胡同里。庭院非常宽敞,长着一些枣树和胡椒树。我们非常喜欢住在那里,事实上我们住了大约三年,从1958年到1960年。但是后来我们决定不再与这些神秘的同志打交道了,于是又搬回了单位的宿舍楼。

那三年中,我如实地向那位神秘的联系人汇报了我的工作情况,但他们对我的汇报似乎不大感兴趣,他们准是感到很失望。到了1960年,暴风雨猝然而至。他们很客气地请我去吃饭、聊天。那天的筵席非常丰盛,气氛也真诚、热情。但是吃完了饭,我的主人(一个年轻男子,我很少与他见面,但他显然是那伙人的头儿)突然问我对历史人物曹操有什么看法。曹操是公元二世纪三国时代魏国的缔造者。他是一位能干的军阀，一位出色的战略家，又是一位作家。在后世的中国通俗小说、戏曲中，他一直被痛骂，因为他和人们交往时手段残酷无情，屠杀了很多人。听他突然提出这么一个怪问题，我不禁吓了一跳，但我还是回答说，曹操是一位大人物，我喜欢他的性格，因为他喜爱诗歌、女人和酒，他天赋很高，多才多艺。我的主人用神秘莫测的语气说，他早就料到我会喜欢曹操的，因为他老奸巨猾、诡计多端。他又接着说：

"我想你的性格有与他类似之处。"

接着他突然转而谈另一个话题：

"杨先生，我听说解放前你曾对朋友们说过，你很喜欢一句中国成语叫'狡兔三窟'，有这回事儿吧？"

我回答说，我确实说过类似的话，因为当时我不得不兼好几份工作，我在国立编译馆当翻译，同时又在几所大学里教书，因为当时生计艰难。

"很对。"他打断我的话，"不过，这话还有别的含义吧，不是吗？'三窟'可能是指国民党、外国帝国主义和中国共产党。你是不是同时在为三方面工作呢？"

我震惊得说不出话。原来他们一直怀疑我是个双重间谍，表面上装出一副忠于中国共产党的样子，实际上是为外国某个秘密机关工作的一名间谍。我受到极大的伤害，感到非常气愤。他却冷冷地说，现在该是我彻底交代自己所作所为的时候了。我怒气冲冲地离开，他们用汽车把我送回家。第二天早晨，他们派人给我送来一大沓书写纸，供我写彻底交代的材料。我气愤地在第一页纸上只写了十个字就把那沓纸退了回去。我写的是：

    路遥知马力，
    日久见人心。

这又是一句中国成语。从此以后,我决定再也不与那一伙神秘人物打什么交道了。接下来的几天里,什么事也没有发生。过了一星期,那位首先来访问我、并请我搬到那座房子里去住的年轻同志又来了,他脸上挂着腼腆的笑,对我说类似这样的话:"认识您真高兴,不过我的朋友、那位房主最近从国外回来了,所以说我们要把那座房子收回了,您看什么时候搬方便?"我回答说,我们很乐意搬回出版社宿舍,大约要一个星期吧。就这样,我们很快就搬回出版社宿舍,出版社方面没有问我们为什么要搬回来。

现在我知道自己已被确认为一名政治可疑分子了,有一段时间我情绪低沉。但是在出版社里,情况一切如常,我的同事们对待我像以前一样好。我又逐渐对自己的处境习以为常了。

第三十二章

60年代初

杨宪益自传

乃迭在大跃进时期决定提出带小女儿杨炽一起回英国探亲的申请。自从她于1940年来中国以后一直没有回过英国，快要二十年了吧，因此她的申请完全合情合理。然而《中国文学》社不愿她离开，他们制造种种借口，就是不放她走。

形势急转直下，成形于60年代初。1960年中国社会科学院（当时称中国科学院哲学社会科学部）听说我曾在牛津大学攻读过古希腊文和拉丁文并翻译过一些希腊、拉丁古典著作，希望我能把荷马史诗翻译出来。考虑到这项工作需要花费时间，他们便请求外文出版社把我借调给他们一段时间，以便我能全力以赴完成荷马史诗的翻译。与此同时，他们准备聘请我担任该院外国文学研究所的高级研究员，这样一来，外文出版社就无法拒绝他们的请求了。我花了一年时间译成了《奥德修纪》，但外文出版社要我回来把一部中国古典小说翻译成英文。这一回他们决定让我翻译的是在中国尽人皆知的清代长篇小说《红楼梦》。我就开始了这项翻译工作，到1964年，我已完成约一百回的草稿，但上面又让我停下来。1972年我出狱以后才重新翻译下去，终于在1974年译成全书。在我于1960年翻译荷马史诗时，我还把法国古典史诗《罗兰之歌》也翻译成中文，二十多年前，我在牛津修习中世纪法文时，就已经非常欣赏这部作品了。

约略与此同时，外文出版社改成了外文局。外文局拥有自己的印刷厂和从事向国外发送书籍、杂志业务的独立办事机构，定员从一二百人猛增至两三千人，印刷工人很多，行政机关庞大。新来的外文局局长脑子里的想法很奇特。他认为以前的编辑和翻译都是从旧社会来的、满脑袋资产阶级思想的知识分子，因此都不可靠。于是他调来一两百名年轻的复员军人，想用不到一年的时间迅速地把他们训练成编辑和翻译，以便把那些资产阶级知识分子顶替掉。这些年轻战士都是半文盲，大部分只上过小学，个别人上过初中，但谁都没有外语基础。不过那位新局长却认为，只要办个速成班，他就可以把这些战士训练成新的翻译家。我和别的老翻译一样，都分到了两三名学员，要我们教他们英文或其他西方语文。我负责教两名年轻的复员军人学员，每周都给他们上几堂课。他们都是挺聪明的年轻人，但是，当然，想在一两年时间内把这种年轻人变成翻译工作者是完全没有希望的。1966年"文化大革命"到来时，这些年轻人成了外文局年轻的"革命造反派"的主要来源，他们干了很多坏事，对我们的工作造成极大的破坏。1960或1961年，那位外文局新局长断定出版社以前一定出过许多坏书，于是他发动了一场审查一切以前的出版物的运动。许多人被动员起来投入这一任务。他们发现解放后出的一本有关中国邮票的书里，有一张列宁肖像邮票，由于那一页的篇幅所限，被裁去了一半。这便被认定是一桩破坏活动，负责编这本邮票册的一名年轻编辑立即被开除公职，送往农村。我翻译的一本中国古代文学简史，是山东的一位教授写的。这位教授写书时以苏联官方的《联共党史》为楷模，每一章结尾时都整段整篇地

杨宪益译作荷马史诗《奥德修纪》和法国古典史诗《罗兰之歌》书影。

引用毛主席的话，藉以证明中国文学始终是按照毛主席的思想在发展、前进的，正如那本苏联教科书建立在斯大林名言的基础之上一样。我认为这种写法荒唐可笑，完全不适合国外读者的需要，于是我征得编辑的同意，把奉为圣旨的语录统统删除掉。结果这本书的篇幅还不到原来长度的一半。在审查时，他们发现了这一件事，都震惊得目瞪口呆。新来的局长在群众大会上咆哮道：

"杨宪益这个家伙怎么敢做出这样的事来！真是胆大妄为！翻译的本职工作不就是翻译吗，他怎么能插手编辑工作？"

不管怎么说，他们最后认定这是那名编辑的责任——我提议删去毛主席语录，他本来应该断然拒绝的。这名学者是地主阶级出身，因此他被定为反革命分子，旋即送往农村。我虽然没有被定罪，但那本书的英译本统统销毁。到了80年代，这部译稿才重新出版。那名编辑也于"文化大革命"后恢复了名誉，重新回到外文局来工作，但那已经是二十多年后的事了。他刚调回外文局，立即办离退休。前几天我听说他已死于心脏病，他比我还小一岁呢。他是个好人，一位优秀的学者。

乃迭在大跃进时期决定提出带小女儿杨炽一起回英国探亲的申请。自从她于1940年来中国以后一直没有回过英国，快要二十年了吧，因此她的申请完全合情合理。然而《中国文学》社不愿她离开，他们制造种种借口，就是不放她走。最后乃迭只好写信给周恩来总理告诉他这件事，于是问题很快就解决了。乃迭在英国待了大约三个月，杨炽比她还多待了几个月。由于我遇到这么多麻烦，就没有申请与她俩同行。我想，如果我提出申请，外文局会提出更多理由来阻拦。那正是中国经济陷入极度困难之中的时期。关于农业特大丰收、工业伟大革命的空话、吹嘘没带来任何效果，中国经济处于崩溃的边缘。那正是中国和苏联发生争吵，苏联撤走所有在中国的专家并停止向中国供应石油的时期。后来中国把三年困难的原因委过于苏联。其实，造成中国经济困难的真正原因就是大跃进。乃迭不在中国时，北京的经济状况达到最糟糕的程度。一切商品，尤其是食品都极度紧缺，人民在挨饿。政府官员有配给票，可以购买食物。我在特权集团中列为二等，每个月可以购买两磅猪肉、四磅鸡蛋以及一些糖和植物油，所以我的生活状况还不太坏。从1960至1962年，由于经济困难，政治运动暂停，总的说来，人们感到气氛还有所放宽。尽管当时我遇到特殊的麻烦，但我和同事们的关系却很融洽，没有人再来打扰我。1963和1964年，经济状况有所好转，共产党还没有准备好发动另一场新的重大的政治运动。只是在农村干部中开始了一场社会主义再教育运动，一些政府工作人员，主要是中共党员，被派往农村，去"重新教育"那里的农村干部。我早就被看成是一名资产阶级落后分子，这样的任务找不上我，我也正好可以避免新的麻烦。

杨宪益晚年时期。

然而1961年早春，我写了几首诗，为反对斯大林的赫鲁晓夫新路线辩护，并且批评中共的路线以及他们对阿尔巴尼亚的恩维尔·霍查的支持。这几首诗给我带来新的麻烦。那时苏联共产党第二十次代表大会已经开过，赫鲁晓夫在会上谴责了斯大林的罪恶，提出了一条苏共新路线。中国共产党认为赫鲁晓夫是个修正主义者，当时两党正在公开分裂。也就在这个时候，我刚和那几个神秘的同志闹翻，情绪非常不好。一天晚上，我一挥而就写出几首诗来，第二天早晨我上办公室去，誊写了一份，留在办公桌上。我这样做确实有点儿成心，我就是要让我的同事们看看——作为一种抗议。我的几位年轻同事看了，觉得没什么大不了的，可是这些诗让《中国文学》社的党支部书记偶尔看见了。这位女书记一向对我很好，可是我的诗使她非常震惊，她当下就让一位编辑抄录一份。当时什么事情也没有发生。但是，后来1966年"文化大革命"开始了，这几首诗被抄成大字报张贴出去，成为一桩严重事件。这件事留在下面再提。1961年，尽管我在外文局没有受到批判，但我能感觉得到我已成为一名"怀疑对象"。约略与此同时，中国作家协会举行第三次全国大会，我是常务委员会委员之一，当然受到了邀请。可是，正当大会即将举行之时，上面通知我交回入场券，说这次大会我不必参加。他们根本不解释为什么不让我参加大会。这一事件使我心情极为沮丧，我知道自己确实受到了怀疑。可是随后几年什么事也没有发生，我几乎忘却自己已陷入了麻烦。接着，"文化大革命"就来到了。

# 第三十三章

## 批 斗

这时，群众集合在桌子周围开始对我进行声讨，责问我为什么要反对毛主席，为什么要为赫鲁晓夫辩护，等等。当时我站在离地十英尺以上的高处，就怕他们一气之下会撒野，推我，踢我，把我从高处扔下来。那样我准会摔得断了胳膊折了腿。所幸的是，这样的事并没有发生。他们把我批斗了一个来小时，就扶我下桌子，放我走了。

关于"文化大革命",这里就不必详细描述了。它不是由少数企图篡夺权力的野心家、阴谋家制造出来的偶然事件,而是整个一系列大事推向极端的结果。尽管"文化大革命"是在1966年夏天以排山倒海之势开始的,但是在这之前的一两年,人们早已能够感觉到一场可怕的暴风雨正在酝酿之中。其实早在50年代中期,伴随着反右派运动和对工农业的社会主义改造,党的路线已经越来越"左",这比在全国范围内进行政治迫害、开斗争会、贴大字报之类的"文化大革命",要早十年。酿成"文化大革命"的原料早已准备齐全。为了做这场疯狂的试验,整个国家,特别是年轻人,早已被训练好了。只要毛主席在天安门广场一声令下,整个国家就会燃起燎原烈火。以我自己为例,早在1966年以前,我就知道自己会出事。1960年以前,我开始翻译司马迁的《史记》。这是一部中国史学名著,比得上希罗多德的《历史》,它的作者司马迁是中国史学著作之父。外文出版社同意由我来选译这部巨著,我在1961或1962年就已完成了这项工作。我交稿后等了很长时间,但一直没有出书。经过多次询问,1964年我得到的答复是:稿子早就送去付印,但是上面有命令不准印这本书,这倒不是因为译文质量有什么问题,而是因为上面做了决定,凡是译者署名是我的一切书籍都暂不付印。从此这部译稿就如石沉大海,接着就是"文化大革命"。1972年我出狱并恢复名誉后,上面告诉我说,我可以继续从事翻译工作了,我询问这部译稿的下落,他们说准是丢了,而且没有留下任何记录。后来香港有人告诉我说,这本书在香港印出来了,上边有我的署名。我设法弄到一本,发现原来一名编辑早在"文化大革命"以前就把这部译稿送给或是卖给了香港。"文化大革命"以后,外文出版社出了这本书的北京新版。我至今仍不知道这本书的版权究竟归谁。

1965年,上面通知我《红楼梦》不要翻译下去了,别的翻译工作也都要停止。究竟为什么?他们不告诉我。那时我就知道大斧就要砍下来了,但还要等一等,要等到1966年夏天,毛主席发出号令,动员全体红卫兵开始进行"文化大革命"。

1965年,"文化大革命"以排山倒海之势展开前的一年,报纸上早就出现痛斥某些"反动"影片、戏剧以及某些"反动"作家、学者的文章,在群众中做好了思想准备。中学、大学以及政府办公室的墙上都贴满年轻的狂热分子写的大字报。这样发展下去,共和国主席刘少奇、中共中央总书记邓小平都被作为党内最大的走资派(修正主义分子)揪了出来,和他们一起被揪出来的还有其他党和政府的领导人,尤其是那些主管意识形态的领导人。1966年7月组织起一场全国范围

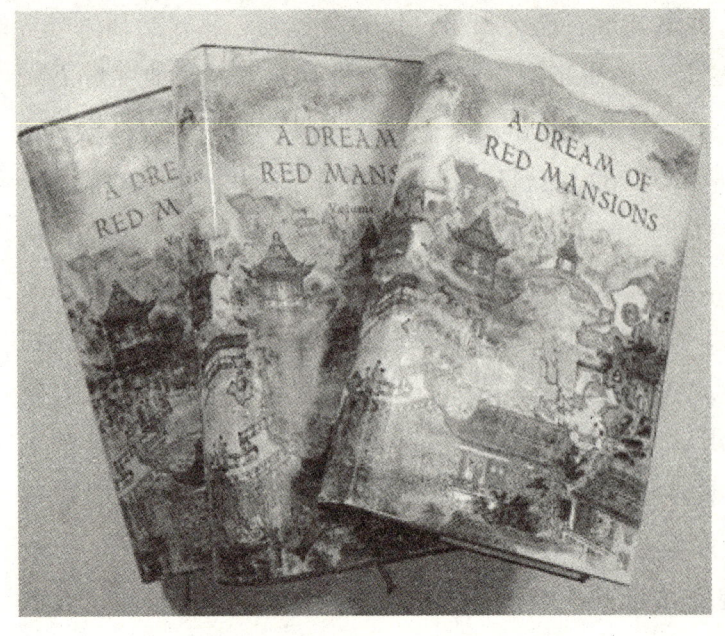

杨宪益、戴乃迭合译的《红楼梦》(全三册)书影(戴敦邦插图)

的群众运动,毛主席是这场革命运动的精神领袖。他一挥手,全体年轻的红卫兵都在他的号召下蜂拥而上。北京城里大字报铺天盖地,所有的墙上都涂满红漆。短短几天时间,整座城市就变成一片"红海洋"。年轻人发了疯;在居民委员会的命令下,无辜的老年男女,甚至学校里的工友,都被拖到街上,遭到残酷的拳打脚踢。成千上万的人死于非命。许多坏人都借此机会公报私仇。究竟那年的八月有多少无辜的人被迫害致死,至今也没有准确的统计数字。北京人把那年的八月称作"红八月"。疯狂的运动蔓延到全中国,别的城市也死了许多人。八月份北京的火葬场忙得不可开交,死尸多得根本就烧不完。但是,即使在这个恐怖的月份,我还听到了这样一件趣闻:有一个失业青年,在火葬场当临时工,负责把尸体运到炉前准备火化。他注意到一具年轻女子的尸体手臂上还戴着一只金表。他想,烧掉太可惜了,应当摘下来。他一碰那具尸体,发现那位姑娘还有一口气,身上是暖和的。他于心不忍,便把她救活了。那位姑娘感谢他的救命之恩,爱上了他,后来他俩结为夫妇。当时还有许多目击者讲述过类似的故事。当然,故事的结局并不都像上述故事那样幸福。我的老朋友、著名作家老舍正是在这期间在一次斗争会上挨了揍,后来就投水自尽了。

"红八月"里,我从不敢冒险跑到街上去,就怕会惹上什么麻烦。我们曾于1959至1961年间住在东城八宝坑的一座房子里,这时,那里居委会的同志跑到外文局来,要求把我交给他们,好让他们给我开斗争会。他们说,那几年我常和形迹可疑的外国人来往,看我的生活方式就知道我是个资产阶级,是个坏家伙。那几年,乃迭常到供应特殊商品的友谊商店去买面包、干酪和罐头食品,我们的邻居对于我们的富有和特权感到非常嫉恨。现在他们觉得清算这笔老账的时机来到了。可是外文局没有把我交给他们,使我避免了一顿痛打。否则的话,我恐怕早就没命了。这是外文局对我做的一件好事,在"恐怖之月"保护了我。

在外文局内部，运动迅速开展起来了。局里的年轻狂热分子，包括编辑、翻译和其他行政人员，尤其是我们局长弄来的那些年轻退伍兵，他们开始佩戴红袖章，自称是"革命造反派"。他们组织斗争会，斗争他们的上级，包括：分部和科室的头头，甚至局级领导。没过几天，所有低级别的工作人员都成了"造反派"。那是在一个下午突然发生的事。我们听到敲锣声和呐喊声，看见成群结队的造反派正推推搡搡地把杂志社某办公室的两名领导人放在队伍前头在外文局院子里转圈游斗。接着又把那两个人押送回办公室开斗争会。那情景就像解放前后在全国范围进行的土地改革运动一样。院子里贴满了大字报。很显然，这两名领导人的主要罪状就是他们爱吃好东西。大字报上满载着他们早些时候吃过的好东西的详细记录。这就好像外文局突然变成了一家大饭店，到处都张贴起用斗大的字书写的菜单。

第二天，外文局其他领导人也受到大字报的声讨。我们的杂志《中国文学》党支部女书记当时称病不出，没来办公，因此躲过了这场劫难。接着整个外文局掀起了新的一轮大字报高潮，对我进行口诛笔伐。外文局院内各座建筑物上贴满了大字报。大字报中最突出那一张就是用醒目的大字抄录的我那几首支持赫鲁晓夫新路线的诗，上面还加了红色的大字标题，斥责我是一名反革命修正主义分子、赫鲁晓夫的孝子贤孙，还有别的胡言乱语。接着又有人指出，我不是共产党员，因此不能称作修正主义分子；从此他们把我改称为"反革命分子"。有几位同情我的同事暗示说，这都是那位女书记一手策划的诡计，目的是把群众的怒火引到我身上，她自己可以脱身，因为当时挨斗的都是部门领导和党的书记，我既非党员又非领导，实在是惟一的例外。人们把她的行为称为"丢车保帅"。究竟是不是这么回子事，不应由我来下结论。不管究竟如何，反正从那时起我便成了全外文局最坏的罪人，给我戴上了各种各样的帽子。

一天下午，我正在办公室里翻译或校对稿子，楼下打来电话说，有一个人正在楼下等着见我。我下了楼，几名年轻人把我带到饭厅。只见他们早已把三张饭桌摞在一起，一张上面架着一张。他们颇为客气地帮我爬到最高处那张桌子上。这时，群众集合在桌子周围开始对我进行声讨，责问我为什么要反对毛主席，为什么要为赫鲁晓夫辩护，等等。当时我站在离地十英尺以上的高处，就怕他们一气之下会撒野，推我，踢我，把我从高处扔下来。那样我准会摔得断了胳膊折了腿。所幸的是，这样的事并没有发生。他们把我批斗了一个来小时，就扶我下桌子，放我走了。

在这之后，我参加了一连串的斗争会，有时单独挨斗，有时充当局领导们的陪斗。我不喜欢开一个人成为斗争目标的那种会，因为那样我就必须回答各式各样荒谬可笑的问题，有些问题是根本无法回答的。我要是和局领导们一起挨斗，那就有趣得多。那些年轻人爱玩一种叫做"坐喷气飞机"的把戏。他们让我们低着头在台上站成一列，接着又让我们把胳膊往后伸，高高地举过我们低垂的头颅。就这样，我们的姿势就像小孩们在模仿喷气飞机。我胳膊的肌肉很灵活，有弹性，所以我能轻而易举地做出这种姿态。可是其他一些同志才举了一小会儿就吃不消了，他们双腿发颤，接着就跪倒在地，引起群众一阵哄笑。斗争会上常玩这类把戏，有时会持续两三个小时。我的双腿非常强壮，我会产生一种与己无关的感觉，并且饶有兴趣地偷偷观察起别人来。这一切都十分幼稚和荒唐。这样的斗争会，每隔一天就开一次，这种情况一直持续到那一年的年底。后来年轻的造反派们对此感到厌倦了。1967年春天以后就很少开这样的斗争会了。

但我记得，在此期间局里的年轻造反派们决定将机关内一切受过批斗的人员统统拉到街上去进行一次游斗，本人也包括在内。我们这些受过批斗的人员数目超过一打，分装在两辆卡车上。造反派让我们站在敞篷卡车上，开过西城的各条街道。他们时而把车停住，年轻造反派们高呼口号，并将早已准备好的铅印活页传单散发给围观的群众。传单上印着我们的姓名和其他情况，如我们在外文局的职位、我们的罪行之类。街上的旁观者们神情冷漠，最多也只有几分好奇，几乎没人跟着喊叫或咒骂，充其量是有几个孩子在笑。那些日子里，街上的人们对这种场面看得实在太多了，因为许多别的机关也都是这么干的。当我们游斗到与外文局有联系的一些机关如广播电台和新华通讯社时，他们便让我们下车，在该机关的大院里排成一列。接着他们就挨个儿地介绍我们的情况并进行批斗，狂热分子们高呼"谁反对毛主席就打倒谁"之类的口号。整个游斗进程历时一上午，但倒也并不十分难受，除非是那天天气很冷，我又忘了穿大衣，回家时，我会冻得浑身发抖。

第三十四章

幻 听

有敌人在害我，准是这么一回事，因为我根本不是阴谋反对自己祖国的坏蛋。于是在单独一人时，我就想找那个暗藏的敌人辩论，甚至想查明他是什么人。晚上，我独自坐在家里的起居室里，乃迭和孩子们都到寝室去睡觉了，我就大声对那个暗藏的敌人说话，想揭穿他的阴谋。有一回，乃迭还没有睡着，听见起居室里的响声，就走出来。她认为我已经疯得胡言乱语了。事实上当时我确实快要疯了。

"红八月"对每一个人都有可怕的影响。1966年8月以及此后开的那些斗争会,大喇叭日夜不停地大声吼叫,声讨这个那个人的罪状,真让人的神经受不了。我感到自己顿时成了社会的弃儿。晚上回到家里,我发现乃迭和孩子们的生活一切如常,都挺高兴的,有时甚至还情绪热烈。他们还没有受到骚扰,他们的生活与我不同。白天在办公室里,没有一个人同我说话或和我打招呼。我想,在"红八月"里,连我也真的感到害怕了。

我从来不是轻易会感到害怕的。以前在内地时,有一次在开往成都的车上,几个国民党士兵举起步枪朝我瞄准时,我没有害怕。我们乘船去南京,在长江上航行,那天夜里船上一片慌乱,都说船要沉了,我也没有害怕。可是这一次,我紧张不安,真的害怕了。我独自坐在办公室里时,似乎听到同事们在商量给我开斗争会的事,他们悄声说准备把我打死。我还觉得自己分明听到他们在说,某某人已经在受审时被活活打死。其实他们是在隔壁房间里商量事情,不想让我听见。而我却使劲听着,想知道他们在说什么,听不清就自己想象。我因神经高度紧张和恐惧,开始患上了听觉幻象症。我回家后对乃迭说,我的同事们商量着要害死我,请她替我送一封信给中共中央统战部,请他们赶快来救我。中共中央统战部归政治局领导,部长徐冰同志是抗战时期我在重庆的老熟人,解放后我还和他通过电话呢。我不知道我那封信在当时那种情况下是否送到了他的手中。后来我才知道,他当时的处境绝对不允许他来帮助我。他在运动中也挨了斗。后来他被指控为反革命修正主义分子,于是自杀了。现在想想挺滑稽的,当时我怎么会被吓成那样，然而从那时起我真的得了精神分裂症，不断出现听觉幻象，这种情况持续了几个月才消失。后来我听说，许多人在运动中都患上了同样的病症。在我入狱期间，我认识的一名同狱老犯人就患有视觉幻象症。他仿佛觉得，他不时地看见有人站在他面前用眼瞪他，盯住他。后来他真的发了疯，送进医院后就死了。那是1970年的事。幸亏我从未患视觉幻象症，可是我确实患上了听觉幻象症。我会听到并不在场的人们的说话声。

我的幻听现象从1966年8月开始，直到1967年初才消失。在此期间，出版社那位女党支部书记称病在家不来上班，于是上边又派了一位新的政治指导员来临时负责，她也是一名女同志。有一次，我似乎听见我的一名熟人在受审问，不久就被打死了，我对新来的政治指导员提起这件事，并为那名熟人死于非命而表示遗憾。那位女政治指导员大笑起来，说我脑子有问题。她说那位同志明明活得好好的，吃饭时我可以在饭厅里亲眼看到他。我确实看到了他，正如她所说，他活得好好的。于是我对自己听到的一切都不能相信了。然而说来也怪，我听到的声音十分清晰，我不相信这都是我想象出来的。我又想，可能有个阴险的家伙躲在出版社某个阴暗的角落里，在用什么罪恶的无线电发报机不断发出只有我一个人能够听见的信号。可是他发出的信号为什么只有我听见而别人都听不见呢？我对有关科技的事相当无知。上中学时，我的物理和化学成绩都很好，但是我从来没有学过电学，当然，在那个时候，学校里根本不学电子学和无线电方面的知识。我只有一些普通常识，知道在发送无线电信号时，只有发送的波长与接收的波长一致，这个信号方能被接收。我又想起以前听人说过有一些奇异的物质叫同位素。以前我从来没有花心思去弄懂同位素的含义，不过，顾名思义，它指的是同样的位置、同样的方向，它准是那个暗藏的阴谋家或几个阴谋家成功地放进我的身体系统内的那种化学物质。正是用这种办法，才使我能接收到别人接收不到的信号。这一切疯狂的想法似乎极端可笑，可是在当时，在我已处于半疯的状态下，这种理由似乎还蛮有说服力的。有敌人在害我，准是这么一回事，因为我根本不是阴谋反对自己祖国的坏蛋。于是在单独一人时，我就想找那个暗藏的敌人辩论，甚至想查明他是什么人。晚上，我独自坐在家里的起居室里，乃迭和孩子们都到寝室去睡觉了，我就大声对那个暗藏的敌人说话，想揭穿他的阴谋。有一回，乃迭还没有睡着，听见起居室里的响声，就走出来。她认为我已经疯得胡言乱语了。事实上当时我确实快要疯了。

也许因为我还保留着几分清醒，因为我仍然对自己抱有信心，也许因为"文化大革命"到了那个时候，群众性的歇斯底里已逐渐退潮，对我的迫害减弱了，我感到松了一口气，所以到了1967年初，我不再受听觉幻象之苦，精神比较正常了。1966年下半年，我从不敢冒险走出外文局的院墙一步，但是从1967年初开始，我星期天会进城去转转。每星期天早晨，我会步行到东城或西城去，看看贴在街上的大字报，从中了解外界的形势。这是我惟一的消遣。我仍不敢乘公共汽车，因为听说公共交通工具是不搭载反革命分子的。要是在车上发现一名"牛鬼蛇神"，人们干脆就把他扔下车去。于是我就靠长途步行来消磨时间，这也许对我的健康大有裨益。上班的日子我只能到办公室去，坐在我的书桌前。当然，当时已经没有什么正经的翻译工作让我做了，但每天早上我会被派去从事一些体力劳动，我发现干体力活要愉快得多。有一段时间，我被勒令打扫厕所。我们局里的公共厕所一向肮脏不堪，臭气熏天，而我干得很好，把便盆上残存的陈年污垢统统刮掉，用清水冲干净。不久，我就因工作勤勤恳恳、一丝不苟而受到人们夸奖。《中国文学》编辑部的厕所成了全外文局最清洁的厕所。后来，我又被派到位于后院的厨房去，到垃圾堆里去捡煤核。这桩活更令人厌倦，但我很爱干，因为干活时我能吸到户外的新鲜空气，这要比坐办公室强。整个1967年和1968年上半年我干的都是这类活。在此期间，只给我开了一次斗争会，而且还是当我们局领导的陪斗人。当时年轻的造反派们分裂成各个"战斗队"，已经开始在打内战了。因此他们没有工夫来嘲弄我们这种被他们称为"牛鬼蛇神"的人了。我一面捡煤核一面老想着灰姑娘的童话，不知道童话里的仙后什么时候会突然出现，用一辆南瓜车把我带到王宫里去。然而，事实证明我这个灰姑娘决不会有进王宫的机会。恰好相反，我去的地方是监狱。现在的监狱虽不像王宫这么舒服，可也不像人们想象的那么可怕。在随后几年里，我的许多同事都挨了打，不少人被活活打死，或被迫自杀。而当时我在监狱里，所以躲过了这种劫难。或许监狱归根结蒂并不是一个很坏的去处。

## 第三十五章

## 入狱

1968年五一劳动节前夕，乃迭和我双双被捕，从此监狱就成了我们的家。我俩足足被囚禁达四年之久，直到1972年五一劳动节才出狱。从1968年年初开始，许多在北京的外国专家都以外国间谍的罪名被捕入狱。这一切的起因是江青在年初时的一次讲话中说：我们必须警惕外国间谍。

1968年五一劳动节前夕，乃迭和我双双被捕，从此监狱就成了我们的家。我俩足足被囚禁达四年之久，直到1972年五一劳动节才出狱。从1968年年初开始，许多在北京的外国专家都以外国间谍的罪名被捕入狱。这一切的起因是江青在年初时的一次讲话中说：我们必须警惕外国间谍。她说，有些外国间谍已经来中国多年，甚至解放前就来了，他们伪装成我们的朋友，还以专家身份为我们工作。她发表这次讲话后，许多外国专家就被抓起来了。在我们外文局，有一天晚上，美籍犹太人以斯雷尔·爱泼斯坦和他的英国籍妻子被捕入狱，比我俩被捕的日子早了不到一个月。然而，我并没有担心同样的事会发生在我们身上，因为爱泼斯坦在"文化大革命"期间表现得非常积极，而我俩则表现得非常消极。我们被捕的那天晚上，我和乃迭坐在家里情绪低沉地喝一瓶白酒。我俩喝掉了瓶中的三分之二。这时，我听见有人在轻轻地敲门。我打开房门，看见门外站着我们局的一名年轻的人事干部，他只说是想和我到外面去谈一谈。我想，这没什么要紧的，因为最近这些日子，他常常会在晚上到我们家来，要我提供一些同事的某些情况，我对此早已习以为常了。我就跟他走了出去，脚上还穿着拖鞋呢，因为我以为只是跟他在另一个房间里谈几分钟话就会回来的。不料他一声不吭地穿过院子往前边那座办公楼走去，我只得跟着他。我为刚才没有把拖鞋换成一双便于走路的普通的鞋子而有点遗憾，但我没有把它看成是一件值得伤脑筋的事。我们走上楼去，来到办公室前。办公室半黑着，只开着一盏台灯，因此我看不清房间里究竟有些什么人。但是可以肯定，房间里有不少人，除了好些个年轻造反派外，还有几

第三十五章　入狱

个穿军装的陌生人。我一进屋,一名穿军装的男子就走上前来问道:

"你叫什么名字?"

"杨宪益。"

"你是什么地方人?"

"祖籍安徽省,但我是在天津出生的。"

"你多大啦?"

"四十八岁。"①

说到这里,他突然翻了脸。他吼叫道:

"遵照北京市军事管制委员会的命令,你被捕了。"他抓住我的手腕,用极其专业的手法把我两只手腕都上了铐。其他士兵一拥而上,把我团团围住,怕我会反抗。其实我并没有这样的意图,而且我也并不害怕。尽管这件事来得出乎意料,但我并没有慌乱,经历了过去两年中的一切,这件事在我看来已觉平淡无奇了。看上去这些士兵倒比我更紧张。我没有抗议也没有提问,大家就这样静默了两三分钟,然后他们拿出一张早就印好了的纸要我在上面签字,内容是允许他们搜查我的家。我按他们的命令签了字,仍一言不发。又静默了两三分钟后,那个当官的对士兵们点点头说:

"好啦。你们现在可以把他带走了。"

于是他们就把我带下楼去。我双手仍戴着铐。脚上的拖鞋比我的脚要大两号,所以我实在走不快。当时我惟一的想法只是:"我刚才为什么不换双鞋呢?"一出外文局,我就被塞进一辆军用吉普车,两名士兵在我左右两边夹着我。他们按低我的脑袋,一直贴到双膝,这样我就看不见车往哪儿开了。我非常听话,低着头困得快睡着了。其实他们这样做完全没有必要。根据射进汽车里的灯光,我已经判断出来,他们正在把我往西城送,那里的繁华地段有很多霓虹灯。汽车折向西

---

① 作者误记。杨宪益先生生于1915年,"文革"时被捕于1968年,时年53岁。——译者注

南，到了一座我从未去过的监狱。监狱占地面积很大，有一扇能自动开合的大铁门。汽车开到一间办公室前就停了下来。他们把我带进办公室时就去掉了我的手铐，真得谢谢他们了。我还以为在我整个坐牢期间都得戴着那副玩意儿呢，真要是那样，就太不方便了。坐在办公桌前的那名当官的什么问题都没问，他只是递给我一张表格要我填上：姓名、住址、性别、年龄，如此等等。接着就叫我解下裤带、鞋带以及其他一切能用来上吊的绳索之类的东西。我还必须掏出口袋里装着的全部物品，把它们放在桌子上，尤其是那些有刃口的东西，如削笔刀之类。他们把我的这些零星物品装进一只大纸袋里加以保管，等我出狱时归还给我。然后他们就把我领进牢房。牢房在一座单独的楼里。每间牢房都从外面锁上。房内除两张长长的木床外，别无他物。犯人不是顺着床直睡的，而是像沙丁鱼似的一个一个横着塞在一起的。一张床可以塞十个犯人。我进去时，两张床几乎已塞满了。总数大约二十人（第二天早晨我发现实际人数，不算我，是二十一个）。尽管如此，他们仍命令一张床上的犯人为我腾出个地方来。我挤进两个犯人中间就睡下了。我忘记说了，我一进房间就问守卫，我要小便，卫生间在哪里？他们指了指放在两张床之间的一只铁皮桶，我赶快过去解决了问题。我挤进两名犯人中间后就脱下夹克衫和裤子，躺下睡觉。当时早已是午夜，也没有什么事情可干，因为狱方禁止我们相互之间做自我介绍，也不许我们交谈。天花板上有一盏整夜不熄的电灯，高得够都够不着。牢房门上装着一个小小的监视孔，守卫随时可以从外边监视我们的行动。我在晚饭后喝了些酒，觉得很困，所以躺下就睡着了，还睡得很酣，直到第二天早晨将近七点钟时才醒。早晨起床时，一名上了点儿年纪的犯人悄声问我：

"嗨，他们为什么把你抓进来？"

"我不知道。"

"你进来的时候已经很晚了，身上又一股酒气，我们想你准是多喝了几杯在街上胡闹，才被他们抓进来的。"

"不，不是这回事。我是从家里抓来的。"

他沉默了片刻，接着若有所思地说：

"你的酒气好闻极了。一定是高档货。我已经好多年没喝这种好酒了。多少钱一两的？"

我告诉他，我买的是整瓶，不是一两一两零买的。究竟多少钱，我已经忘了。他接着问：

"那瓶酒你都喝完啦？"

我告诉他，我离家时，酒瓶里还留着三分之一。他叹了口气说：

"等他们决定放你回家时，不知道那小半瓶酒还在不在？"

事实是，四年以后，我回到家里，发现酒瓶仍放在壁炉台上，剩下的酒还在瓶里，但我没有喝它，而是把它送给了一个年轻同事。

就这样，我开始了做犯人的新生活。我从同室犯人口中得知，在正常的情况下，一间牢房里不会同时关这么多人。平时一间牢房里也就关十二人左右吧，可是最近抓进来的人实在太多，为了减轻这里的负担，他们正在往各省的监狱转移犯人呢。可是昨天，军队的卡车周转不过来。这话一点儿也不错，当天下午，他们就把我们那间牢房里的七八名犯人送走了，我们留下的人，可以住得舒服一些了。每天早晨，犯人们七时起床，起床后要整理床铺和用品。大约过一个小时，在守卫监视下，大家到厕所去解手。每人最多用十分钟时间，不能再多了。有些犯人长期便秘，上厕所时真是苦不堪言，但是我从来没有遇到任何困难。接下来是一刻钟的洗漱时间。我们总是利用这段时间兼洗手绢、袜子和内裤。每天上午十时左右吃第一顿饭。第二顿饭在下午五时左右吃——每天只吃两顿饭。晚餐很简单：两个大窝头，一碗蔬菜汤，做汤的蔬菜有时是卷心菜，有时是萝卜或扁豆，这要看哪种菜在那个季节最便宜。在国家规定的假日，汤里还会加上一两片猪肉。我觉得食物的量足够了，因为我们又不做什么体育锻炼，可是有些年轻的犯人总是觉得饿。所以我常吃一个半窝头，省下半个窝头给其他犯人吃。一天里有两段时间进行政治学习和读党报《人民日报》，一次在上午，另一次在下午二时，午睡以后。每天晚上八点或九点钟我们上床睡觉。政治学习时，我们读毛主席的几篇文章：《纪念白求恩》、《为人民服务》、《愚公移山》和《论人民民主专政》。就学这些，其他书是不准看的。我在大部分坐牢期间都被选为学习小组长，因此上述几篇文章我几乎都能背诵。我们的学习就是背诵这些文章，不进行讨论，更没有争论。你怎么能与这些神圣的箴言争辩呢？我们从来不准走出牢房，但每隔两星期，卫兵会领我们到监狱的院子里放风（呼吸一下新鲜空气），但这要看守卫是否记准日子而定。放风时，他们把我们领到一块周围都是墙体、但没有顶子的空地上，让我们来回走步，或是转圈儿，时间大约一刻钟。放风完毕，他们又把我们领回牢房，把门锁上。整整一年里，每天的日程都是这样。每个月他们会领我们出去集体洗一次热水澡，每次洗半小时。每当有新犯人进来，立刻就把他的头剃光，以后每隔一个月左右，大家都要剃一次头。所以我们不必担心自己的头发、胡子会长得太长。

第三十五章 入狱

## 第三十六章

## 坐牢期间

杨宪益自传

1972年我出狱后才听说,我那大学毕业后分配到湖北省一家工厂当工程师的儿子,由于与单位同事们相处不好,变得精神失常。我两个女儿无人照料,已被送往农村。那四年里,她们也受尽了苦。

我在坐牢期间惟一担心的，就是不知道乃迭和孩子们会有什么遭遇。我被关进监狱两三天后，总算有机会见到了监狱看守长。他对我说，我要准备在这里待很长时间，如果我需要衣服、被褥和牙刷、肥皂等日常用品，他可以通知我的家属送来。他还问我有没有什么别的要求。我说，我惟一担心的是乃迭和孩子们。我说乃迭很胆小，会吓坏的。她发现我被捕，可能会精神崩溃，要自杀。我的两个女儿，一个即将大学毕业，一个快要中学毕业，她们会怎么样呢？他微笑着说，乃迭什么事儿也没有，目前在一个安全的地方。至于说我的两个女儿，我的罪行与她俩无关，她们会得到很好的照顾的。我根据他的话已经猜到，乃迭可能也被逮捕了。过了一些日子，我听别的犯人说，这座监狱里还关着许多外国人，不过是在另外的楼里，这么说来，乃迭也许就是其中之一吧。一个年轻的犯人告诉我，那扇用铁条封住的窗户上有些缝隙，有时可以从中窥见那些外国女犯人朝浴室走去的情景。有一天，他说他真的看见一个外国女犯人，长得就像我平日向他们描述的我妻子的样子。从此我更确信无疑了。1972年我出狱后才听说，我那大学毕业后分配到湖北省一家工厂当工程师的儿子，由于与单位同事们相处不好，变得精神失常。我两个女儿无人照料，已被送往农村。那四年里，她们也受尽了苦。要是我当时就知道这一切，那么我在监狱里就会更加忧心如焚了。然而，当时我对此一无所知，这使我在狱中减去了很多忧虑。其实乃迭吃够了苦。那天夜里，我被捕以后她也被捕了。当时来了几个女人，甚至把她的衣服全部脱光，进行彻底搜身。我想他们一定以为她是一名非常老练、非常狡猾的外国间谍，身上也许还带着密电码或什么特殊设计的特务用具呢。她受到单独监禁的处置，比我的待遇严厉得多。至少我时时都有很多难友做伴。但她有一项待遇比我好，她的伙食好，而且食物样式也多。她可以阅读西方的"进步"杂志和书籍，而我是始终被禁止读任何书报的。她甚至还读了马克思的《资本论》的部分章节，要不是被捕入狱，这部著作她是不会去读的。可是，她出狱后，在独处时常常自言自语，这是她在长期被单独监禁时形成的习惯，大约过了一年，这种现象才逐渐消失。我从未感到过孤独。我和其他犯人相处得很好，并从他们那里学到了以前所不知道的关于中国社会的很多知识。

在中国监狱里，重要犯人通常是单独监禁的。不重要的犯人就和许多其他犯人一起关在同一间牢房。可是，在"文化大革命"时期，与许多人关在一起的犯人可不一定都是轻罪犯人。我亲眼看见，我所在的牢房里的两三名犯人接到命令，要他们带上自己的行李物品转移到别处去。后来，我听新入狱的人说，这几个犯人经过即决审判后，已被公开处决了。

我那间牢房里的犯人形形色色，干什么的都有。不少人是年轻的造反派，他们在运动中进行打砸抢。有几个是掏钱包的惯偷，有几个是谋杀案的疑犯，还有两名政府的中级官员。别的犯人告诉我，其中一名官员奸污了他的几个亲生女儿。另一名官员来自煤炭部，他的惟一罪状是为已被打倒的煤炭部部长辩护，还写了对《毛泽东选集》不大恭敬的评论文章。我和他相处得很好，他出狱以后还帮我将我的大女婿从东北一座煤矿调回北京。

还有一个犯人是北京郊区的农民，那位老农有一个儿子在军队服役。儿子在外多年，老农的儿媳很爱她的公公，但很恨她的婆婆，时常和婆婆吵架。有一天，她在一怒之下，从厨房拿出一把刀子把婆婆的脑袋砍掉了。邻居们怀疑这是她公公在幕后指使的，因此把他送进了监狱。可能这一指控毫无根据，关了不多几个月，他就被释放了。

他和我们一起住的这段时间里，他棉袄里的虱子爬进了所有人的衣服。看守为了消灭虱子真是伤透了脑筋。他们让我们浑身脱个精光，把衣服、被褥都拿去用蒸汽消毒，还给我们发了替换衣服。在这以后，我们仍发现有少量活虱子在爬来爬去，我们就拿它们玩游戏。一名犯人说，他知道，北方的虱子总喜欢朝着北方爬。于是我们把几只虱子排成一列，让它们的头都朝着南方。千真万确，仅过了几秒钟，它们都转过身子朝着北方爬了起来，我们大家都觉得十分新奇。有一天，那位老农给我开了个肮脏的玩笑。他以前犯过精神病，那天睡到半夜，他忽然想起来撒尿。他没有下床，就站在床上朝我的褥子撒起尿来。幸亏他没有往我脸上撒。大家都同情那位老人，因此并没有呵责他。这件事发生后不久，他就接到通知说，可以回家了。他走了，我们并无惜别之意，因为他是全牢房里最脏的一个。他走后，我们再也没受虱子的困扰。

我在狱中的四年里，就我所知，仅有两名犯人带走后不久就被处决了。另外一名与我同住一个牢房的犯人病死了。那名死囚一直戴着沉重的脚镣、手铐。有人说他是个杀人凶手。他在牢房里只关了几天，就被拉出去枪毙了。看守经常要我们换房。有一次我关在一间很小的牢房里，除我以外其他犯人只有四名。其中之一是个在整形外科医院当会计的年轻人。他告诉我，他是一名战士，1950年朝鲜战争期间，曾以志愿军身份入朝作战。在朝鲜期间，他爱上了一位朝鲜姑娘。他回到中国后，回家乡结了婚，但他不爱他的妻子，却时时怀念他那位朝鲜情人。他决心要回朝鲜。他对那一带的地形地势非常熟悉，就回到东北，靠游泳渡过了鸭绿江，进入北朝鲜领土。他被北朝鲜边防战士逮捕，他想，中国当时和北朝鲜的关系不很好。苏联刚与中国闹翻了，而北朝鲜人是和苏联站在一起的。于是他从军装口袋里掏出"红宝书"（毛主席语录）扔在地上，还用脚踩。他说，想请求在朝鲜政治避难。朝鲜方面把他拘留了几天。他真倒霉，正是在这几天里，中朝关系重新得到改善，北朝鲜又向北京派出了一个代表团。于是朝鲜把他当成一名逃兵，装进一只大邮袋里，遣送回中国。他把自己的故事讲给我们听时，并没有意识到他的案情有多严重。他还说自己以前是中国人民解放军战士，还立过功，因此这里的守卫都对他很好。他说他只从办公室里拿了不多的钱，只要归还，他就会被宽大释放的。一天早晨，看守让他打点行李物品，跟他走。他高高兴兴地和大家道别就离开了。几天以后，新来的犯人说，此人被指控为叛国犯，已被执行死刑。

那个病死的年轻人和我住在同一间牢房，他是一名政府工作人员，就是我在前面提到的那个患有视觉幻象症的人。他总是大便秘结，每天上厕所时总要被看守骂着从里面轰出来，看守们只当他是个神经病，而且还调皮捣蛋。后来，他的双腿连同下半身都肿了起来，连路也走

晚年杨宪益。

不动了。等看守们意识到他确实病了时，已经为时太晚。最后他被放在担架上抬了出去，死了。

除此之外，犯人们的待遇还都不错。生病的、发烧的都能去医务室就医。有严格的规定不许看守踢、打犯人，或对犯人进行任何形式的体罚。遇到闹事的犯人，就把他铐上一两天。这样的事我见过两三次，但他们从来没有给我的双手上铐。有一回，一名犯人连续两三天拒绝进食。他们就给他穿上紧身衣，往他嗓子里插上一根导管，把一种玉米粥加碎鸡蛋的流质硬灌进他的胃里。看来这么灌法一定很难受。从这以后，那名犯人再也不敢拒绝进食了。当然，上面早就对看守们交代过了：这些犯人都是世上的渣滓。因此看守对犯人极端蔑视，把犯人当低级动物看待，但他们决不敢对犯人动酷刑。因为这样做是违反规定的。

第三十七章

出 狱

杨宪益自传

我拿起党报《人民日报》观察外国发来的贺电，我注意到柬埔寨元首西哈努克亲王的贺电只发给毛主席和周恩来总理两个人。这是极不寻常的。当时西哈努克亲王被认为是中国最亲近的朋友，他的大部分时间都在北京度过。如果林彪继续得宠，西哈努克决不会犯一个如此严重的错误。我早就注意到了，最近几个月来，林彪的几个追随者的名字已从报纸上被一一删除。这决不是偶然的巧合。我经过思索，就拿起我那本"小红书"（毛主席语录），把前边那一页撕掉了。"小红书"前面那页是林彪写的前言。我们一向得把它当圣经似的牢记在心。既然我确信林彪已经失去权力，因此我认为该是把那一页清除掉的时候了。同牢房的其他犯人都没有注意到这一点，我也没有告诉任何人。

犯人们之间有时会发生争吵。如果争吵发展到动手殴打，引起骚动，门外的看守就会走进来加以制止。有时候，那些年轻爱闹事的不良分子要欺负和取笑那些他们看不顺眼的、蠢笨的老头儿。有一位六十多岁的、信奉中国天主教的老人，有时他会喃喃地祷告，低声对自己唱"圣母马利亚"，这种举动惹得那几个小恶棍心烦。小恶棍们就用被褥蒙住他的脸，然后揍他。当然，他们不会往死里打他，把他打伤的，因为他年岁太大、身体太衰弱了；可是揍过以后，那位老人又对自己唱起"圣母马利亚"来。我想，那位年老的天主教徒后来被释放了吧。小恶棍们从来没有和我过不去。他们都喜欢我，尊敬我，把我当做他们的老师。他们请我教他们中国诗歌和英语，用以排遣狱中的时日。我还教他们唱《罗蒙湖》和《友谊地久天长》等苏格兰歌曲，以及根据本·琼生的诗谱成的英格兰歌曲《用你的秋波向我敬酒》。我能背诵唐代诗人白居易的长达一百数十行的长诗《长恨歌》。他们偷偷地把整首诗记在纸上，有机会就拿出来读。那些小恶棍们都非常机灵。我们是禁止持有纸、笔的，但有时候狱方会发下些纸、笔让我们写悔过书。他们就趁机留下一两张纸，用来抄录他们喜爱的东西。他们时时都觉得饥饿，就回忆饭馆里的菜单，把美味的肉菜的名目写在纸上，作为铁窗生涯中的自我安慰。有时看守会进来搜查，把这类纸片统统没收。有一个年轻的犯人，以前是个工厂工人，对我敬佩之至。他设法将窗户木条上的一根木刺掰下来，制成一枚针。就凭这根针，他在手帕上绣了一幅松树图，把它送给我留念。可惜我出狱后，女佣把我在监狱里穿的里外衣服统统都扔掉了，因为这些东西实在太脏，而我忘记把那条手帕留下了。

我第一次受审是在入狱后的一周。一天，已经到了后半夜，看守把我叫起来。他们带我穿过院子，来到一间办公室。一路上我身后始终跟着两名手握那种上着刺刀的自动步枪的士兵。我想他们的目的是想吓唬我，让我坦白交代吧。等我走进办公室，他们让我坐在一条板凳上，对面平台上坐着两名官员。其中的一个说：

"喂，杨先生，你还是把你所犯的罪行统统说清楚的好。我们对你的案情一清二楚，其中每一个细节都已经彻底核实、反复核实了。任何一点都不要否认。你知道我们的政策，坦白从宽、抗拒从严。"

我说，只要我知道的，一切我都愿意说。不过，我真不知道我犯了什么罪。

"有这么一个案子，那名罪犯犯的是反对国家的严重罪行。他的案情比你的更重，就因为他坦白交代了，结果是允许他回原单位继续工作。相反，有的人不肯认罪，结果我们把他送去公审并执行死刑。何去何从，你最好能仔细考虑。几天以后要开公审大会。如果你不坦白交代，你就要被送去公审并执行死刑。我们给你一天的考虑时间。"

他们又把我送回牢房。在此以后，还对我审讯了几次，并命令我写坦白交代的材料。每一次审讯时，他们的态度愈来愈严厉，说我不肯交代我真正的罪行。我在绝望中将解放前、解放后我所认识的所有亲戚、朋友的名字统统写出来，并一一说明我和这些人的关系。我不知道他们究竟对哪些人感兴趣，因此不厌其烦地列出了一百个中国人和五十个外国人的名字。他们终于问到我和英国驻华使馆人员、尤其是与前驻华使馆武官伊文斯的关系。此时我才知道，原来他们怀疑我是在伊文斯手下工作的一名间谍。于是我更进一步向他们详细说明了伊文斯的情况，以及我们如何和他一起到杭州、宜兴、上海、苏州、无锡等地去旅行的情况。就这样，对我的审讯结束了。后来他们再也不来打搅我，我更觉得轻松了。多年以后，"文化大革命"结束后，我听说以前曾经给伊文斯开过他那辆大众牌汽车、又跟了他好多天的一位姓熊的年轻司机，在"文革"中也被指控为伊文斯手下的间谍而遭到逮捕。那位关在内地某处监狱中的年轻人认了罪，他还说乃迭和我很多时间都和伊文斯在一起，所以我俩肯定也是间谍。这么说来，他们疯狂抓人的举动还事出有因呢。这桩事得到澄清后，警方对我说，我应当感谢他们不厌其烦地帮我弄清问题。为了弄清这个案子，他们派人去过好几个省好几座城市呢。然而，在度过了整整四年铁窗生涯以后，我很难说对这种捕风捉影乱抓人的行为还会觉得非常感激。我只是庆幸这件事总算结束了。

  1971年9月林彪事件突然发生，他和他的追随者们的座机在蒙古人民共和国上空坠毁，从此以后直到年底，监狱生活逐渐得到改善。对我的审讯已经结束。我们对于监狱外正在发生的一切，当然都一无所知。按照惯例，每年10月1日国庆节都准许犯人听收音机里广播的天安门广场上的庆祝活动情况，毛泽东的接班人林彪总要对着扩音器发表像精神病患者似的拿腔拿调的演说。可是1971年国庆节却再也听不到林彪那嘶哑的声音了，并且再也不提他的名字了。我拿起党报《人民日报》观察外国发来的贺电，我注意到柬埔寨元首西哈努克亲王的贺电只发给毛主席和周恩来总理两个人。这是极不寻常的。当时西哈努克亲王被认为是中国最亲近的朋友，他的大部分时间都在北京度过。如果林彪继续得宠，西哈努克决不会犯一个如此严重的错误。我早就注意到了，最近几个月来，林彪的几个追随者的名字已从报纸上被一一删除。这决不是偶然的巧合。我经过思索，就拿起我那本"小红书"（毛主席语录），把前边那一页撕掉了。"小红书"前面那页是林彪写的前言。我们一向得把它当圣经似的牢记在心。既然我确信林彪已经失去权力，因此我认为该是把那一页清除掉的时候了。同牢房的其他犯人都没有注意到这一点，我也没有告诉任何人。大约一周以后，看守突然走进我们的牢房，让我们把自己的"小红书"统统交上

第三十七章　出狱

来。他匆匆地把书页翻看一下，就把这些"小红书"都收缴了。等他拿起我的那本时，发现印着林彪前言的前边那一页没有了。他大惑不解，又翻看了一遍，还是找不到那篇前言。他什么话也没说，就把那本"小红书"扔还给我，而把其他所有犯人的书都带走了。他一走，其他犯人都觉得困惑，便问我：

"为什么我们大伙儿的红宝书都收走了，单单不收你的那一本？为什么对你这么优待？"

"我那本红宝书不一样。它没有前边的那页。"我微笑着回答道。他们听了愈发摸不着头脑，都要求我解释清楚。我只是说：

"外面的形势正在变。到时候你们就知道了。"

每当有新的犯人进来时，他们总会告诉我们一些最新新闻，因此我们有时可以得到一些外界的消息。千真万确，两周以后，进来一个年轻的新犯人，他告诉我们，他听说林彪死了。直到这时，我才告诉他们我为什么会把"小红书"的前页撕掉。其他犯人都啧啧称奇。我对自己在监狱中这一漂亮的表演深感自豪。

在这以后，监狱中的生活变得更加宽松了。他们再也没有审讯过我，有些年轻犯人觉得我将很快就获释。然而几个月过去了，什么动静也没有。很快就到了1972年春天。有一天，看守突然通知我，让我出来。他把我带进一个很大的房间，让我在一把椅子上坐下，接着他往我脖子上系上一块写着我名字的纸板。然后他把屋子里的灯统统打开，一名摄影师进来给我照相。照完相，又把我送回牢房。我把一切经过都告诉了其他犯人，人人都表情阴沉，有几个更是一脸悲伤。他们对我说，看来你的判决很快就要下来了，否则他们也不会这样子给你照相。我也把它看做是个不祥之兆，但我泰然处之，因为我已度过多年铁窗生涯，已不再为下一步将发生什么而忧思伤神了。又过了两星期，什么事也没有发生。直到有一天，我得到通知，立即收拾个人物品跟他们走。我走进一间办公室。坐在办公桌前的官员通知我：我的"拘留"期结束了。四年前我入狱时,他们宣布我已被逮捕,还给我戴上手铐。现在,他们显然改变了主意,把逮捕改称为"拘留"!那名官员还说,他们为了替我澄清这桩案子不知道耗费了多少心力。他们跑遍了二十一个外省城市,去核实我的案子的每一个细节,现在他们有把握说我的案子已得到澄清,我是无辜的。我可以回原单位恢复工作了。他接着又说:

"正如毛主席常常说的,'人无完人'嘛,你为党做过好事,但你也做过坏事。一个人总有正反两个方面。我们希望你从今以后继续做好事,不做坏事。现在你可以回家了。顺便说一下,我们已经通知你的单位说你已被释放,你们的党支部书记坐小汽车接你来了。你现在就可以走了。"

我默默地坐着,没说出一句话。我仍然不知道自己究竟做了什么坏事。所以我没有因他们的宽宏大量而向他道谢。他又说,他必须把四

杨宪益和母亲徐燕若在三里河寓所。

年前他们在搜查我家时没收的我的一些东西归还给我。其实他们没收的只是两本书。一本是瞿秋白的自白《多余的话》，他是30年代被国民党逮捕并杀害的一位资深的共产党员。这本书是北京师范大学学生们私自印刷的。另外一本是奥维德的《爱的艺术》的英译本，是著名的勒布（Loeb）丛书之一。除此之外只有一本小小的笔记本。那名官员说，这些东西要是没有用处了，就不必带走。我告诉他，瞿秋白的"自白"我就不要了，但是奥维德的那本书我想带回去，这不是色情文学，而是一部拉丁文古典名著，他同意了。我还对他说，那本小笔记本他可以扔掉，因为那是我儿子的笔记本，和我没有一点关系。那名官员说，他们所以要没收这个小笔记本，是因为上面抄着台湾电台广播的波长。我告诉他，我从来也不听台湾电台广播，我只听英国和美国的广播，他点了点头。于是我和他握了握手就离开了，衣服口袋里装着那本奥维德的书。

第三十八章

回 家

我记得，入狱之前，我在出版局院子里捡到了这副头盖骨，为了取乐，我在里面种上几株小小的仙人掌。仙人掌长得有一英尺多高，由于缺水，早就枯死了。它一定为企图获得阳光和水挣扎了很长时间。它虽然仍挺得笔直，但我用手指只轻轻一碰，它立即化为粉末。

## 第三十八章 回家

我获释出狱后立即乘坐党支部书记的小汽车回家。他不是几年前担任党支部书记的那位女同志了。他是党委新任命的那位。他打开我家那门上贴着两张白纸封条的房门。四年来那里一直封着，里面什么东西也没有拿走。所不同的是，他们把我的全部家具、书籍都堆放在一个房间里，所以那里乱得一团糟。我进门时，几只受惊的大老鼠从衣柜里、书橱里窜出来。它们叼出我棉袄里的棉花、咬下一小块一小块的地毯在柜橱里建造安乐窝已经很久很久了。我突然归来使它们非常恼怒。我在监狱里接不到家属送来的替换衣服已经有两年了，衣衫褴褛，就像个稻草人一样。老鼠见了我就一惊，这一点也不奇怪。我留在家里的大部分衣裳都被蛀虫和老鼠们咬掉了半拉。最后我找出一件勉强可穿的夹克衫，就把它换上。我被捕那晚上喝剩的三分之一瓶中国白酒还在壁炉台上。附近仍放着那个死人的头盖骨，头顶上面有一个洞，我种在里边的仙人掌已经枯死了。我记得，入狱之前，我在出版局院子里捡到了这副头盖骨，为了取乐，我在里面种上几株小小的仙人掌。仙人掌长得有一英尺多高，由于缺水，早就枯死了。它一定为企图获得阳光和水挣扎了很长时间。它虽然仍挺得笔直，但我用手指只轻轻一碰，它立即化为粉末。我想把屋子稍稍收拾得干净一点，可是天快黑了，我决定出去吃些东西当晚饭。党支部书记给我留下了一些钱，所以我想先到一家餐厅去吃饭，然后再去买些新衣服，好打扮得体面些。我拣起一顶旧帽子戴上，好遮盖我那被剃得精光的头颅，然后出门去找吃饭的地方。我记得苏联展览馆离得不远，可以走着去，那里有一个供应廉价的、半西式饭菜的餐厅，于是我去了那一家。我点的一道菜是一小块牛肉加上炸土豆条，只要一元五角人民币，还不到半美元，再加上一瓶啤酒。出狱前，我一直渴望能吃到价格昂贵的、充满汁水的肉类菜肴，现在出狱了，我却顿时失去了胃口，再也不贪吃了。我正在细嚼慢咽之际，一个年轻男子走来与我同桌用餐。他是一位从中国新疆来的维吾尔族青年。他开始对我讲述他亲眼见到的中国边远地区的种种事件，并且诅咒中国共产党。我觉得他随便对陌生人讲这种话实在太鲁莽了，于是打断了他的话，并对他进行善意的忠告，要他小心，别在公众场合随便说话。我还脱掉帽子让他看我的光头，并且告诉他，我是刚从监狱里放出来的。我和他话别后就回了家。经过了如此漫长的铁窗生涯，一旦获得自由，这真是一种奇妙的感觉，但我可没有进城蹓跶以享受我的自由的那份兴致。我上了床，睡得很熟。第二天早晨，我回到办公室去上班。同事们热情地同我打招呼问

戴乃迭和女儿杨荧儿子杨烨在一起。

好，就好像几年来什么事情也没有发生过。党支部书记告诉我，乃迭也将在本周内出狱，他请一些年轻的同事在乃迭回家以前帮我把屋子整理一下。他还告诉我，我以前正在翻译的作品的译稿都完好无损，什么时候我高兴，就可以继续往下译。我翻开了人生的新篇章。

我是1972年五一劳动节前一天获释的，所以说，我坐了整整四年的牢。大约五天以后，乃迭也出狱了。我猜想，所以让她晚回来五天是因为我家的房间实在太脏太乱了。我得先回去稍事收拾，免得让乃迭觉得一塌糊涂，太不像话。领导派一些年轻同事来帮我把家具挪一下，又扔掉了很多乱七八糟的垃圾。经过清理，我家变得勉强可以住人了。机关还让我去买些鲜花和巧克力来欢迎她回家。我不但买了这些，还加上卷烟和两瓶中国白兰地。但是，乃迭回来后，仍觉得家里太脏，我们还得继续打扫一周左右才行。我们的三个孩子都去了外地，单位里建议把我们的小女儿杨炽调回北京帮助我们料理日常家务。当时杨炽在东北当农民。她很顺利地调回了北京，没有遇到任何困难。这时我们听说我们的儿子杨烨在湖北省的那家工厂过得不很好。事实上，由于父母出了事，他在政治上就得不到同事们的信任，致使他患了轻度的精神病。于是我们请求组织帮助，将他调到北京钢厂来了。接着，我们的大女儿杨燮也调回北京，在北京汽车厂工作。她在大学里修的是机械工程，所以她的调动应该说顺理成章。我们历时约一年，把三个孩子都调回了北京。我们的小女儿杨炽决定进北京大学学习，"文化大革命"爆发时，她刚刚中学毕业就和所有亲人都离散了。她曾经想学考古学，但后来学的是世界史专业。接着，我们发现大儿子的精神病日益严重了。他总是产生幻觉，认为自己是个英国男孩，因此常闯进英国大使馆，惹了不少麻烦。我们想把他送进精神病医院治疗，但医院当局说，由于他的母亲乃迭是英国人，他们实在负不起这个责任。我们终于决定把他送往英国去治病。他先是在一位英国朋友菲列克斯·格林家住了一阵，后来又搬到乃迭的姐姐希尔达家去住。不幸的是,圣诞节期间,希尔达出去走亲戚时,他买了些汽油来自焚,结果葬身在一片火海之中。这是他去英国两年后发生的事。我们还以为他正在渐渐康复呢。我们儿子的死是我们两人遭受的最悲惨的损失,尤其对于乃迭更是如此,在这以后,她的身体很快就垮下来了。我的两个女儿都已结婚,但后来对自己的婚姻不满意,又都离了婚。两人都前往美国深造,一个在西雅图,一个在芝加哥。杨荧先学的机械工程,后来改学语言学;杨炽念的是亚述学。杨荧目前在哈佛大学教中文。杨炽回到中国后,现在在长春某大学任教。她第二次结婚了,丈夫是加拿大人,她是在芝加哥学习时与他相遇的。

所以说,从我1972年获释至1976年"文化大革命"结束,我们主要的时间、精力都用于解决家庭问题了。送孩子们出国要花很多钱。幸亏我入狱四年,工资补发。《中国文学》杂志社党支部书记要求外文出版社支付我翻译长篇小说《红楼梦》的稿费,因为我不再是他们单位的人了。就这样,我们总算没有背上一身债。我家里从来没什么积蓄,现在我的历史已经澄清,我再也不是怀疑对象了,单位领导很乐意帮助我。我们在国外的许多朋友也帮助我们解决家里的困难问题。尽管当时"文化大革命"还在继续进行,但我已时来运转了。《中国

上世纪90年代,杨宪益(左一)、戴乃迭(右二)与大女儿杨荧(左二)、小女儿杨炽(左三)一家合影。

文学》杂志社内关于复刊问题的一切会议和讨论，我都能参加了，当时我们的杂志很不景气。社里那些年轻造反派仍不断在召开一系列针对某人的斗争会，但我现在参加会议时采取的是一种玩世不恭、冷眼旁观的态度。江青已经窃据了全中国文化事务领导人的地位。她持有一种简单、荒谬的观念，认为过去的一切历史人物都可以区分为法家和儒家两类。法家是激进派，是"好人"；而儒家是保守派，是"坏人"。她的真实意图是打倒已故总理周恩来，因为他是政府中比较清醒的那部分人的代表。她时常含沙射影地攻击周恩来是当代大儒。然而，林彪丧命后，周恩来在政府中的地位非常牢固，她动摇不得，她惟一能做的就是攻击周恩来的助手邓小平，因为邓小平遵循的是周恩来的更为现实、更加实用的路线。她在垮台以前还伙同她的追随者们发动起一场反对邓小平的运动，一切政府机构都接到通知，要人人上街参加反对邓小平的示威行动。我也接到要我上街示威的通知，我没有表示拒绝。到了那时，我早已变得十分虚伪，决不发表任何不受欢迎的评论。这次群众示威完全是一场惨败。与"文化大革命"开始时的大疯狂完全不一样了，大街上绝对没有群众的热情或歇斯底里。江青还举办了一次"黑画"展览，她谴责了某些中国画家，在她看来，这些人的作品是颓废的、反共的。一位老画家画中的太阳颜色发紫，她就指责他是在攻击毛主席。我和乃迭从50年代翻译民间叙事诗《阿诗玛》时起就熟识了青年画家黄永玉，当时他为我们的英译本作了几幅美丽的插图。这回他因画了幅一只眼闭一只眼睁的猫头鹰而受到指控。据说它表现了用持有偏见的、厌恶的目光看待中国社会主义的神态，因此是反共的。一切像我这样的公职人员都必须去看这个"黑画"展览，好让大家认识到在我们的社会里，到处都有暗藏的反革命分子，从而使我们受到"再教育"。当然，所有这一切统统都是莫名其妙的胡说八道，但我还是很听话地去参观了。我早已学乖了，知道任何抗议都无济于事。所幸的是，最终这几位可怜的画家并未受到进一步的追究。他们既未被投入监狱，也没有继续受迫害。在这以后，我们出于对年轻画家朋友黄永玉的同情，就常往他家打电话。当时他的一家，他们夫妇和一双儿女，住在一座破宿舍楼的一间半房子里，那儿离北京站很近。我们成了好朋友，我和乃迭每周要去他家两三次，一起聊天并且在他家吃饭。通过他这个中介，我们结识了其他许多画家，并且和他们都成了朋友。当时我们的中国作家朋友不多，因为大多数作家的命运要比画家更坏。他们不是在坐牢就是作为右派分子被送往农村了。有些作家吓得都不敢与任何人交朋友。

## 第三十九章

## 恢复工作

恢复工作意味着把入狱前进行的项目做完。从1972年我俩获释到1976年"文化大革命"结束，我俩从事的惟一认真的翻译工作就是把清代著名长篇小说《红楼梦》译完。这部作品在中国非常受欢迎，因此这项译事给我们带来很多荣誉，甚至是溢美之誉。

恢复工作意味着把入狱前进行的项目做完。从1972年我俩获释到1976年"文化大革命"结束，我俩从事的惟一认真的翻译工作就是把清代著名长篇小说《红楼梦》译完。这部作品在中国非常受欢迎，因此这项译事给我们带来很多荣誉，甚至是溢美之誉。有一位年长的中国学者名叫吴世昌，他是研究这部长篇小说的权威。他帮助我俩参照了该书多种手抄本和印刷本，择善而从，编成了我们翻译的这个本子。中国有一个专门研究这部长篇小说的群体，奉献于这一事业的学者在中国以"红学家"著称。因此我也被人们算成是一位"红学家"了。除了这项翻译之外，几种我们的早期译作也在这一时期出版了，其中包括我从中世纪法文译出的《罗兰之歌》和从拉丁文译出的普劳图斯的《凶宅》。我从希腊文翻译的阿里斯托芬喜剧《和平》的译稿已在"文革"中失落，于是我不得不重新译一遍。但迄今为止，我只译出半部。乃迭和我还出了两部鲁迅早年作品译本，一部是他的散文诗《野草》，另一部是他的回忆性质的散文《朝花夕拾》。我们还翻译了鲁迅的两本短篇小说集《呐喊》和《彷徨》，但这两本书当时未出，直到80年代才获出版。乃迭和我还出了一本鲁迅杂文选集，我们起了个书名叫《无声的中国》。它是在这一时期由牛津大学出版社出版的，不过其中的文章都不是新译，而是从我们过去出的四卷本《鲁迅选集》中选出来的。

1976年在中国现代史上可以称为"神奇之年"。那一年里发生了很多事。1月，周恩来总理逝世。他因为做了很多好事，数度使国家得以避免毁灭，所以受到大多数中国人的热爱。全国人民对他的逝世自发进行的悼念活动受到江青及其追随者们的阻碍，这激起了人民的极大愤怒，以致 4 月清明节时爆发了群众示威。千万个花圈，千万首、千万条反对江青及其三个主要追随者（"四人帮"）的诗歌和标语口号自发地出现在街头。当时许多人都遭到粗暴的殴打和逮捕。7 月，资深的朱德元帅逝世。他曾是毛主席最亲密的战友。在国共内战的早期（第二次国内革命战争时期），朱德的名字始终与毛泽东的名字联在一起，甚至比毛更著名。解放后，他过着宁静的生活，但人民都热爱他。7 月下旬，唐山发生毁灭性大地震，摧毁了整座城市。死亡人数超过二十五万。唐山离北京、天津都很近，京津两地也有人伤亡。当时我的大女儿杨荧的第一个丈夫（是她哥哥的中学同班同学，和她毕业于同一所大学）在唐山，大地震发生时，她正在那里探亲。他俩被困在火车站，只得穿过死尸林立的废墟、步行两天才平安地返回北京，他们的冒险经历令人毛骨悚然。地震发生的那天夜里，我在北京家里和小外甥一起在床上睡觉。我被地下不断发出的碾磨声吵醒，那声音就像几辆坦克在沙石地上驶过。接着大地突然震摇了三四下。在这之后又震摇了一下，就过去了。我意识到这一定是地震，于是拿起枕头遮住孩子的脑袋，并俯下身子护住他，就怕天花板会掉在我们身上。然后我就继续睡觉。两三分钟后，只听得外面一片混乱，有人尖叫着从窗户跳出去，人们互相招呼着要赶快离开宿舍楼。我决定不跑。大约五分钟后，有人在窗外喊我们，叫我们赶紧从床上起来。这是我们办公室的人。我起床穿衣并叫醒了乃迭，我用毯子包着孩子，抱着他走出房子，来到外文局的院子里。那里早就挤满了人，有些人身上几乎没穿衣服。我们在那里等待天亮，午夜到清晨这段时间的天气还是凉飕飕的。第二天早晨，我们接到通知说，待在家里不安全，必须搬到露天地里去住。外文局拿出几辆不用的大客车和卡车来，我家在一辆大客车里住了几天。外面街上，到处搭满了供家家户户暂时栖身的棚屋和躲避所。短短几天之内，整个北京城就像是一座巨大的难民营。其实北京倒塌的房屋很少，也没有多少人伤亡。天津离唐山较近，情况很糟。至于唐山，整座城市已被夷为平地，过了几年才重新建设起来。

9月，毛主席逝世。在这之前的一段时间里，早已有他死亡的传闻，所以他的死并不意外。有一些年轻的共产党员流露出悲伤，也有一些老革命有同样的表示，但在普通市民中没有出现周恩来总理逝世时的情景。当然要举行全国性的哀悼活动。我必须和其他公职人员一起到天安门广场附近的人民大会堂去瞻仰毛主席的遗容。我对躺在他水晶棺中的遗体鞠了一躬。毛主席去世前早就任命华国锋为副主席和他的接班人。华国锋曾经是公安工作领导人，现在，毛主席逝世，华国锋转而与老将军们联合起来，逮捕了江青及其追随者们。这发生在10月初，离毛主席逝世还不到一个月。万众欢腾，人们纷纷庆祝所谓"文化大革命"的结束以及"四人帮"的垮台。我的朋友黄永玉和其他几位画家画的画上有四只用绳子拴在一起、浑身早已蒸得通红的螃蟹。四只蟹里一母三公，指的正是江青和她的三名追随者。中国人习惯在秋季吃蟹，那时的螃蟹，肉质最鲜美。"文化大革命"结束后，华国锋在一个短暂的时期内当上了共和国主席，但是邓小平（周恩来早就帮他当上了副总理，除周恩来外，邓小平是"四人帮"最畏惧的人）是中央军委领导人，真正的权力掌握在他的手中。不到两年时间，华国锋就遭罢免，胡耀邦同志（他是党的儿子，红小鬼出身）当了党的总书记。这是1980年发生的事。在这之后，邓小平成了新一代的最高领袖，一个新时代开始了。"文化大革命"期间，许多无辜的人都遭流放或被投入监狱。如今，他们都已恢复原职。濒临崩

杨宪益、戴乃迭合译的《鲁迅选集》书影。

溃的国民经济也已开始复苏。"文化大革命"时期中国在外国面前信誉扫地，如今它的国际声誉也已开始恢复。我的案件的命运也发生了变化。大约在1978或1979年，安全部的几位官员专程来外文局，向我们正式道歉。他们说，"文化大革命"期间发生过许多非法逮捕，这一切都是"四人帮"的过错。如今他们意识到对我们造成的伤害，想加以弥补。他们说，他们要当着我们的面把这个案件的档案材料统统销毁，从而确保这一切指控不再存在。我听了只是微微一笑而未置一词。我们握了握手，他们就走了。在这之后，我俩突然之间成了可以信赖的好同志了。外文出版社不再把我当成一名雇用的翻译匠。1979年，我被任命为《中国文学》杂志社的副主编，第二年又升任主编。我大部分时间都用于编辑、行政工作，主持各种会议，很少有时间做我自己的翻译工作。我们杂志的许多读者都要求我们出一些中国古典文学选集和中国当代作品的书，于是我决定，除了继续出《中国文学》杂志外，还要出一整套平装普及本的中国文学书籍。考虑到在西方国家里，平装本企鹅丛书非常普及，我就决定出版一整套由我自己来决定取舍的熊猫丛书。这套纸面本丛书在80年代出了好几十种，非常畅销，并被转译成几种其他文字，包括法文和几种亚洲文字。其中一些选题尤其受欢迎，如：《中国当代女作家作品选》、《老北京的故事》、《新凤霞回忆录》（作者是中国女演员，是我们的老熟人）、著名作家沈从文的小说和回忆录、著名作家老

鲁迅《中国小说史略》英译本书影。

1980年杨宪益、戴乃迭和外孙在一起。

舍的小说和回忆录、当代青年作家古华描写"文化大革命"的长篇小说《芙蓉镇》、几本从汉代至清代的中国古典文学作品集，还有其他多种。在外文局外，我还被中国社会科学院外国文学研究所聘为高级研究员，帮助该所研究希腊、拉丁文学。政府决定出版多卷本的《中国大百科全书》，我担任古希腊、拉丁文学分部主编，我和其他许多学者一起用了两年时间终于出版了《外国文学》分卷，共两册。1979年以来的几年里，我一直忙于编辑工作，得到许多荣誉头衔。在这期间，我当选为许多学术机构和政治社团的执行委员或顾问，如：中国作家协会、中国笔会、外国文学学会、中国大百科全书编委会、红楼梦学会，等等。中国有一个有趣的社会现象，那就是：对于中国知识分子的评价，并不以他们在学术上、艺术上的成就而定，却以他们的政治、社会地位而定。一个人如果在政治上受迫害，他就成了一无是处的社会弃儿；而一旦他得以平反，受到尊敬，那么各式各样的荣誉称号都会落到他头上，他就成了一个尽善尽美的人。我的沉浮荣辱证实了这一点。

1983年快到年底时，我已年近古稀，决定不再担任《中国文学》杂志主编。于是我辞职了，由有才华的中国年轻作家王蒙接任主编。然而，他不久前刚被任命为政府的文化部长，部里的工作忙得不可开交，所以我仍必须帮几年忙，直到1986年为止。

1985年我被推举为政协委员,这个位置我至今仍保留着。政协是由民主党派、杰出的科学家、作家、艺术家等各界人士的代表组成的全国性的代表机构。它的职能是向政府提出意见和建议,与英国议会的作用有些相似。我所以会当上政协委员是因为我早在解放前就参加了中国国民党革命委员会,此时早已被选为民革中央委员,同时还因为我是中国作家协会和中国文联全国委员会委员。1980年我申请加入中国共产党。这一申请已被搁置了数年,部分原因是,我早已是民主党派的老资格成员了。但是,1984年党组织同意了我的申请,1985年4月,即我被推举为政协委员后的一个月,我终于成为一名正式的中共党员了。我所以决定要加入中国共产党,是因为早在解放以前我就已立下这个心愿。当时我对国民党失去信心,认为只有毛泽东等人领导的中国共产党才能使中国免于毁灭。解放以后,尽管我对党发动的使中国遭受许多损害的一次次愚蠢的群众运动颇为失望,但是我觉得,要在中国建立新的民主制度,一个由某个政党领导的训政时期还是必须的,而这个政党非中共莫属。我还相信,至今仍相信,建立在达尔文主义基础上的马克思主义的历史唯物论。人分成阶级确是历史事实。后来我才认识到,在马克思主义学说里,阶级斗争的理论被过分强调

杨宪益和丁聪在一起开怀畅谈。

谈笑有鸿儒，往来无白丁（左起：范用、沈峻、黄苗子、郁风、杨宪益、丁聪）

了。但这对卡尔·马克思来说是可以理解的，因为他在19世纪的欧洲，处在一个受压迫、受剥削的社会地位。我觉得，中国也有许多被压迫被剥削的人民需要解救。这就是我终于接受中国共产主义的原因。我还必须承认，尽管中共在它领导的这些年里犯下了种种错误，但它也为中国人民，尤其是贫困的、未受过教育的群众干了大量好事。因此我终于决定要成为一名中国共产党党员。

第四十章

访问各国

1979年以后，旅行重新进入了我俩的生活。从1979到1986年之间，乃迭和我出国许多次，访问了一些国家。自从我1940年回国以来，还一直没有离开过中国呢，匆匆已将近四十年。

1979年以后，旅行重新进入了我俩的生活。从1979到1986年之间，乃迭和我出国许多次，访问了一些国家。自从我1940年回国以来，还一直没有离开过中国呢，匆匆已将近四十年。解放前，战争年代里，有几位朋友劝我们再次出国，到几所外国大学任教，但我从未考虑过这些建议。尽管抗战时期在内地以及战后在南京，恶性通货膨胀，条件都很艰苦，但我觉得，既然我们已经下决心回国，那就不能再离开中国了。解放以后，在大部分时间里我们都受到怀疑，即使我们申请要到任何一个外国去，当局也决不会允许我们走的。所以我从来没有申请过要出国。我的名誉得以恢复后，"文化大革命"也结束了，中国共产党似乎重新变得清醒一些，看来事情愈来愈变得更加有希望。1979年，乃迭想要回英国探亲，我决定与她同行。那一年，英国的中国研究协会将在里兹大学举行年会，我俩同时应邀参加。于是我们去了那里，住在朋友家里。我好像是受英国学术委员会的邀请，在伦敦进行一次关于中国当代文学的讲话。在随后的几年里我去了四次英国，每次去都要在伦敦发表关于中国当代文学景观的讲话。具体在什么时候讲的，我现在记不清了。有一次我参加了英国笔会年度午餐会，其他几次活动都是由英国学术委员会组织的。英国的中国研究协会后来还授予我和乃迭以终生会员的荣誉称号。颇感意外的是意大利的但丁学会也授予我荣誉证书（di benemerenza），尽管我从未去过意大利，也不会讲意大利语。我所以会获得这一荣誉证书，是因为我在此期间曾写过一篇文章，论欧洲十四行诗体的起源，我追溯到意大利，以及中国的唐诗。这件事发生在1984年，在这以前，我在北京举行的一次国

第四十章 访问各国

际比较文学研讨会上就这一课题讲了话。1980年，澳大利亚阿德莱德大学以及该国几个其他文化机构举行狂欢节和作家周活动。他们邀请中国作家协会派遣一个代表团前去参加，我被指定为代表团团长。就这样，乃迭和我就去了澳大利亚，在那里度过了三周。我们访问了堪培拉、悉尼和墨尔本，我在上述地区的大学里就中国当代文学问题以及中国文学的英译问题讲了几次话，我们在那里结交了许多澳大利亚新朋友。那里有一位年轻、聪明的澳大利亚汉学家名叫白杰明（杰利米·巴尔姆），我俩和他很熟识。他曾在中国学习中文，所以我们在澳大利亚期间与他共度了一些时光。第二年他前往日本学习日语。恰好此时我俩接受了访问日本的邀请，白杰明在我俩访日期间一直照顾我们，我们一起度过了非常美好的时光。

我们1981年对日本的访问很奇特。"文化大革命"刚结束时，一位名叫大卫·吉特的美国教授偶然来到北京。在中共接管北京前后的1948和1949年，他就在北京，还娶了一位中国太太。他和几位北京大学教授认识，于是以为也认识我。其实这是个误会，因为当时我在南京，我和他以前从未见过面。尽管如此，他到北京来找到了我，我和他一见如故。当时大卫·吉特是研究日本传统艺术的一所文化学院的院长，该学院位于日本龟冈，离大阪不远。于是他邀请我和乃迭去日本访问。我年轻时曾对日本怀抱着很深的成见，但是，既然中国的抗日战争早已成为历史，我认识到应该把发动侵华战争的日本军方领导人与日本人民区别开来，于是我决定接受这一邀请。尽管我强烈反对日本军国主义者，但我对日本古代文化始终怀有极大的兴趣，我渴望参观京都、奈良等地，那里和古代中国有很多共同之处。白杰明在日本更增加了此行对我们的吸引力。在龟冈的日本传统艺术学院是由大本教基金会创办的，该基金会属于一个在战争期间曾受到日本政府迫害的和平主义的神道教派。该学院每年夏天举办暑期讲座，向外国来访者讲授日本传统艺术，譬如说茶道、花道、日本书法、日本剑术以及日本的能剧。乃迭和我参加了所有的讲座，暑期班结束时还给我们颁发了证书。其余时间我俩就参观京都和奈良的各处寺庙、博物馆和商店，玩得非常畅快。白杰明还把我们带往嵯峨野地区的岚山上，那里竖立着一块纪念中国已故总理周恩来的纪念碑。我们在龟冈学院逗留的最后几天，我做了一次学术讲演，谈古代日本与中国之间共同的文化遗产。听讲的人很多，而且反应良好。

　　1981 年，中国人民对外友好协会派代表团访问西欧，我是代表团成员之一。我们走访了卢森堡、荷兰、英国、威尔士以及爱尔兰共和国的一些相应的友好组织。我们代表团的团长王炳南是一位资深的共产党员，他是中国解放后首任驻波兰大使，他的德国籍前妻当时在瑞士定居，因此我们此行将顺访瑞士。在荷兰时，我应莱登大学之邀就中国古籍的翻译问题在该校做学术报告。早年我在做学生时曾到过莱登大学，这次有机会旧地重游当然感到高兴。在伦敦时，国防大臣卡林顿勋爵听说我们代表团的团长以前是中国首任驻波兰大使，他想和王炳南做一次私人谈话，谈一谈波兰政治问题。因此在他俩做私人谈话时，我不得不当翻译。我们还访问了英国下议院，聆听玛格丽特·撒切尔和下议院议员们的辩论，但我们没有机会与撒切尔首相面谈。在爱尔兰时，我们和爱尔兰总统、总统夫人共进茶点并交谈。主人们听说我对爱尔兰文学感兴趣，就赠给我一些关于早期爱尔兰文学的书籍，还邀请我到都柏林的寺院剧场去看旭恩·奥凯西的戏剧《枪手的影子》的上演。我们离开爱尔兰的前夕，主人们为我们代表团安排了一场晚会，由一位职业歌唱家演唱那缠绵而非常动人的爱尔兰歌曲《丹尼男孩》。接着主人要求中国代表团唱一首中国歌。我们的团长建议大家唱一首众所周知的爱国歌曲"五星红旗迎风飘扬"。我们走到台上唱了这首歌，听众们有礼貌地鼓掌，但不太热烈。归根结底，我们代表团里谁也不是专业演员，于是这个晚会当然开得了无生气。我想，让晚会如此结束实在太糟了，于是提出我也要演唱《丹尼男孩》这首歌，不过我记不得歌词。主人们立刻向我提供了一份印好的歌谱,我就尽情地高唱起来,因为我当时已有了几分醉意。我的演唱获得完全的成功,听众们向我发出长时间的雷鸣般的热烈掌声,大家纷纷站起来,跟我一起唱,直至把这首歌唱完。有些女士甚至感动得流下热泪。我这么说可能会给读者一个错误的印象,以为我的嗓音一定很美,但事实上,满不是这么回事。我只是抓准了那个晚会的根本精神:充满友情和非常愉快,我还选准了适合演唱的歌曲。他们后来把那份歌谱送给我,我把它当成一件纪念品一直保留至今。我离开时,主人还在机场送给我一大瓶爱尔兰威士忌酒。尽管我们这个代表团对西欧国家的访问取得成功,我为此做出了很多贡献,但是我回到北京后,《中国文学》杂志社的党支部书记却对我说,她收到对外友协的一份报告,说我在团内的表现总的说来是好的,但是,他们认为,我作为一名中国官员在国外的表现,在某几个场合,还是太自由了一点。当时我早就提出了加入中国共产党的申请,在这次访问以后,他们把我的入党申请又压了好几年,直到1984年才把我正式发展入党。所以我决心今后尽可能与官方代表团离得远远的。

　　1982年我受印度政府的邀请,作为印度文化委员会的贵宾,访问印度。时间在二三月之间。与此同时,新德里的贾瓦哈拉尔·尼赫鲁大学要举办一次关于文学翻译问题的国际会议,他们也邀请了我。我先到新德里,参加了这次会议,我在学术讨论会期间,以古代印度与中国的文化关系为题讲了话,还当了一上午的大会主席,又在大学就翻译问题再讲了一次话,在这之后,我又继续自己的行程。我们到处观光,参观过红堡,还在月光下参观了阿格拉的泰姬陵,然后朝南,到了班加罗尔、马德拉斯以及洞窟地区,接着就到了加尔各答。在新德里,我向甘地墓献上花圈表达崇敬之情,我还参加了几次旁遮普民间舞会,在胡里节庆典活动中,我的头发全部被颜色水洒湿了。我在马德拉斯的艺术家之屋又做了一次演讲,在班加罗尔,我还和年轻向导一起从湖里抢救出一名落水儿童。那男孩本来站在湖岸上,当他看见我们走近时,他目不转睛地盯住我们看,不幸滑倒了,一下子就掉进湖水里。我们的年轻向导很勇敢,他立即跳入湖中去救那个男孩。那男孩还带着一个才一周岁的小弟弟呢。那小男孩也滑进了水里。我站在湖岸上离他们很近,所以我先把小男孩从湖水中拉上来,向导和那个较大的男孩是自己挣扎着从湖水中爬上来的。我只是湿了袖子和半拉衬衣,可是他们两人浑身湿透了。两个孩子的父母年岁不小了,闻讯急忙赶来,我们把获救儿童递到他们的手中。他们显出非常感激的样子,和我们握了手便走开了。我们为发生这件事都开怀大笑起来。印度天气实在太热了,我们的湿衣服很快就干了。总的说来,这是一次最令人愉快的访问。由于乃迭和我以前和印度驻华大使馆的几位官员的友谊,我俩双双受到了邀请。

1983年我们受英国英中协会和英国学术委员会的邀请再次访问英国。我们先后在牛津大学、里兹大学和约克大学做演讲,然后又在伦

1982年二、三月之间,杨宪益受印度政府的邀请访问印度。

敦发表了讲话。我的讲话有几次还好，但最初在牛津大学所做的那场演说，我自己觉得很不满意。那天我觉得拘谨，不知道该说些什么，也许因为我觉得那天的听众人员混杂，有些是很年轻的学生，有些是来英国不久的中国人。所以我不知道该向这些人说什么。1984年，我俩又一次应邀访问英国。牛津大学默顿学院邀请我作为访问学者在该学院待一个学期（米迦勒节开学的第一学期），因为30年代后期我曾是该学院的一名学生。在我停留期间，默顿学院为我准备了离学院不远处的一套精美的公寓供我使用。公寓坐落在市中心霍利威尔街，离布莱克威尔等书店以及博德莱恩图书馆都很近。我可以在学院内用餐，可以和其他教师一起喝咖啡和任意交谈。事实上我在该学院停留的两个月里并没有做任何学术工作，也没有利用博德莱恩图书馆的资料。我手头有一本埃斯库罗斯的《被缚的普罗米修斯》，我把它译成中国的韵文，但我只译成大约一半，当时未能译完。下午时间我几乎天天逛书店和看电视，享受一下悠闲、懒散的时光。我在访问临近结束时，在一次夜间集会上做了关于中国文学的演讲。1985年我没有出国访问。1986年，我只是到香港去了两次，每次都住在香港大学。第一次是去参加东西方关系问题讨论会。我演讲的内容是希腊、罗马时代中国与西方世界的早期交往。第二次是接受香港翻译家协会授予荣誉会员资格。1986年以后的两三年内我没有出国，1989年早春，我随一个人数很少的中国出版家代表团在西班牙访问了两三个星期。当时正值《红楼梦》西班牙文译本出版（这个译本是根据我们的英译本转译的），西班牙安达路西亚省的格拉那达大学便邀请我们前去访问。我们先后访问了马德里、托雷多和巴塞罗那，还访问了马拉加，游览了南海岸的沙滩。我发现阿尔罕伯拉宫颇令人失望，因为游客过于拥挤。但是总的说来我非常喜欢安达路西亚，希望有机会能去看一看塞维利亚，但可惜时间不允许。格拉那达大学请我发表演说，但这项安排在最后一分钟被取消了，因此我未能向加西亚·洛尔卡的大学表示我的敬意。

以上就是我在80年代的出国访问活动。但是这种异乎寻常的幸福感是不能持久的。在此之后，我们国家的社会生活发生了很大的变化。在一次全民关注的变故之中，作为一名中共党员，我违反了党的纪律，最后，经过正常的组织程序，我退出了中国共产党。

这是发生在1990年2月的事。此后，我仍保留着全国政协委员的职位，仍是国民党革命委员会的一名领导成员，我在中国作家协会以及其他机构中的地位也没有变。我的同事们和朋友们还像以前一样对待我，我在社会上的待遇一点都没有变。所以说，我从来没有感觉有何不同。我刚过了七十七岁生日，我的身体仍然健康。我还能活着看到21世纪的来临。我不知道我的未来将会怎样。我想我的自传该在这里停止了吧。如果我还能活得更久，将来还能经历和目睹更加有趣的事情，我将在这本自传后面再增添一章或数章，然而就现在而言，够了，够了。

写一个人的传记，要做到诚实和公平从来不是一件容易的事。事情

1993年在香港大学与特里莎修女一起获得名誉博士学位。

总是会有许多有趣的方面，还会有许多插曲。应该如何取舍是一大难题。谁也不能声称自己完全做到了客观、公正，谁也会根据自己的主观判断来决定什么是有意义的，什么是有趣的。要想写一本诚实的自传就更加困难了。半年以前，我应一位朋友的请求，开始写作这部自传。我开始写作时只是为了好玩，等我写完关于我的早年生活以及我在国外学习、旅游的经历等十几章时，我自己读了一遍，觉得它读起来像一部流浪汉小说或流浪

身着博士装的杨宪益。

汉传奇。后来，我的生活越来越和当代政治联系在一起了，我又觉得这部自传更像一本政治宣言书或自辩书，用来说明我过去的作为是正当的。其实，我无意于写一部流浪汉小说或流浪汉传奇。我希望我写的我的早年生活全都符合事实；我确实希望我的自传能免除那种自恋癖和自我吹嘘的不良倾向，希望我在自传中对自己的成就没有赞美过度。我确实无意于写一部政治性的自辩书，因为我对我以前的所作所为并不感到羞耻或遗憾。假如我还能重新活一遍，我还会像以前那样生活。至于我文章中的缺点，就留待读者们指正吧。

附 录

杨宪益自传

# 此情可待成追忆
## ——记戴乃迭生前二三事

### 乃迭与牛津中国学会

我初到英国是在1934年秋。到了伦敦,我的中学英国老师朗曼就给我找了两位教希腊文和拉丁文的老师,给我补习希腊文和拉丁文。这是因为我要去牛津大学念希腊和罗马文学,而在当时去牛津读这种文学的学生都是在中学已经学过一点这两种文字,我在中学读书时却没有这种机会。我在伦敦补习了几个月,1935年初,去牛津参加入学考试,通过了。在墨顿学院面试时,校方问我学了多久这两种文字,我回答五个月,校方却认为学的时间太短,要我再补习一年,才能入学。另一理由就是当时牛津每个学院收取亚洲国家的外籍学生都有名额限制,墨顿学院当年已录取了一名从香港去的中国学生,所以我只能等下一年才能入学。

到了1936年,我应该在秋季开学时才去墨顿学院,但我决定春天就去牛津住几个月,熟悉当地环境。我到牛津后,认识了在当地居住和学习的中国学生,了解到这里的中国同学已经有一个"中国学会"。当时不同国籍的牛津外籍学生有些成立了同学会,如"日本学会"、"中国学会",也有些英国学生因不同政见或主义而成立了"保守党学会"、"自由党学会"、"共产党学会"、"工党学会"等等。那时在牛津学习的中国学生人数并不多,大概只有不到二十人,但牛津的英国教员职工学生中对中国文化感兴趣或到过中国的却不少,大概总有百八十人,所以他们就成立了一个"中国学会",每一两星期聚会一次,邀请一两个人来谈中国问题然后大家讨论。

我到牛津时，正值那时日本侵略中国，所以这方面讨论十分热烈。我去了不久，就担任"中国学会"的秘书，第二年又担任该会主席。乃迭是1937年秋季到牛津读书的。她到了牛津不久，就参加了牛津大学的"中国学会"，这是因为她父母都在中国工作，自己又生在北京，从小就对中国文化感兴趣，我担任该会主席时，她自愿担任秘书。当然，那时牛津大学还是男女分校，她当时不是与我在同一学院，而是在另外一个女子学院读书。我读的是所谓荣誉学士学位，读期四年，包括一年多希腊和拉丁文；她读的是普通学位，只需要三年，所以她比我在牛津晚一年。她去牛津本来想读法文。我读完希腊文和拉丁文课程后，又去读法国文学，所以我们做了半年同学。读了半年后，我们都感觉我们的法文基础不够，太吃力，所以我改读英国文学，她也改学中国文学，总之我们也可算做过不到半年同学。

我在牛津"中国学会"担任主席，她担任秘书，大概是从1937年到1939年，以后快毕业了，国内的抗日战争也进入相持阶段，没有那么多的宣传工作要做，我们也就不太积极搞"中国学会"工作了。记得我初参加"中国学会"时，会员不过一二百人，后来因为我们积极鼓吹，会员升到两千人左右，这当然也是由于日本侵略我国初期，英国人民中很多人同情中国，后来第二次欧洲战争爆发，英国人民也就顾不得抗日宣传了。乃迭担任牛津中国学会秘书时，工作非常积极认真，我当时也为自己有这样一位好秘书而自豪。

## 乃迭在中国

乃迭和我于1940年秋来中国。我们坐船先到香港，本想从香港经越南到内地，因当时正值抗日战争期间，天津北平都早已沦陷，我们不想去那里，决定去重庆，然后去昆明教书。结果到了重庆，我母亲不愿我们离开，只好去重庆附近的一个名叫柏溪的小镇，那里有中央大学（即后来的南京大学）分校，在那里教英文。

我们同当地的同事和学生关系还好，但校方当局怀疑乃迭是共产党，所以只教了一年乃迭就没有被续聘，我们只好又转到贵阳新成立的贵阳师范学院做英语系教授。我们去贵阳前，因乃迭同我已经结婚，她本想申请中国国籍，同我一起做中国人，但重庆当局一再拖延批准，因为当时外国人申请中国国籍的还不多。我们后来觉得乃迭保留英国国籍也好，因为有英国护照，去外国也比较方便，因此我们就放弃了申请。那时英国方面又通知我们，要乃迭放弃英国护照，理由是战时英国女子同外国人结婚的，应该放弃英国国籍，由大使馆收回护照，除非对方是敌对国家，可以保留原有护照，这样乃迭就变成没有英国国籍的人。这种情况继续了好几年，直到日本鬼子投降，英国政府又改变了政策，由大使馆还给乃迭英国护照，重做英国公民。这一切我们都毫不在意，因为我们反正当时在中国内地，也没有出国的机会或要求。后来乃迭也没有再申请中国国籍。乃迭自己说，她认为中国是她的第二祖国。实际上，乃迭生前大部分时间都是在中国，虽然后来回过英国好几次，所以不管护照国籍如何，她总可以算是大半个中国人。

解放后，她在名义上是外籍专家，外文出版社拿她当做外国人看待。她自己也从不干预中国政治。历届运动都不要她参加，她也从不过问。我记得"文革"初期，江青发表了一段关于过去各国文化传统的议论，否定在马克思以前的文化名人，包括英国的莎士比亚等在内，当时有编辑建议乃迭翻译介绍这一篇文章，乃迭婉言拒绝了。还有当"四人帮"刚刚垮台时，有人在《人民日报》副刊上登了一篇短文，把诗人艾青的名字同姚文元等一伙放在一起，那时艾青刚从新疆回到北京，我们同他很要好，常常去看他。这篇骂艾青的短文用的是笔名，不是真名字。我看了这篇文章，提请乃迭注意，乃迭就自己写了一封信，寄去质问《人民日报》副刊。不久《人民日报》副刊回了一个电话道歉，说这篇文章是错误的，作者是一个年轻人，这个人我也认识。

这两件事都可以说明乃迭虽然平常对当时中国的左倾幼稚病是不干预的，但遇到与她有关的人和事，还是立场非常坚定鲜明的。在那时候，也有人怀疑乃迭给英国朋友写信时说过不适当的话，泄露过一些政治上的事情，实际上这种猜疑是无中生有，我知道乃迭给家里人或朋友写信，从不散布什么小道消息，只谈些家常琐事。她的言论一直是非常慎重的，在这一点上，她比我要好得多。

## 乃迭的翻译工作

我原来并不想做一个翻译匠，小时候读书时也没有想过将来从事什么职业，但在天津读中学时已经有时把个别英美诗歌试译成中文旧体诗，这只是为了好玩。在牛津读英国文学时，也曾把《离骚》译成十八世纪的英文诗，给我的英国导师看，这只是因为他本人是个诗人。那时我才认识乃迭。乃迭在牛津是第一个选修中文的学生，我当时为了帮助乃迭学中文，也有时同乃迭合译过一些中文古今文学作品，如唐代的传奇小说、鲁迅和周作人的散文、艾青和田间的新诗等。回国后也是这样，记得当时两人就合译过小说《儒林外史》、《老残游记》，鲁迅的《朝花夕拾》、《阿Q正传》等等。1943年两人到了国立编译馆，同译《资治通鉴》，这是两人合作以翻译为职业的正式开始。

解放后，编译馆被取消，我们又一同参加了新成立的外文出版社，此后几十年间我们合译过的中译英文名著不下百余种。记得最初出版的有原来旧译的《儒林外史》，同冯雪峰商讨决定的《鲁迅选集》四卷本，由黄永玉画插图的白族长诗《阿诗玛》，李季的《王贵与李香香》，丁玲的《太阳照在桑干河上》，《白毛女》，周立波的《暴风骤雨》等，还有冯雪峰同志自撰的《雪峰寓言》。原来外文出版社社长刘尊棋同志与我一同计划出一套一百种古典文学名著和一百五十种当代文学作品，后来刘尊棋同志离开，这个大计划成为泡影。以后我们只好按照新来的领导旨意，有时为了配合京剧和地方戏出国，翻译一些戏剧剧本，如《白蛇传》、《打渔杀家》、《秦香莲》、《拉郎配》等；有时为了宣传中国与印度的文化交流与友谊，翻译法显的《佛国记》、北京大学金克木教授的《中印文化史话》等；有时为了宣传毛主席的"不怕鬼"思想，翻译一些《不怕鬼的故事》等。当时因为参加了《中国文学》期刊，所以在杂志上，每月都要介绍一些古今中外文学作品，同时也还为外文出版社出几本书，后来又为《中国文学》编辑出版了一套《熊猫丛书》。

我们合译中国文学名著时，一般是由我翻译初稿，然后由乃迭修改英文，成为定稿。我翻译初稿大致都是在打字机上译一遍，乃迭修改则常常要打两三遍，所以她用的时间一般都比我多。她翻译中文诗歌常常觉得没有把握，有时要改许多次。记得我们合译宋代范成大的田园诗时，她曾改了同我商量，又重新修改，一共改了七八次。后来翻译《红楼梦》，碰到书中的诗词时，也改过好几遍，所以我们合作时，她费的工夫总比我多得多。后来她翻译当代小说时，都是她自己译初稿。我只帮她校对一下，这样她的工作量就更多了。今天大家说起来，好像所有译文好坏，都归功于我们两人，其实她的功劳比我要大得多。她每天上班工作时，都非常认真，从来不同大家闲谈，浪费时间，同事们也都称赞她是我们翻译工作者的典范。

回忆乃迭生平，值得一提的事还有很多，但我只想写这几条。至于她晚年生活和工作情况，她自己没有写下去，我也可以理解，但我也不想写下去，留给朋友们补充好了。

（《对外大传播》2003年第一期）

## 未完成的心愿

去年把过去所写过的一些读书笔记合成一集交三联书店出版,名之为《译余偶拾》;实际上,这些零碎文章都早已在 1947 年到 1949 年间曾作为《零墨新笺》和《零墨续笺》两本书出过一版,只是现在那两本书已很难找到了。今天重看年轻时所写的这些札记,未免有些脸红,因为其中绝大部分都是当时随手记录下来的资料,算不得是文章,许多方面都没有把道理讲清楚,加以许多意见还很不成熟,也不够系统化;不少论证也是不一定站得住脚的。朋友们要我把当时的想法说明一下。虽然近年来几乎没有写过多少东西,也很怕写文章,我认为我也有责任对这本小书作一次交代。

记得那还是 1943 到 1944 年间的事。当时我在贵阳和成都大学里教过两年书以后,到了重庆郊区北碚的国立编译馆,在那里担任一个编纂,具体工作是把《资治通鉴》译成英文。实际上《通鉴》的英译工作我也没有做多少;我译出了战国到西汉这一部分,后来同几位朋友又合作译出了南北朝部分,就放下了,但是在那些年间,由于编译馆里有一个比较方便的图书馆,在那里我有机会看了不少旧书。我在国内没有上过大学。在中学读书时,虽然对中国古典文学感兴趣,也写过一些旧体诗,但是基础是很差的。在北碚那些年间,算是又补了一下中国文学史方面的课。

我在北碚住的地方是编译馆和一个叫做礼乐馆的宿舍,在这个宿舍里,楼上一排房子只有三家;除了我和我爱人,另外两家是杨荫浏和杨仲子,他们都是单身,都是音乐方面的专家。我们三家给这个宿舍起了一个名字叫"三阳(杨)楼",取"三阳开泰"之意,因为我们三家都姓杨。由于同他们两位朝夕相对，受了他们的熏陶，尤其是杨荫浏兄，他当时正在编写中国音乐史，因此我对中国音乐史也发生了兴趣，写了几段这方面的笔记，如"唐代乐人关于共振现象的知识"、"李白与菩萨蛮"等。本来是随便写出来，给杨荫浏兄看看的，后来都被朋友送到上海的《新中华》杂志发表；其中一篇"康昆仑与段善本"还在郭沫若同志创办的《中原》杂志第一期上发表，得到郭老来信鼓励。有关中国音乐与诗歌方面的那些文章就是这样写出来的。

我一直认为中国古典诗歌体裁都源自民间音乐；当时我想利用手头仅有的一点资料，从《诗经》到汉魏乐府诗，唐代诗歌到词曲，写出几百条笔记，将来再系统地写出一部中国诗歌史。其中有不少我知道会引起争议的问题，如我认为从汉代传下来的楚辞都基本上是汉代作品，《离骚》是淮南王刘安所作，《国殇》是东汉光武时的乐歌，还有"胡笳十八拍"和《木兰辞》都不可能早于唐五代时期等等，这些我都暂时不写，因为那样的奇谈怪论很难被大家所接受，我当时也不想费时间去争辨。直到今天也还没有写出。

当时上海中华书局除了出版一个定期的《新中华》杂志外，还出了一套新中华丛刊，我这些短文后来就被收进这套丛书里，卢冀野兄给这本小书起了一个名子，叫做《零墨新笺》。其中包括以上所说有关古代诗歌音乐方面的短文外，还有不少是关于我国和西方古代民间故事的和有关古史辩伪方面的笔记。这是因为一方面我当时受顾颉刚先生的《古史辩》方面考证的影响；我从在中学读书时就对民俗学和古史辩伪方面有兴趣，记得在英国读书时就看过不少西方的民俗学方面的书，如佛莱则（Frazer）的《金枝》（Golden Bough）以及古希腊罗马有关民间习俗和神话的资料；另外，由于向觉明兄的介绍，对中西交通史地方面也有兴趣。我感觉在我们漫长的古老文化历史中，历代加进去的伪造神话成分实在太多了，必须认真做一些爬梳整理辩伪的工作，才能恢复我们历史的真面目；我们的古老文化又同外面的文化，在历史的长河中，有着千丝万缕的联系。欧亚本来是一片大陆，欧洲许多古老民族又往往是从东到西在古代好几次民族大迁徙中迁移过去的。当然从西到东的文化影响也不少，我们许多民间风俗都与欧洲古代的相类似，如寒食、清明、冬至等节日都是欧亚两方面都有。在这些方面我也曾想写一系列短篇考证，也都没有着手。

日本投降后，我从重庆北碚东下到了南京，依旧在国立编译馆工作。当时在英国认识的黄少谷主编《和平日报》，他要我给他编一个文史考据方面的副刊，我当时正在业余时间写了不少有关中西交通史和我国边疆各民族古代史方面的笔记，就拿去在这个副刊上发表。这样我的读书兴趣又集中到古代中西交通史和古代边疆民族史方面，也想将来如有条件重写一本我国边疆民族史，暂时主要力量放在东北和西北，然后有条件再研究西南和东南的古代兄弟民族。由于当时的政治形势，我不久就放弃了故纸堆，投身到革命地下工作方面，这些计划也就搁下了。

解放后，头几年在南京做民主党派工作，没有条件再去看旧书，后来又被安排到中译英的翻译岗位上，此后我就变成外文翻译工作者了。这二三十年间，在翻译岗位上也还作出了一些小成绩，但是有时回想起解放前十年间那一段生活，还是很怀念国立编译馆那一点旧书，也还有时想回过头再写点读书笔记，可是没有条件，也只好算了。在人生道路上，凡事都有其必然性，也有其偶然性。年轻时的许多想法目前还没有条件继续搞出来，只好留给别人去做了。一个人的能力总是很有限的。记得小时候，在中学读书时，曾写过一首"旧瓶装新酒"式的旧体诗《珊瑚岛》，说的是一个珊瑚岛原来都是由千千万万的小虫的遗骸所组成，经过许多小虫的集体劳动，每一个小虫留下一点痕迹，逐渐也可以造成一座岛屿。我想我过去所写的那些拉拉杂杂的零碎读书笔记，也正是这样，可惜我后来没有机会再继续多做一些那方面的工作。

1984年2月6日<br>(《读书》1984年第四期)

# 抗日战争杂忆

在我读中学时候,我们国家正处于危急存亡之际。当时华北军阀混战,外国侵略势力不断同北方军阀们勾结。袁世凯想利用日本帝国主义力量来镇压群众,签订了丧权辱国的《二十一条》,遭到人民反抗,掀起了五四运动。后来又出现了"五卅惨案",这当时都被定为"国耻日"。我在读初中时就有了强烈的爱国民族意识,曾两次组织同班同学,为纪念"五卅惨案",要求罢课抗议。这是因为学校是英国人办的,而当时青年群众仇恨英帝国主义仅次于日本帝国主义。这两次罢课当然使得学校的英国老师们大不高兴。记得当时的校长,一位叫赫特的老英国人气得穿起博士的黑色长衣,在院中快步走来走去。当然他也是一个善良的老传教士,不过他相信英国人到中国来传教办教育,是为中国人好,他也不认为这些是为帝国主义侵略服务的。他当时还很伤心,大概认为我们这些孩子忘恩负义。我在同学中是个头头,这使得英国老师们很伤脑筋,因为在他们眼里我是个好学生。头一次闹罢课,被警告一下就过去了;第二年同时又闹罢课,学校当局火了,要扣掉所有参加罢课学生的全部学分,还要开除学生。学校新请来一位中国人当校务长,就是才从英国读书回来的黄佐临先生。大家推选我去同校方交涉,两方面相持不下,我们还是罢了两天课,校方也妥协了一些,没有开除学生,只扣了一部分学分。这件事回想起来很滑稽,黄佐临先生当时也很为难,这倒不能怪他当时站在外国人一边,他处于当时地位不能不代表学校当局说话。后来我在英国读书时,他又到剑桥大学搞戏剧研究工作,从老师又变成同学了,我们以后也没有谈过这件事,当然他是记得的,他当了校务长不久也就辞职不干了。

接着就是1931年"九一八"事变,华北报纸上用了黑色大字标题。当时大家认为日本已经占了东北三省,就要亡中国了。我和一些同学募捐支援马占山的大刀队,还请了一位军事教练每天清早在学校打绑腿练军操,忙了一阵子。后来又是日本侵略上海,十九路军抗战,又忙着搞了些支援募捐活动。当时天津也很不平静,日本浪人不断挑衅。我们老家原在日租界花园街,这时为了安全,也因为老家人口减少了,就搬到法租界兆丰里,还是离一些日本浪人开的白面馆太近,也不很安全,天津的爱国警察同日本浪人发生过几次冲突,流弹都落到我家屋顶上。

以后家里同意我到英国去读书。正值学校一位老师朗曼先生休假,可以带我去。还有一位同班同学李亚福和他的未婚妻张美如一起去,先去美国一个月,主要是因为朗曼先生想看看美国,张美如小姐也要到美国去找她的亲戚。在路上我同朗曼先生吵了一架,以后到英国我一直也没有再去看他,估计他也不会生我的气。他也明白中国年轻学生当时的爱国民族意识是很强烈的,在我身上尤其是如此。到了英国不久,听说天津的爱国警察在一次同日本军队的战斗中,都壮烈牺牲了,我看到报纸上这个消息,晚上大哭了一场,对日本帝国主义的仇恨更加深了。抗日战争开始时,英国报纸一般都还是指责日本侵略华北,同情中国人民的,每天都有些报道。在此以前,我在1934到1936年间大都住在伦敦。在伦敦汉姆士贴区的上公园路五十号住着王礼锡家,王礼锡是一个爱国的知识分子,夫人叫陆晶清,也是个作家,在他家里常住着不少中国留学生,经常住的有作家熊式一和画家蒋彝等,黄少谷也住过那里(他当时是由冯玉祥将军资助出国学习的),不少中国留学生都常到他家聊天,我也常去。王礼锡是一个进步的爱国人士,通过他和别的同学如参加过北伐的杨人楩,我对国内政治情况有了更多了解。当时中国留学生对抗日救亡运动有几种不同态度,一种是对政治不很关心,持超然态度;一种是国民党政府派去的,只知效忠蒋委员长；还有一些是对抗日救亡运动抱积极态度的。我在牛津认识了向达、吕叔湘、杨人楩，在伦敦还认识了一个年轻人，叫李赣鹏，是李烈钧的儿子，我们几个都是搞抗日救亡运动的积极分子。抗日战争一开始，除了在英国群众团体合作讲演，宣传抗日外，我和吕叔湘、杨人楩、向达和李赣鹏几个人还办了一个《抗日时报》，每天晚间把从报刊上搜集到的战争新闻编译成中文，油印成一张，当晚就送到东城的华人区，免费送给当地华侨看，很受华侨欢迎，每期印发约八百份，起了一定积极作用。这样忙了将近一年，一直到武汉撤退，战争转向停滞状态，能收集到的战争消息太少了，才被迫停止。国民党的使馆当时还在忙于打麻将过日子，没有看见他们做过什么宣传工作。

从1936年下半年起，我正式进入牛津大学的墨顿学院做学生。牛津一年分三个学期，每学期只八个星期，所以除了一年中二十四个星期外，其余都在伦敦和英国及西欧各地。抗日战争开始前后，积极搞抗日救亡运动的中国学生和消极抗日的国民党派遣的学生，两方面区别日益明显，有时也有冲突。在英国没有闹过多少事，在巴黎的中国学生斗争却比较激烈。我代表《抗日时报》方面曾到巴黎访问当地爱国学生办的《救国时报》并带去一点捐款，作为支援。他们的负责人，一个地下党员，曾请我吃了一顿饭，谈了一些国内情况。那位同志是谁，我始终不知道，只知他是当时中共在巴黎的一位负责同志。

抗日战争开始时，牛津大学学生中有一个学生团体"中国学会"，我在1936到1937年间任该会秘书长，1937年以后几年任该会主席。通过这个团体我组织过一些抗日宣传讲演会。开始有过一两次较大的讨论会，一些研究中国问题的专家教授们都参加。有些英国学者认为中国当时无法同日本较量，中国必败；我则认为抗战持续下去，胜利必有希望，应该坚持下去，记得曾同一位中国问题专家辩论得非常激烈，博得了广大群众的同情。

有一次到英国北部约克郡的一个工业小城市邦斯雷去，住一个英国同学家，晚间去当地酒店喝啤酒，做了一些抗日宣传，又同当地的工人玩掷镖比赛。这是英国人在酒店里常玩的游戏，我几次都掷中红心，打败了当地所有的人，他们很兴奋，把我高举到桌子上，叫着说，只要我领导他们，他们都愿意随我去中国参加抗战当游击队，可见各国的劳动人民都是非常好的，现在还清楚地记得那些可爱的英国工人的模样。

当时英国出版了一些很好的报道中国抗战的书。最早的一本是鄂特莱女士的《日本的泥腿》，指出日本凶恶但外强中干，最后必然失败，还有贝特兰写的《西安事件》，讲华北的游击战争和台儿庄战役。报道都增加了当时我对国内战争情况的了解。记得在1937年抗日战争才开始时，我在牛津还一个人搞了一本油印的英文刊物，名为《奋起》，内容由我一人写，都是宣传抗日的道理，宣传抗战是正义的战争，宣传我们中国人民必胜，日本必败等。每期约十多页，是个不定期刊，大致每一两个月出一期，印一百来份，自己寄出去给各方面看。记得还故意寄一份给天津日本领事馆，因为内容都是骂日本帝国主义如何残暴，如何下流无耻等，想当面骂骂他们出口气，这当然是很幼稚的行为。这个刊物只出了四期，后来因为没有时间再搞，且消息来源也没什么新的，就停止了。另外一件事是在报上看到平型关大捷的消息后，曾用英文写了一个独幕剧，但是没有拿出去发表，后来稿子也丢掉了。

1936年至1939年之间在读书之外，主要忙"中国学会"的事，把会员从二百人增到二千人，颇费了点力气，在牛津的学生组织中也颇有影响，但后来组织讲演一般都是介绍中国文化，对抗日救亡运动的正面宣传内容不多。

(《钟山》1997年第六期)

# 年过八十

1990年2月始，我应一位意大利朋友之邀用英文写一本自传，由他翻译成意大利文出版。我的妹妹杨苡根据手稿也翻译了我的童年、少年以及求学时期的部分章节，先后发表在广东的《东方文化》杂志和上海的《文汇读书周报》上，引起了不少读者的兴趣。我的自传只写到我七十七岁为止，以后没有续写下去。

我的家务事也从那时起骤然增多。我的妻子乃迭身体渐渐不好，又不慎摔了一跤。送到医院后，由于被误诊为老年性痴呆症，用药不当，她突然失去了记忆。以后转院治疗，才确诊为脑供血不足。乃迭从此身体时好时坏，但身边再也离不开人。要是她住院了，我就得天天跑医院，从郊区住处到城里医院，每天往返要花两个小时以上。我的小女儿原先和我们一起住，因为她的丈夫是加拿大专家，与我们分开后搬到西郊友谊宾馆的外国专家公寓。她让我们也搬到外国专家公寓去，因为友谊宾馆有较为方便的医疗条件，小女也可以就近照顾妈妈。友谊宾馆外国专家公寓五十年代是为苏联专家准备的，不中不洋，尽管我很不喜欢，为了乃迭，我们只好搬家。时间是1994年的六月份。女儿、女婿都是大忙人，不可能有很多时间分担老人的事务。在我们搬入友谊宾馆外国专家公寓一年多后，女儿一家由于工作的变故，又迁出了那里。如今我们远离女儿，也远离朋友，在保姆一时没有找到的日子里，我承担了洗衣、做饭等家务活，日子常常过得相当烦琐、疲惫。

近五年来，我曾几次出国，都是在乃迭身体稍好的时候。1990年底，她的姐姐盼她回国探亲，我同时也接到母校牛津大学的邀请，于是我们一起回到英国住了三个月。后来，我们又回到牛津一次，我的自传在那里举行了一次发行仪式。1992年9月，澳大利亚堪培拉人文科学研究所邀请我讲学三个月，在澳洲的布里斯班，我参加了一个艺术节，还见到了阔别三年的苗子、郁风夫妇，极为欣慰。1993年3月6日香港大学授予我名誉文学博士学位，同时被授予博士学位的还有菲律宾前总统阿基诺夫人、在印度赈济灾民的阿尔巴尼亚修女德瑞莎（诺贝尔和平奖获得者）等。香港中文大学请我去讲学，名为讲学，实际上是让我有机会在香港会见了许多老朋友，又结识了许多新朋友。

我搬家以后，偶有朋友来聊天。我写的一些打油诗集成《银翘集》（香港天地图书出版公司），得到朋友们的捧场。

目前我的身体尚好，但记忆力渐衰，偶尔也想写点文字，做点考据，但总是安不下心来。

我对自传并不满意，当时是想说明我这一辈子是怎样走上这条人生之路的。对我影响最大的当然是抗战、解放战争和解放后的历次运动。所以自传里我的政治经历写得较多，因此只是我的生活的一部分。因为这本自传主要是给外国朋友看的，我对字画的收藏与捐赠，对中国文学史的考据等均没有涉及。这些都是不容易跟外国人讲清楚的，而这方面对于我却一直是十分有兴趣的。

我曾自撰一联：

少时了了大未必佳

中年昏昏老而知耻

中国二十世纪的知识分子的命运也许大都如此。我的遭遇与许多老知识分子也大致一样。

在自传的后记里，我写下一段话，是我当年的认识，也可以说仍然代表着我今天的感想，就抄在下面吧：

要如实而又不失公正地说明一个人的一生总是很困难的。一生总是有许许多多令人感兴趣的事实和插曲，选择说出哪一些，越过或绝口不谈哪一些，这是一个难题，决不能要求一个人真正客观；一个人总归是根据他自己的主观意愿，认为哪些是有意义的，有兴趣的，这样来决定取舍。要试图写一部实实在在的自传甚至更难。在我七十六岁时，我是应一个朋友的请求，开始写自传的。开始时我只是写着玩，因此，在我写了几十页关于我的童年、青少年时期的求学以及到海外读书和旅行等等之后，我自己浏览一下，觉得读起来倒像是一部冒险小说或传奇。后来当我的生活逐渐卷入当时的政治局势中时，我觉得这部自传却更像是一个为我的所作所为而写的政治声明或检讨，或是自我辩护或自卫。我毫不打算写一部冒险小说或是传奇。我只希望我所写的关于我的前半生全部符合事实。我当然希望我并没有表现出一种自我陶醉或炫耀自己的倾向。绝没存那种滥施溢美之辞的意思。当然我也并没有写一份政治检讨或自白书的打算。既然我对我所有的过去的所作所为并不感到羞愧，也毫无歉疚之心。那么，我若能重新过此生，我还会像我以前的所作所为那样去做。

1995年10月22日，北京<br>
（《收获》2006年第二期）

# 我的启蒙老师

　　我没有入过正规小学，因为母亲溺爱，小时候怕我出去上学吃亏，就请了家庭教师在家里教我读中文，最初请了几个老师都太老实，我太顽皮，他们教了个把月就都辞去了。后来到了十岁前后，请来一位老师，是个前清末年的秀才，是河北大城人，叫魏汝舟。老先生很严肃，我才算被制服了。他对我很客气，从来不打骂，但很严肃，不苟言笑，他当时已经很老，六十多岁了。年轻时有一段不幸遭遇，八国联军进攻京津时，一家都被烧光了，老婆也死了，是不是有过孩子也死了，记不清楚他怎么说的，家里的书籍和杂物也都完了，只留下他一人，后来就靠教家馆生活。他虽年老，身体却很强健，常带一把硬弓，每天都要把弓上弦拉几下，作为他的体育锻炼，也喜欢出去散步。在我们家里教书的几年间，他又开始画几笔画，都是山水画，虽没有什么特色，也还是过得去的传统山水。他的书法很正规，没有多少特点，但喜欢每天写写。他还喜欢写诗，多半是七律，诗也过得去。他那几年间写了不少诗，可能有上千首，订成了好几个手抄本，自己称为"自宽老人"。临走留给我几本诗稿，作为纪念，可惜后来全丢了。我还记得里面都是些一般应酬之作，有时也感叹时事。他在外面还认识一些老头子，大概都是同他地位差不多的幕僚教师之类。他很尊重当时在北方的吴佩孚，诗里称之"子玉师"，当然这是直奉战争前几年，那时吴佩孚还没有被张作霖打跑。他的那些朋友大概也是同他政治态度差不多的老先生们。魏汝舟老师每月出去一两次，同他们吃酒谈天，但我没有同他出去玩过，我只是同他一起去过两次书摊子买书。那是在天津一个大而破落的游艺场，叫做"大罗天"，里面有不少的旧货摊子和书摊,有点像南京的夫子庙和北京的隆福寺。他带我去买了几部《四书》、《楚辞》、《左传》、《古文观止》之类的书。我的启蒙教育就这样开始了。他的教学方法很简单,主要是背诵,然后他把内容大意说一下,但是他说的一般当时我听不懂,所以没有留下什么印象。我的记忆力当时相当好,一般的书分两段读两遍就可以背诵下来,有的书因内容确实不太懂,如《诗经》、《书经》等,所以当时虽然能够背下来,今天很多记不清了。《论语》、《左传》、《唐诗三百首》、《离骚》等,到今天还都背得出来。记得我把《左传》全部背下来当时也不过用了三四天。一般老秀才教书只教"四书五经",我这位老先生还教我读了《楚辞》、老庄,还教我写旧诗,这在当时是脑筋很开明的了。读完十三经及楚辞唐诗和唐宋文之后,他就开始教我作旧诗,一开头是学会分辨四声和对对子。当时学对对子有一种顺口溜,开头是"天对地,雨对风,大陆对长空"之类,一两天就学会了,然后就自己作五言和七言对子。我拟了个对子,还记得是"乳燕剪残红杏雨,流莺啼破绿杨烟",老师大为赞赏,认为我有这方面的天才,从此他天天教我练习写诗。但是当时年纪太小,还在贪玩,到了十二三岁就该上中学了,开始在家里同另一位教师学英文和数学,中文也就不大读了。我开始上学后,只是偶尔还到前面大厅旁边的书房去看看魏老师。他当时已年过七十,这几年一直就在书房里,感觉他总有些惆怅之感,常常叹气,大概他也觉得得意的学生走了,精神无所寄托,虽然东家不好意思辞掉他,他也知道家馆做不长了,身体也渐渐不如以前。后来害了一场大病,大概是伤寒之类,嫡母认为人有病就不洁净,给他另找了一个外面的平房住。我从学校回来,听说老师很想念我,去看了他一次,还是嫡母勉强答应了,让大管家带我去的。他当时病基本好了,但很虚弱,看见我很高兴,告诉我他不久就要回到家乡大城县去了,去住在他的一个侄子家,不再出来工作了。他去后不到一年,他的侄子来信说他回去后又生了病,不久就死了。这位老师是一个相当典型的旧社会知识分子,是一个很正直的好人,他当时虽对社会有些糊涂思想,也相信《老残游记》所谓关于"北拳南革"的错误看法,但这些都是时代和当时环境的限制,不能怪他。他还是很关心国家大事,天天看报,是非常爱国的老知识分子。他对我幼年影响最深,我现在还十分怀念他。

# 记开始学外国文学

我上的中学是英国伦敦教会创办的新学书院,后改名新学中学,许多课程都由英国教师教,用的是英国课本,用英文教,所以一开始我的听课和阅读英文程度都比一般中学生高一些,我又是个高材生,所以在初中时就有了一定的英文阅读能力。当时用的一套英语课本编得也不错,由浅入深,到了上高中之前,已读了一些内容比较简单的英国文学名著的选段,记得有司各特(W.Scott)的叙事诗《洛京瓦尔》(Lochinvar)、麦可雷(T.B.Macaulay)的有关古代罗马的叙事诗《贺雷修》(Horatio at the Bridge)以及莎士比亚《凯撒大将》(Julius Caesar)的选段,还有罗斯金(Ruskin)和兰姆(Charles Lamb)的散文等等,这样我对英国文学史开始有了一个简单的了解。后来在天津法租界出现了一个秀鹤图书馆的外文书店,专卖外文书,我常常去那里买书。书店老板林秀鹤是福建人,很内行也会做生意。他那里除了陈列不少外文图书可供选购之外,还备有各种外文书目,可以订购,书到后用国币交款,所以很方便,一般订书,两个来月书就到了。我在那里买书,最初不内行,看到什么内容新奇的就买,看了一些通俗小说如波乐(Rice Burrough)的《人猿泰山》之类的东西。我那时试写过一个小说《鹰哺记》,就是摹仿那些书的内容的。后来到了高中阶段,开始读了一些大仲马的历史小说,之后又读了雨果的小说、佛罗贝尔的小说、托尔斯泰的小说等等。英国小说一般不吸引我,只读了一些斯蒂文森、柯南道尔、王尔德、爱伦堡等等。英国诗歌却看了不少,主要喜欢济慈、雪莱和拜伦等浪漫主义诗人的作品,当然莎士比亚也读了一些。后来兴趣又转到希腊罗马文学方面,尤其是古希腊文学,当时很喜欢鲁迅和周作人的作品,周作人是懂古希腊文的,文章里也常提到,这大概与我兴趣转向古希腊文学也有关系。到了中学最后一年,决定想学点古希腊文,准备将来出国学希腊罗马文学。拉丁文自学搞了一点,后来又找到了当时租界上一个中年的希腊商人学希腊文。其实他的古希腊文知识有限,我每星期到他家里去上课一次,去了两个来月就停止了,只能说学会了希腊字母,一些简单的话和一两段基督教《新约》的原文,如此而已。

二十世纪三十年代,当时中国年轻人不知为什么对法国十九世纪后期 Fin de siècle(世纪末)文学特别有兴趣,后来我发现许多与我同一时代的人如梁宗岱、卞之琳、戴望舒、郁达夫等都曾对同样一些书有兴趣。我的法文一直到现在都不够好,看法文原文书很吃力,但我当时也是对梅里美、佛罗贝尔、波德莱尔、维尔伦(Verlaine)、瓦雷瑞(Valéry)、罗谛(Pierre Loti)、马拉美(Mallarmé)等等非常感兴趣,好像还超过同时代的英国文学,虽然这些作品都是通过英文阅读的。记得还有一本小书,西班牙阿左林(Azorin)的《在西班牙的一瞬间》(Una hora de España)也是当时我很喜欢的。二十世纪三十年代初期,我国翻译的外国文学作品已经不少,在此以前,有林琴南译的《说部丛书》,我小时候是很喜欢读的,通过《说部丛书》,我开始知道了叙述莎士比亚戏剧故事的《吟边燕语》(C.Lamb's Tales from Shakespeare)、欧文(Washington Irving)的《大食故宫余载》以及斯威夫特、笛福、狄更斯、哈葛德的非洲探险故事等等,后来通过其他翻译作品,又知道了其他外国作家。有些书我很喜欢,就找来英文课本重读欣赏。我差不多把能够找到的大仲马的历史小说都通过英文译本读了,这开始就是由于小时候读了伍光建译的《侠隐记》。我一直认为从事文学翻译工作是一件很有意义的事,后来自己大半生都做了翻译工作,这大概与我小时候就读翻译作品有关。自己从小就喜欢试译外国作品尤其是诗歌。除了通过中文或英文阅读外国文学作品之外,在高中时也开始学习用英文写点文章或诗歌，这些都没有保留下来。记得中学毕业后决定去英国留学时，旅途中还用英文写了一些散记，给这本小书定了个名字叫做 Terra Marique，这是拉丁文，一句成语，意思"在陆地与海洋之间"。这是因为读了拉丁文凯撒所写的《高卢战记》的一部分，其中常见这个词。文章是摹仿劳伦斯（D.H.Lawrence）所写的一些关于地中海一带游记的文体，当时觉得那本书描写风物很美，自己在从太平洋到大西洋，经过美国的旅途中就写了一些散文，当时还是很认真学习英国散文各种文体的。后来用英文写作倒不多，在英国写过两三个剧本都丢了，后来只用英文作翻译，没有时间用英文搞创作了。

## 回顾我过去学习英语的经历

我小时在天津上过一个英国传教士办的教会中学,那里不少教师都是英国人,有不少课程都用外国课本,用英文教学,如世界史、地理、数学、物理、化学课都是由英国教师来教,所以一入学,读初中一年级,就需要已经懂得一些初步英语,否则就听不懂课。我家在我上中学前就请了一位家庭教师,给我补习了一两年英语。

我在这个中学里英文程度算是不错的。因为学校里课程不费力气,我在上高中之前就在课余时间看了一些英文书。当时天津有一个福建人林秀鹤开的外文书馆,叫秀鹤图书馆,在那个书店我可以买到我想看的各种英文书籍。我开始课余读英文书完全根据个人兴趣,家里也没有人指点我该读哪些书;从一个小孩子的好奇心出发,开始我看了不少如《人猿泰山历险记》和哈葛德的非洲探险小说、故事之类的"闲书"。读《泰山历险记》是由于当时看外国电影的影响,读哈葛德的非洲探险小说则是由于看过不少林琴南译《说部丛书》如《鬼山狼侠传》之类。也是由于看外国电影和翻译小说的影响,又对法国大仲马的历史小说发生过兴趣,读了一二十种;后来又想读一些英国文学名著,记得第一本选的是司各特的《艾凡赫》(Ivanhoe),这是因为以前读过林琴南译的《萨克逊劫后英雄略》,但只读了几页就感觉困难,搁下了;又找了一本斯蒂文森的《金银岛》(Treasure Island),虽然也觉得文字有些困难,还是勉强读完了。后来又读了欧文的《大食故宫余载》(Alhambra),爱伦堡的故事,王尔德的童话等等。读高中时,看英文书很多,其中许多是欧洲文学名著的英译本,包括古希腊诗歌,但丁的《神曲》,法国雨果等人的小说,什么都看,并不限于英美文学。记得在高中时还试图用文言文译过一些外国诗歌,包括拜伦、雪莱、朗费罗等人的作品,我还试图用英国格律诗写过一些英文诗,这些也早已丢掉了。

我在1943年去英国读希腊拉丁文学,同时又读了许多各种各样的书,包括哲学、历史、人类学等方面,什么都看。1937年以后又读了半年法国中古时期文学和两年英国文学,搞了一两个学位,于1940年回国。实际上,我在英国六年间,并没有对英语下什么功夫,自己的英语还是靠中学时那一点底子,只是在英国那几年又多看了一些英文书,对西方文化和文学有了较系统的一些认识而已。

1940年回国后,在抗日战争后期曾同我爱人戴乃迭合作,在业余时间把一些我国古典文学作品翻译成英文,当时也是为了好玩,并不打算发表。大部分时间还是读中文书,并没有在英文方面做什么研究。在解放战争期间和新中国成立初期,英文更少去碰。回顾过去这几十年间,我同英语打交道的大致轮廓就是如此。

解放后,因在外文出版社从事汉译英的翻译工作,出版过一些书,如《鲁迅选集》、《儒林外史》、《长生殿》、《红楼梦》等。我在中学和大学读书时,课余看的书比较多,中外古今都有;这方面的缺点是比较乱而杂,缺乏有计划的、系统地研究一些东西;但因涉猎方面比较多,也获得了一些广泛的文化知识,这在翻译工作中也还是有用的。我遇到不少爱好翻译的年轻朋友,他们在翻译工作中感觉苦恼的,往往是由于知识面太窄,缺乏掌握各方面的广泛知识,这样英文语法再好,也翻译不出原意。

我的另外一条小小的经验就是,初学英语时,需要有明确的目的和强烈的兴趣。如果像我年轻时那样,学习英文是为了利用它作为工具,以便满足自己的求知欲望,那就可以尽量读自己感觉强烈兴趣的英文书,不限于某种名著,从哪一方面开始都可以。主要是多读、多写、多听、多说,时间久了,自然会产生效果。我并没有任何更好的经验,更没有任何学习英语的捷径。

# 我学外文[①]

我开始学外文是在我上中学以前，离现在已经有六十多年，就是说，半个多世纪以前的事了。我没有上过正式小学；小时只从一位家庭教师学过一点"四书五经"。后来要上中学，家庭给我选定的是天津当时的一所英国教会中学，学校教师一半是英国人，有些功课是直接用英语教学的，学生在入学时就需要学习过一点基础英语；因此我在上中学之前就学过一点关于英语的基本常识。记得当时我学过一本初级《纳氏文法》（NESFIELD'S GRAMMAR），这部《纳氏文法》共有四册，由浅入深，第一册只有一二十页，内容是讲英语的词，共分八类，有名词、形容词、动词、助动词等；名词有多数和单数的变化，动词有不同时态的变化，其次就是死背几十个名词和动词的规则和不规则变化及一些词汇等。我上中学，就是靠着这一点文法基础。《纳氏文法》后三册逐渐加深，最后一册主要是讲修辞学及英国诗歌的格律。我在初中时就已经读完这四册《纳氏文法》，并能运用英诗的格律，学着写一点英文格律诗。

我当时在中学上的英语课不教文法，用的是一套英国人编的课本，共分四册或六册，也是由浅入深，开始是一些简单生活用语及儿歌等，后来的二、三册则包括一些名家的散文、故事和诗歌，记得有莎士比亚、司各特、麦考莱、兰姆、雪莱、田尼生等人的作品片段，读起来很有趣味，也不觉得有什么困难。中学毕业时，已经能欣赏不同的英文文体，并能试写一些英文笔记和文章了。

---

[①] 本文节选自《〈系统英语〉序》一文。

# 略谈我从事翻译工作的经历与体会

香港中文大学新亚学院的金圣华教授要我谈谈我对翻译工作的体会。回顾过去几十年，我这一生的大部分时间都是在从事翻译工作中度过的，因而似乎也不能说没有一点体会；但是我的思想从来逻辑性不强，自己也很怕谈理论，所以也说不出什么大道理。近来很多中外学者都研究翻译这门工作，有人认为翻译是一门科学。我个人是从事文学翻译的，却觉得从搞翻译的角度来说，说翻译是一门科学，不如说它是一种艺术，或者说是一种技巧。当然这样可能是我个人的偏见。

我在十几岁上中学读书时就对翻译工作发生了兴趣。我当时开始对中国古典文学和外国文学都很喜爱。同现在大陆上许多年轻人不同，我当时阅读中国古文已经没有多少困难，读一般英文书籍也不太费事；加之我家里经济条件优越，可以随便到中外书店去买书，所以当我到了十六七岁以后，涉猎的中外文学书已经不少。当时我在国内还没有想过把中国的文化遗产介绍到外国去。我很喜欢读一些中国古典诗词，只是因为受了清末黄遵宪及康、梁等人的影响，所谓"我诗写我口"和"旧瓶装新酒"的主张，但是当时我还没有试验把中国诗文译成英文。我当时已具备用英文表达思想的能力，记得在中学毕业前，也曾多次用英文写作，并试图摹仿某些英国名人的文体。在中学毕业去英国读书时，曾经写过一本小小的旅游经历，叫做 Terra Marique。题目是一句拉丁文，意思是"从陆地到海洋"。这是罗马凯撒的《高卢战记》里一句常见的话。当时我正开始自学一点拉丁文，所以就用了这个词。这本小书就是用英文写的，记述我当时离开中国大陆，经过太平洋，穿过北美，又经过大西洋，而到达英国两个来月的经历。虽然是英文写的，但这是一本习作，并不是中译英的翻译作品。

我试图把外国文学作品译成中文是在中学读书时就开始了。当时我大概只有十七八岁。记得曾经喜欢过英国诗人雪莱（Shelley）的诗，曾用五言古诗体译过他的一首诗 Ode to a Skylark（《天鹨》或译做《云雀》），还有一首 Ode to the West Wind（《西风》）大概也译过。还译过美国诗人朗费罗（Longfellow）的一首诗，名字大概是 A Psalm of Life（《生命颂》）。也译过英国诗人弥尔顿（Milton）的两首诗"L'Allegro"和"IL Penseroso"（《欢乐》和《忧思》）。还译过古希腊女诗人萨孚（Sappho）的两三个断句，是从英国诗人罗瑟谛（Rossetti）的英文译文转译的，因为我当时还未学希腊文。另外还有从莎士比亚剧中译出的一两首歌词。这些初期的译作早已失落了。现在只记得萨孚的两个断句和一首莎士比亚戏剧的歌词。

我到英国读书后，就没有再读过中文书，也没有用中文写过什么东西，因此也没有再做过外译中的翻译。在英国六年，英文差不多成了我的主语。读完希腊和拉丁文课程后，又学过不到一年的法文，主要是中古时代的法文；又自学过一两个月的西班牙文和瑞典文。在英国的最后期间读过两年英国文学，这时才开始用英文试译过几篇中国文学作品。记得当时翻译过鲁迅的《野草》和《阿Q正传》，一些陶渊明的诗和一些楚辞作品，主要是《离骚》、《九歌》和《招魂》。当时初译中国诗，曾摹仿过英国诗人的文体，比如说，译《离骚》时就摹仿过弥尔顿和德莱顿（Dryden）的诗。后来一位英国朋友汉学家霍克斯（David Hawkes），就是曾经译过《石头记》的那一位，曾经开玩笑说："杨氏夫妇译的《离骚》，与原作的精神比较，就像一块巧克力派同一个巧克力蛋那样不同。"这当然是笑话。可是后来我也就不再用英国格律诗体来作翻译，而改用自由体了。用外国的格律诗体译中国诗歌是件吃力不讨好的事。这方面下文再谈。下面谈我回国后的经历。

我同我的爱人戴乃迭（Gladys Tayler）于 1940 年回国，当时正值抗日战争时期，我们在重庆、贵阳、成都等地先在大学里教了几年英文，后来到重庆附近的北碚，参加了当时从南京迁来的国立编译馆，这可以说是我们从事中译英的翻译工作的开始。应当时在编译馆翻译委员会负责的梁实秋之约，我们在编译馆开始了把《资治通鉴》译成英文。在北碚编译馆不到三年，我和爱人合作，译完了《资治通鉴》战国到西汉的部分。我们又译了许多陶渊明的诗和一些温庭筠的词，以及一些唐代变文和从《法苑珠林》里辑出的关于梁武帝时代有关神不灭论的辩论等等。在当代中国文学方面，还译过鲁迅的《野草》、《朝花夕拾》、《呐喊》、《彷徨》，一些艾青和田间的诗，郭沫若的剧本《屈原》，阳翰笙的剧本《天国春秋》等等。这些译作有的解放后出版过，有些早已遗失了。

1949 年后，除了在南京头两年负责民主党派和南京政协工作外，大部分时间都是在北京外文出版社担任翻译工作。1952 年，外文社的刘尊棋约我到北京做外文社专家，准备有系统地翻译中外文学名著，后来刘尊棋离开了外文社，这个计划也就取消了。二十世纪五六十年代这十几年期间，翻译出版了不少中国文学名著，包括整理出版旧译的《楚辞》、鲁迅著作、《老残游记》，以及《儒林外史》、《史记选》、关汉卿杂剧、洪昇的《长生殿》、唐代传奇、汉魏六朝志怪小说、宋明平话，以及一些现当代文学作品等等。这是我平生翻译工作出版丰收的时期。同时，还翻译出版过不少外译中的外国文学名著，包括从古希腊文翻译的荷马史诗《奥德修纪》、阿里斯托芬的喜剧《鸟》和《和平》、从拉丁文翻译的维吉尔的《牧歌》、从中古法文翻译的《罗兰之歌》、英国萧伯纳的两个戏剧等等。本来还想翻译出荷马史诗《伊利昂纪》的，但被外文出版社拉去翻译《红楼梦》，就打断了。接着又去坐牢四年，罪名是"特嫌"。1972 年问题查清被释放，又继续翻译《红楼梦》，直到 1974 年才全部译完。此后担任《中国文学》月刊的主编，主要是搞选题、主编、定稿等工作，因此也没有多少时间搞翻译。在担任《中国文学》主编时间，曾编了一套《熊猫丛书》（Panda Books），出版过一些介绍中国古典文学的简装本，如《汉魏六朝诗文选》、《唐宋诗文选》、《明清诗文选》、《三国、西游记、镜花缘节选》、《聊斋选》、《老残游记》、《唐代传奇选》等小册子。八十年代中叶辞去主编职务，后来又办了离休手续。因年纪已近八十，决定从此不再搞翻译工作。我从事翻译工作的经历大致就是这样。

回想我大半生搞文学翻译的经历，当然也不能说毫无个人体会可言。过去几十年间，多次到欧洲澳亚等地访问，也常常被国外大学和学术团体邀请，讲讲个人对翻译的体会。回想起来，每次讲学多半是信口开河，说不上有什么高深翻译理论。记得在1953年或1954年，曾在中南海被毛主席接见，当时毛主席同我握了手，旁边周总理介绍说："杨宪益翻译过屈原的《离骚》。"毛主席对此很感兴趣，就微笑着对我说："哦？《离骚》也可以翻译的么？"我不假思索，就回答说："主席，我认为什么东西都是可以翻译的。"毛主席听了，思索了一下，好像要同我继续对这个问题探讨下去，但因为旁边还有不少人等待接见，就笑着点了点头走过去了。这件小事我后来常常记起，可惜当时没有机会再讨论下去。因为《楚辞》或其他文学作品，尤其是诗歌，能不能翻译成其他文字，而保留其神韵，的确是一个难说的问题。

翻译是沟通不同民族语言的工具。不同地区或国家的人都是人，人类的思想感情都是可以互通的。从这个意义来说，什么东西应该都可以翻译，不然的话，人类就只能闭关守国，老死不相往来了。人类自从分成许多国家和地区，形成不同文化和语言，各个民族的文化积累又各自形成不同特点，每个民族对其周围事物的看法又会有各自不同的联想，这往往是外国人很难理解的。举例说，在周朝灭殷以后，一个西周的士兵在征伐东夷的路程中，也许会发出"昔我往矣，杨柳依依，今我来思，雨雪霏霏"那样的感叹；把这样的话译成外文，外国人可能还理解歌词里的感情。但是到了隋唐以后，一个远征的中国人常常把"杨柳"当做送别的象征，这种联想而来的感情，不同文化传统的外国人就不一定能够充分领会了。十八世纪以来的英国人，由于对中国传统文化的兴趣和传入西方的绘有中国园林及杨柳图案的中国青花瓷特别爱好，他们对中国画中的杨柳图案，所谓 willow pattern，产生一定的感情。但这种属于 chinoiserie 的感情，同中国人对梅兰竹菊，以及牡丹、荷花之类，自从唐宋明以来，有特殊情感寄托。英国人却对玫瑰花有更多的联想和感情。其他在文化上的差异还有很多很多，而这些都是在翻译上很难完全传达的。从这方面来说，翻译要完全做到"信"和"达"又是很困难，甚至可以说是不可能的事，尤其是在文学翻译方面。

翻译的原则，简单说起来，古人已经说过，不过是"信达雅"三个字。清末的严复说过"译事三难，信、达、雅"。他说的话实际上是总结汉魏到隋唐译经人的经验。所谓"雅"，这是很难说的。当时严复把《天演论》译成文言，算是"雅"。今天，翻译外国文学，不用白话而用文言，就是太怪了。还有，如果原文是用极俚俗的话，翻译人偏偏要用极文雅的话来表达，这恐怕也说不上是好的翻译。"信"和"达"，在翻译中则是缺一不可。"宁顺而不信"和"宁信而不顺"都是各走极端，不足为法。要做到"信"和"达"兼备不是很容易的事。总的原则，我认为是对原作的内容，不许增加或减少。把"一朵花"译成"一朵玫瑰花"不对；把"一朵红花"译成"一朵花"也不合适。但是实际做起来，要忠于原文，又要表达原作的神韵，这也不是容易做到的事。我曾经翻译过梁斌写的长篇小说《红旗谱》。"红旗"是指"革命"而言，"谱"是指"家谱"，就是说"家庭传统"。这三个字的书名，如果按照原字直译，恐怕人看不懂。我后来译做 Keep the Red Flag Flying。虽然对原文不够忠实，也只好如此了。再如我曾经译过清初洪昇的《长生殿》传奇。我把"长生"译成 Eternal Youth，虽然原文的"长"不是"长久",原文的"生"不完全同于"青春",但是比起Long Life,Longevity,好像更能表达原名的精神一点。当然我的译法只是我一家之言,今后别的译者也可能有更好的译法。

翻译外国文学作品为中文,有的译者在翻译诗歌的过程中,有时太注重原作的形式方面。比如说,英国诗过去常用五音节抑扬格,每音节分为轻重两音。这是由于英文同中文不同,每个字不限于一个音,每个音又分轻重,我们如果一定要按照原文的格律,结果必然是要牺牲掉原文的内容,或者增加字,或者减少字,这是很不合适的。各国文字不同,诗歌规律自然也不同。追求诗歌格律上的"信",必然造成内容上的不够"信"。我本人也曾多次尝试用英诗格律译中文作品,结果总觉得吃力不讨好。现在许多人还在试图用英文写抑扬格的诗,这是很可惜的。

我最近正在搬家忙乱之中,应圣华之约,草草写了几千字,不过还是老生常谈,惭愧之至。我已年逾八十,早就该封笔了。但愿这一次是我谈翻译问题的最后一次。

1994 年 6 月 20 日

# 记学写旧诗

开始学写旧诗是上高中时的事。虽然在上初中时或更早,家里老师魏汝舟(自宽老人)已教我对对子,也看过不少他写的旧诗,但当时对写格律诗(律诗和绝句)没有多大兴趣,魏老先生的旧诗充满了陈词滥调,看了令我倒胃口。后来看了一些吴宓(吴雨僧)在学术副刊上发表的所谓"旧瓶装新酒"的五言古诗倒觉得有点意思,也想着学写几首。这时正开始对外文书感到兴趣,通过英文读本看了一些《柏拉图对话集》一类的书,还有法国蒙田和英国培根的散文,莎士比亚戏剧,德国歌德、海涅的诗歌,一些希腊悲剧等等。记得开始曾把美国朗费罗的一些诗试译成五言古诗体,还译过古希腊女诗人萨孚的一些残篇。有两段今天还记得:

有若林擒丹实滋,
垂垂独在最高枝,
攀之不得长叹咨。

有若野荨深山次,
牧人践过无留意,
紫华委地枝交坠。

记得还译过莎士比亚戏剧中的一首歌:

尔父深葬五寻水,
骸体依然神已死。
森森白骨化珊瑚,

> 沉沉双目化明珠，
> 化为异物身无恙，
> 幽奇瑰丽难名状。
> 鲛人时击丧钟鸣，
> 我今圊之丁当声。

诗并不高明。但是不知道为什么今天还记得。当时试译的外国名诗很多，有些还相当长。如英国弥尔顿的《欢乐颂》和《幽灵颂》（L'allegro, Penseroso）等等，都未留下稿子，早就丢掉了。

开始创作吴宓体的五言古诗就是这时候开始的，记得写过一首长诗《死》，还写过一首《雪》，把雪比成华丽的乐章，比做天上的仙女，比做千军万马中的战士等。还记得开头几句是："寒流来西北，积气化凝铅，天风忽吹坠，飞下白云巅，化身千万亿，一落一回旋。"诗的最后几句有点立志要做一个革命者的抱负："但愿身化雪，为世扫阴霾，奇思不可践，夙愿只空怀，起视人间世，极目满尘埃。"中间的许多段现在都记不清楚了。还记得写过一首《珊瑚岛》，诗中大意是人们同建筑珊瑚屿的小虫差不多，只要同心协力并且永远不倦地工作下去，就会创造出一片新天地；个人的力量是有限的，而集体的力量却是巨大的，这时已经有了一点朦胧的社会主义理想。当时看过孙中山先生的《三民主义》和《建国大纲》等著作，也看过一些外国人写的有关理想国和乌托邦的书，如柏拉图、英国的摩尔和雪莱等人的著作，但印象最深的是意大利复国时期马志尼（Giuseppe Mazzini））的《人的天职》那本书，后来到了英国，还特别找到了一部英译的《马志尼全集》。当时还写过一首关于一块意大利石雕的诗。当时在天津有一个意大利人开的铺子，卖一些小件大理石雕刻，自己也买过一块，因此就借题发挥，从意大利石雕说到马志尼的复国运动，充满爱国主义热情。这些诗被朋友抄去，后来在抗战期间寄给在昆明西南联大的吴雨僧先生看，很蒙他夸奖。

在高中时写旧诗形式上主要是摹仿汉魏古诗，近代康有为、梁启超的新体旧诗对我也有影响，在诗的内容方面黄遵宪的充满爱国主义的诗篇也有影响，但是没有想写充满典故雕琢辞句的近体诗，只同意黄遵宪"我诗写我口"的主张，写一些明白易懂抒发政治理想的哲理诗。但是在阅读方面倒很喜欢唐代的李长吉、温庭筠、李义山以及近代的龚定庵、苏曼殊等。当时也觉得古诗的形式太拘束，也想打破旧体，创造一种新的形式。由于读过荷马和罗马维吉尔的史诗，以及韩愈等人的一些怪诗，曾想写出一部史诗，从大禹治水到孙中山，创造一种九言或十一言的诗体，但试验了一下，只写了几十行（原来想写几万行的），失败了，以后只是在抗日战争期间在贵阳那一年，用五言古诗译出过维吉尔史诗《埃涅阿纪》的第一卷。

在高中时期写旧诗主要是由于同学廉士聪的鼓励，他也喜欢写旧诗，不过他写的是传统的旧诗，我当时则更想要创新，在他的鼓励之下，我在那二三年间写了真不少，可惜现在全丢了。去英国后就一直没再写过旧诗。回国后，1942年在贵阳师范学院遇到一位很有趣的老先生尹石公，他当时在师院任中文系主任，我回国不久，给他用离骚体写了一篇《远游赋》，得到他的赞赏，后来他同当地一些爱好写诗的老先生们一起喝酒作诗时，就总把我拉去，同他们唱和。我的旧诗虽然不好，但并不慢，一般有十来分钟就可以和一首七律，用原韵，比他们都快，因此也很吃香，吃了不少白饭白酒。除了在贵阳这一年外，解放前后都没有再写诗，一直到最近几年才又写起一些打油诗来。这几年写打油诗的事以后再单独写吧。

# 关于我的打油诗
## ——《银翘集》序

青年编辑朋友如水兄搜集了我过去和现在写的旧体诗,并要我写一篇自序。实际上我并不是一个诗人,也从未认真写过什么像样的诗。在过去半个多世纪间,确实有时也写过一些,但都是写着玩的。尤其是在最近二十年间,写的自己叫做"打油诗",恐怕连打油也不够格。朋友好意想给我出个集子,又费工夫代我搜集,盛情难却,就只好"打鸭子上架",遵命了。

我开始写旧诗很早,大概在我上中学以前,当时才十多岁。我家里给我请来一位老先生,名叫魏汝舟,自号自宽老人。他原来在前清末年考上秀才,但没有能够中举做官,就碰上庚子国变,八国联军进京,他家里也被烧抢一空,夫人和孩子死于非命,只好到人家里教书糊口。我十岁左右,就随他读些古文,因为当时已是民国,没有科举制度了,所以虽读了一些《四书》、《五经》,但《十三经》也没有背诵完,就改读一些《幼学琼林》、《龙文鞭影》之类,又读了一些《千家诗》、《唐诗三百首》等等。此后又读了《楚辞》。这些读完了,老师就教我作诗,这是因为他本人也喜欢作诗,每年都要编一本诗集,作为消遣。他的诗稿,过去曾给我一本留念,可惜后来遗失了,没有能够保留下来。他开始是教我如何辨平仄四声,然后教我对对子。因为我当时已经熟读过一些唐诗,因此没有一两天就懂得了。对对子开始是学习一些顺口溜,如"天对地,雨对风,大陆对长空"之类,这些也很容易就能仿效了。记得我初学对对子时,魏先生叫我写一联描写春天景色的句子,我诌了一联是"乳燕剪残红杏雨,流莺啼断绿杨烟",先生大为赞赏,说我是个神童,我也沾沾自喜,从此我就喜欢尝试作诗。但实际上当时我没有试写过一首七律，只是学着对对子而已。这大概是我十二三岁时的事。我上了中学以后，因为学校功课忙，就没有跟魏先生再学作诗，只忙于学英文及学习中外史地和声光电化等物理课和数学课。当然在课外还是阅览了不少书，只是没有再学写诗。

到了高中一二年级，同班有一位同学廉士聪，他很喜欢中国诗词，也试写一些旧体诗，受他的影响，我也写起诗来。从高中一年级到三年级的两三年时间，我同廉士聪一唱一和，大概也写了一百来首。当时我们都喜欢读汉魏古诗，从来不写唐代以来的近体诗。当时天津报纸上有个副刊，名叫"学衡"，主张"旧瓶装新酒"，我们都受其影响。我当时写过一首诗《雪》，又写过一首《死》，这两首诗廉士聪曾抄下来，后来寄给吴宓（雨僧）先生看，很得他的称赞。这两首诗过了二十年后，我同廉士聪在重庆又见面，才保留下来，其余写的就早已遗失了。

我说在中学时候没有写过近体诗，回想起来，这也不完全准确。记得有一次忽然生病发高烧，家里请了大夫，说是得了猩红热，家里都很紧张着急，但我没当回事，过了几天也就好了。病中曾写过一首七律，现在记不起来了，只记得其中两句，是"微恙敢欺杨宪益，奇文长忆爱伦堡"。爱伦堡是一位美国作家，他写过一些小说，其中一篇叫做《红死》。我写过一首古诗叫做《死》，大概也是这个时候前后。总的来说，我在读高中时候，写的基本上是五言古体，很少写五七言近体律诗或绝句，我想起的那一首，大概是唯一的例外。

中学毕业后，去英国读书六年。虽然读了不少外国诗，但没有用中文写过，好像对中国旧诗都忘记了。在伦敦认识一位王礼锡，他很喜欢写诗，当时我同他经常见面，总是谈宣传抗日的事，从未谈诗。回国后第一年，本来是吴雨僧先生从廉士聪处看到我在出国前写的一些诗，就从西南联大约去教希腊拉丁文的，可惜我母亲一定要我留在重庆，结果昆明未去，也未见到吴先生一面。我这一年没有写过诗。第二年到了贵阳，在新成立的贵阳师范学院，任英语系主任。当时师院的中文系主任是尹石公先生，是梁实秋的好朋友。尹石公老先生人很有趣，他最初认为我才从国外回来，是个洋学生，只懂得莎士比亚。后来我故意写了一篇《远游》，用汉代骚体，给他看，作为敲门砖，他看了大为欣赏，从此我们就变成好朋友。他常常同一些贵阳的老先生们聚会，一起喝酒作诗，也拉我去参加。我同他们也唱和过一些旧诗。在这些老人中后来认识了重庆的参政员卢冀野，是一位江南才子。我在这一年内，受他们的影响，开始又写一些唱和的律诗，现在这些诗稿早已遗失，一句也记不起了。尹石公还在贵阳报纸上编过一个副刊，名叫"小雅"，我在这个副刊上也发表过一些打油诗，这是我写打油诗的开始。

　　1942年离开贵阳，回到成都和重庆北碚，此后就没有再写旧诗，一直到解放以后。到了1957年3月，党号召大家起来帮助整风，鼓励大鸣大放的时候，我作为一个民主党派成员，也被鼓励带头，但是开头大家都不敢讲话。记得当时我写过一首绝句，就是"应是东风吹未透，鸟鸣花放总艰难"那一首。此外还有几首鼓励大家鸣放的绝句，记得其中有句云"有意催花花不发，解铃还待系铃人"，那些被一位好事的年轻朋友拿去写成大字报，并未得到我同意，那些诗今天也早已想不起来了。此后运动不断，我没有再写过诗。到了五十年代末，因当时的某些人怀疑我同外国帝国主义特务有关系，我的心情很坏。正好赶上苏联赫鲁晓夫同我党关系变坏，赫鲁晓夫在国内揭发斯大林的错误，我们党指责他是修正主义分子，同阿尔巴尼亚的霍查一道反对苏联党的做法，发表了"九评"。我个人站在同情苏共方面，一时冲动，写了四首律诗，记得头两句是"猎猎东风夜撼关，会看春色破层寒"，以下记不清了。这大概是1960年初春的事。我把这四首诗抄下放在写字桌上，后来被同事抄走了。当时没有什么反应，到了1966年夏天，"文化大革命"开始，有同事把这四首诗写成大字报，说我反党反社会主义，是"赫鲁晓夫的孝子贤孙"等等，一下子成千张大字报贴满了外文局四座大楼，对我的批斗就开始了。到1968年我同我爱人一同被抓去坐牢，过了四年才被释放，说我的历史问题查清楚了，不算反革命，依旧回原单位工作。在这十多年时间，当然没有再写诗，出狱以后没有再写诗，"四人帮"垮台后许多年也没有写。开始再写旧体诗是八十年代，这又是朋友们引起的。

八十年代，我同诗人黄苗子兄常常来往。黄苗子兄的打油诗写得比我好，我们常常唱和，互相寄阅一些开玩笑的打油诗。"文革"结束后，我们心情都很好，写了不少。到了1989年，黄苗子兄到澳州去了，我因当时情况有了变化，也就再没有心情写诗。最近几年，有朋友鼓励，才又写起诗来。我写诗的经历大概就是这样。

回想我这前半生，从二十世纪三十年代开始写过一点旧诗，一直到现在，时间拖得很长，经历过差不多六十年，但认真读过的旧诗并不多。中学时读过一些汉魏古体诗，又读过一些唐诗，后来尤其喜欢过晚唐诗，但宋诗和以后的诗集很少看过。所以对旧体诗歌并没有什么根底，写诗的时间也很短，大概只占这六十年的十分之一，或者还不到。这大概是因为我比较早的时候就感到自己不是个写诗的料，因此也从来没有认真写过诗。同朋友一起高兴，凑上几句，写了就丢掉了，从来没有把它当做一回事。我们的语言发展到了今天，既然都用白话了，我对新诗当然也不反对，只是感觉到我们的新诗今天似乎还无格律可循。如果完全不管一点格律，诗歌和散文的分别就不好掌握，所以我对写新诗一直还不敢问津。用旧体诗表达今天的思想感情自然局限性很大，很不理想。但是自己没有做诗人的自信心，没有开创的勇气，也只好用旧体来应付了。所以我写旧体诗只是为了偷懒。利用前人的格律比较省事，这并不是自己喜欢守旧。

非常感谢好几位朋友鼓励我编订一本诗集。特别要提出的是香港的罗孚兄，他前几年在北京时就曾要收集我过去的旧诗。还有诗人吕剑兄和邹霆兄，他们都帮我抄存下来好几十首诗，然后就是要感谢如水兄，没有他的收集和复印，这本诗集是搞不出来的。

　　诗集编完了，朋友们认为这本集子总要起个名字。我记得前几年同黄苗子兄唱和时，曾开玩笑写过一首七律，诗记不得了，但其中有一联云"久无金屋藏娇念，幸有银翘解毒丸"，当时启功兄看到，认为对得还不错。银翘解毒丸是北京同仁堂的成药，专治感冒，我常常服用。银翘是草药，功效是清热败火，我的打油诗既然多半是火气发作时写的，用银翘来败败火，似乎还合适。因此我想就用《银翘集》作为书名好了。是为序。

癸酉年冬

# 良师益友忆当年

提起笔,偶然想起这样一句话,似通非通,也不像诗,姑且写下,作为本文的题目。戈宝权兄的夫人梁培兰嫂从南京来,告知友人她正在编一本关于戈宝权兄的纪念文集,要我也写几句,作为纪念。我想一个人在他一生中总会有一些良师益友,作为自己的楷模,鼓励他上进。我很幸运,一辈子虽无什么值得提的建树,但也曾有不少的良师益友,给了我不少精神上和学识上的帮助,宝权兄就是其中之一。只可惜我同他结交,只是在建国后,没能早在年轻时就受到他的教诲。我在1952年底才从南京被调到北京工作,虽工作在外文社,但也在社会科学院外国文学研究所兼任过研究员和学术委员,认识宝权兄就是在那时候开始的。

宝权兄比我大两岁。他先在上海大夏大学学过俄文、日文和英文,后来在1935年到了莫斯科,作为《大公报》驻前苏联记者三年。抗日战争爆发后,1938年回国,到了武汉。我是在1934年去英国牛津读大学,1940年回国到了重庆。所以我们去欧洲差不多同时,他去欧洲比我晚一年,回国比我早两年。在抗日战争和解放战争期间,虽经历过类似的遭遇,但一直未能会面。建国后五十年代,在外国文学研究所才初次相识。由于他从事俄罗斯文学研究,我早已闻名、神交已久,见面也不觉陌生,可惜我只懂一点希腊罗马及西欧文学,对俄国及东欧文学完全外行,不能同他切磋学问、交换意见。从五十年代到六十年代,虽然相识也有十多年时间,见面时也不太多,只记得有一次在外地开会时,我们曾同住一室,曾经听他谈及伊索寓言早期在中国的译文,我们很高兴。前几年曾通过我夫人戴乃迭写信到英国帮助他查找伊索寓言《况义》等有关的资料。后来又承他送给我一本他对此问题的研究。"文革"期间,我被批斗坐牢几年,同朋友断绝来往,平反后又忙于《中国文学》杂志的主编工作,也没有参加外国文学研究所的工作,所以在七八十年代期间很少见面,后来听说他重游美国回来就病倒了,我也没进城去看他,他又搬家到了南京,就更没有机会见面了。关于他的近况只从我在南京的妹妹和培兰嫂那里得知一二。

  关于宝权兄的学识成就和扎实认真的治学精神已经有许多人称道过,这里不想再重复。我在这里只是回忆一下他同我过去的经历和交往。即将过去的二十世纪是中国人民饱经苦难、从衰败走向复兴的年代。在这个不平凡的世纪中,也出现了不少杰出的人才,为祖国将来的复兴打下了奠基石,作出不朽的贡献,宝权兄就是其中当之无愧的代表之一。

(《鲁迅研究月刊》2000年第八期)

# 回忆萧亦五同志

亦五同志是我青年时最敬爱的一位兄长，我参加民主革命与他有密切关系。我最初认识他是在1943年底，当时我从英国回来，本想满腔热情地参加抗日救亡工作，结果在大后方几个大学里教了将近三年书，亲眼看到了国民党统治区的腐败现象，碰到了一些钉子，心灰意懒，决定到北碚的国立编译馆去躲一下，读几年书，不问世事。在编译馆就认识了亦五同志，他当时早已是个荣誉军人。他在上海抗日战争中，丢掉一条腿，流落街头，幸好遇到了老舍，介绍他进了编译馆，搞通俗文艺工作。我到编译馆，在翻译委员会里搞《资治通鉴》的英译工作，这样我们就成了同事。记得在1943年到1945年间，我们常常见面；他常于晚间到我家，给我谈他少年时的军队经历，使我这个初出学校大门的年轻人了解到旧社会的种种现象，增加了对旧社会的认识。由于他的启发，使我清楚认识到旧社会的腐败，因而更激发了我对当时半封建半殖民地政治的仇恨和对祖国人民的热爱，从这个方面来说，他是给我上了一次深刻的政治课，可以说是我的启蒙老师之一。通过他，我认识了现在民革中央担任工作的邵恒秋同志，又认识了当时的地下党员孙祥麟同志和于振瀛同志。由他们的介绍，我和亦五、恒秋三人参加了当时民革南京的地下组织"三民主义同志联谊会"（简称"民联"）。虽然我们三人都不是国民党党员，我们当时只认为我们是共产党地下的外围组织，希望能做一些有益于革命的策反工作。在解放战争期间，我和亦五、恒秋都在编译馆工作，我们差不多每天都在一起，每天都在筹划一些工作，但究竟作出了多少贡献，很难说。我还记得在淮海战役前夕，亦五曾通过国民党军队里的一些熟人，到芜湖去做策反工作，虽然没有成功，但是他当时的爱国热情和不怕为革命牺牲的勇气，至今这记忆还清楚地留在我脑子里。南京解放时，为了保护编译馆的财产，怕乱兵打劫，亦五还组织了一些同事，也包括我在内，每天夜里轮流在编译馆巡逻，防止坏人进入大院，每人还拿着一根木棍。回想起来，这些做法都有点幼稚滑稽，但是他当时那种炽烈的感情，很让人感动。亦五同志就是这样天真率直的一位爱国军人。解放后，他决定不参加民革工作，后来一度做过南京市文化局的副局长，领导当地的戏曲改革工作，参加了第一、二届文代会。他在通俗文艺方面做出了多少成绩，我不清楚，我只记得说《武老二》的山东快书演员高元钧同志，是亦五和其他同志发现的。高元钧同志后来入了党，从部队调到北京，也十分怀念他。1952年，我从南京调到北京，从此就同亦五很少见面了。反右运动中，听说他给错划成右派，我当时在北京，虽幸免被打成右派，但由于解放前在民革搞策反工作中，与外国使馆多所接触，成了历史问题，一时弄不清楚，因此一直被认为是政治上的可疑分子，结果我同老朋友也很少来往了，免得连累他们，我同亦五同志的关系也就变得疏远了。在"文化大革命"中，我自己的日子很不好过，也一直没有听到他的消息。粉碎"四人帮"后，我的政治问题搞清楚了，这样我才同亦五恢复了联系。1977年4月，他决定来北京看看我和其他老朋友，我们在另一位朋友家里吃了一次饭。当时他的错划右派问题听说快要改正。我听到他家庭情况很好，也很为他高兴。但是他非常激动，也很伤感，流了一些眼泪。我当时希望他能振作起来，多向前看，为祖国和人民再做一些工作，没有想到这次见面竟成诀别，年底他就过早地去世了。

一个人为人民所做的工作成绩有大有小，但最重要的是要做一个光明磊落、堂堂正正的好人。亦五同志一生为人民做了不少好事，他有强烈的正义感、炽烈的爱国热情。这样的人是中国人民真正的脊梁，我和很多他的朋友将永远怀念他。

## 怀念老舍先生

今年是老舍先生诞生一百周年,我今年才八十五岁,所以老舍先生是我尊敬的长辈或兄长。我在中学读书时,就非常爱读老舍先生早年的小说《赵子曰》和《老张的哲学》。我认为那是新文学领域中不可多得的重要作品。后来我到英国读书,头两年多半在伦敦,对《二马》里面描写伦敦的风物人情也感到非常亲切。我回国后,1943年到当时在重庆北碚的国立编译馆翻译《资治通鉴》,住处是礼乐馆的宿舍,隔壁就是当时老舍先生住的一所小楼,所以我又成了老舍先生的邻居。从1943年到1946年间,曾多次去过他家,见过老舍先生和絜青嫂,但是由于我当时不属文艺界,不搞文艺创作,老舍先生当时又忙,每天早晨到中午在写他的长篇小说《四世同堂》,下午是会客时间,他在文艺界交游又广,因此我也很少麻烦他,不好过分打搅,占去他的宝贵时间。日本侵略军投降后,他回到北京,我也随编译馆到了南京,因此又几年没见面。直到1952年底我被调到北京,进入新成立的外文出版社,后经楼适夷先生介绍,加入了作协,又参加了第二届文代会,我才成了文艺界的一员,此后就同老舍先生常见面,熟悉起来,成了他家的座上客,我的老伴戴乃迭也常去看望絜青嫂。每年秋天,我们都到他们家里欣赏他们培植的菊花,有时也陪同一些外国朋友去访问老舍先生。

外文出版社出版过他的小说《骆驼祥子》的英译本,也出版过英译的戏剧《龙须沟》和《方珍珠》,后来中国文学出版社又出版过英译的话剧《茶馆》,小说《正红旗下》,一本短篇小说选集《月牙儿》,可惜没有介绍出去他的许多主要著作。老舍先生在"文革"初期的不幸去世不但是中国文坛的巨大损失，也是世界文坛的巨大损失。老舍先生是二十世纪中国语言艺术大师，他的小说语言非常精练而富有幽默感，很难在外文的译本中保留原文的神韵，因此他的许多重要作品至今还未能译成外文出版，这是我们翻译工作者的一大憾事。听说《二马》已经拍成电影，即将发行，我很高兴。希望随着电影《二马》的拍摄发行，更多的老舍先生的作品会传播到世界各地，让更多的人能欣赏我们在二十世纪的重大文艺成就。老舍先生永垂不朽。

# 回忆钱锺书兄

二十世纪已经过去了，回想这一百年间中国知识分子的各种不同的遭遇，很多感触。锺书兄比我大两岁，他的学识文章则比我高明得多，应该算是我的老师。他去世前，虽同在北京，但我从未到医院看望过他；去世后也没有写过什么悼念文字。最近有朋友知道我在国外读书时就认识他，解放后也曾见过好几次，因此要我写篇文章纪念他。现在随便想到哪里就写几句。

我最早认识锺书兄是在1936年或1937年。我是1934年去英国读书的。当时因为喜爱希腊罗马文学，就决定去牛津大学。当时在牛津大学读学士学位，可以先读古希腊文和拉丁文学一年半，再学一门选科，如哲学、历史、东西方语言文学等，一共是四年，得荣誉学士学位；毕业后，考上一二三四等，还要在每年的英国《泰晤士报》上公布。此外就是普通班，不必考和读希腊拉丁文，学期是三年，毕业成绩也不登报。我当时选的是四年课程。1934年秋，我到了英国伦敦，先找一位老师，教我古希腊文和拉丁文。这样补习了五个月。次年春天，就去考过入学考试。考上了，因当时学院里没有亚非学生名额，又在伦敦等了一年多才进了大学。所以我到牛津是在1936年。锺书兄在国内已经读完大学，他作为庚款留学生，入学不需要考试。只要写一篇论文，便可得到文学士（B.Litt.）学位，一般通过研究论文是两年左右，也有用了三四年的。锺书兄因为底子好，大概只用了一年左右，就通过论文毕业了。所以他在英国牛津时间不太长，大概只有两年左右。离英后，他又去法国巴黎，得了什么学位，我就不清楚了。他回国大概是在1938年或1939年左右，比我早一些。

当时在牛津大学的中国人并不多，最初只有十来个人。其中也有不读学位，只住在那里，利用当地较好的图书设备和较廉的房租的，如历史学家向达（向觉明）教授，我在英国的最好朋友，他就是到伦敦的大英博物馆收集抄写敦煌资料的。他有时去伦敦，有时住在牛津。他同钱锺书兄也是一见如故，做了很好的朋友。锺书兄到牛津是同他夫人杨绛同来的，季康嫂（杨绛）我当时也认识，初次见面大概是在他们两位家里。锺书当时同牛津的中国朋友很少来往。大家都觉得他比较孤僻，见面也没有多少话说。记得向觉明兄曾对我说过锺书兄对他们都不感兴趣，他说过除了向觉明兄外，只有"小杨"还可以谈谈。"小杨"就是指的我。当时中国人里有三个姓杨的。我年龄最小，所以大家都叫我"小杨"。我听了这话，当然也很高兴。

　　记得只有一次，向觉明兄拉锺书兄同一些中国同学见了面。在座谈中，锺书兄好像没有什么话，他只拉我在一起，大谈一位法国女作家的书札集如何机智有趣，这位女作家是十七世纪的瑟维叶夫人，她在路易第十四时代同一位侯爵结婚，做了侯爵夫人。侯爵不久就与人决斗死了。她在守寡期间曾给亲戚朋友写了不少信，现在留下来的还有一千七百来封。信的内容大都是写当时法国宫廷中的琐事，从其中可以看到不少当时法国上层社会的风俗人情。我没有读过这部书，但记得当时锺书兄只顾得同我大谈瑟维叶夫人，而置大家不顾，回想当时情况很可笑，给我留下很深的印象。那时我常去巴黎游玩。巴黎当时有一个很有名的歌舞剧院，叫做"红磨坊"（Moulin Rouge）。在那时常听到台上唱的一个流行歌曲，头一句唱词就是 Tout va tres bien, madame la marquise（一切都会很好，侯爵夫人）。我每次听到这个唱词，就想起锺书兄在牛津那次高谈阔论，大谈瑟维叶侯爵夫人的情景。其实锺书兄是个书呆子，整天沉醉于书堆里，置一切于不顾。当时并不完全是有意不理大家，拿外文书来唬人，实际是他从来不善应酬，除了谈书本以外也无话可说。可是往往因此不少人就误认为他爱摆架子，看不起别人。

其实我知道他是个很真诚直率，很关心别人的知识分子。从这一件小事可以看出他一生常常被人背后批评指责的原因。

我们离开英国后，就好多年没有见过面。我在重庆、贵阳和成都教过几年英语课，后来就到重庆北碚，在国立编译馆翻译《资治通鉴》。听说他回国后，先在昆明西南联大教书，因同某些教授同事关系不太融洽，就改到湖南蓝田师范学院教书，后来又去到上海。日本投降后，我也同编译馆去到南京，差不多就在这时，他从上海给我来过一封信。他当时好像是在上海图书馆工作，主编了一本图书馆内部的英文学刊，刊名是希腊文，意思是《爱好读书》，大概同现在的《读书》月刊差不多。他向我约稿时，我正对中西交通史有兴趣，写过一些汉魏到唐宋时期中国与罗马帝国和后来的东罗马友好关系的读书笔记，又曾应中央大学（今南京大学）贺昌群教授之约，在学校历史系当过一年教授，教东罗马史，后因学生罢课请愿，反对内战，只教了几堂课，没教完一年而终止。由于上述原因我就给他寄过两篇英文稿子，大概都是关于古代中国与东罗马交往关系的。这两篇英文稿子他的学刊也都登载了，他还寄来过那两期学刊。不知道这个学刊到底出版过几期，也许两三期后也就停止了。我们后来见面从未提起过这件事，别人写的关于他的文章好像也未提到解放前他在上海主编过一本英文学刊。

总之，解放前他回国后的生活经历不是那么一帆风顺，也经历了不少不愉快的事。他后来写了一本书《围城》，虽是讽刺小说，并不都是真事，更不是自传，但是书中主人公方鸿渐的经历也或多或少反映了作者本人在那个时期的遭遇。

解放后，听说由于朋友的推荐，他被调来北京主持翻译英文毛选的工作。我当时还在南京，正热心处理民主党派和政协事务。大概在1950年或1951年，南京统战部通知我，说中央也想调我去北京，参加翻译毛选的工作。我当时婉言拒绝了，说我只懂得翻译文学作品，翻译政治性文章我很外行，做不好。实际上是因为当时我同南京统战部同事的关系很不错，我又刚买了一所小房子，预备在南京定居，北方老亲戚太多，也怕找麻烦，这样我就失去了一个同锺书兄共事的机会。1952年底我还是被调到北京，参加刚成立的外文出版社工作，但是那时候也没有见到过锺书兄，也不清楚他当时的情况。后来听说他在完成了翻译英文毛选工作后，被任命为社会科学院的副院长。又听说他很怕开会或被人访问。我自己情况也不太好，心情也不很愉快，因此也没去看他。记得只是在他搬到三里河南沙沟宿舍后，去过一次，但也未久留。还记得有一次《中国文学》英文版忽然要我翻译司空图的《诗品》，我译完了，说对于译文没有把握，他们就决定送去请锺书兄审定一下。他看了送来的译稿，只提了一点小意见，我也没有去见他一面。

　　1989年我曾写过两句打油诗，是"有烟有酒吾愿足，无官无党一身轻"，他不知道在哪里看到了或听人说起，忽然高起兴来，给我写了一封信，说他很欣赏我的句子，但觉得"吾愿足"和"一身轻"对得不够工稳，建议改为"万事足"和"一身轻"，问我如何。我看了信笑一笑，就放在一边，也忘记了回他的信。在他没有生病住院之前，记得也还见面过一两次，时间都很短，而且有许多别的人在一起，没有多谈话。只记得当时他就感觉每年怕过冬天，有点气喘病什么的，每到天冷就要犯病。当时对这话没有多在意，不料他终于病倒了，而且一病不起。他虽然最后一二十年间被大家吹捧得红得发紫，而且引起许多年轻人羡慕妒忌，但因此也遭到许多不公平的评论，好像他学问太大，是个怪物。最近他去世后，还有人编造各种离奇故事，不说他被人欺负，反而倒咬一口，说他行凶打人等等。一个好读书做学问的知识分子，一生正直淡泊，与世无争，像他给自己起的别号"默存"那样，只求在沉默中生存，而且从来不说假话，也很关心别人，死后还要给人作为话柄，实在是很不公平的事。

（《博览群书》2000年第七期）

# 冀野和我[1]

冀野同我在半个世纪前是非常要好的老朋友。他是1951年在南京英年早夭不幸病逝，后来我又从南京被调到北京，此后就没有听到他家里的消息。最近他女儿卢位从南京来，告诉我他子女早已成人，有的且已经到了退休年龄，一瞬间四十多年过去，不禁百感交集。今年是他九十岁寿辰。他的子女准备在国外给他出一本选集，要我写一篇短文作序，我是他生前一个知己朋友，他过去的另一位好朋友梁实秋现在早已作古，我当然不能不写几句话，来表达我的哀思。

冀野是著名词曲理论家、作家吴梅的得意弟子，少时有南京才子之称。抗日战争期间，曾任国民政府参议员。1941年秋，我在贵阳师院任教，当时他从重庆去贵阳，就认识了。我们当时常常同贵阳一些老文化人一起吃酒吟和，很谈得来。次年我离开贵阳，改到成都光华大学任教，当时他在重庆附近的北碚，负责当地的国立礼乐馆。礼乐馆和国立编译馆是当时在北碚的两个兄弟文化单位，他同当时在编译馆的梁实秋很熟，因此就向梁秋实推荐我参加编译馆。1943年秋，我就到了国立编译馆里梁实秋主持的翻译委员会任编纂，住的宿舍是礼乐馆的一个小楼，也是冀野给我们安排的。一同住在这所小楼的还有两位姓杨的朋友，一位是杨荫浏，一位是杨仲子，都是音乐理论家，杨仲子就称这座小楼为"三杨楼"（或"三羊楼"、"三阳楼"），取古语"三阳开泰"之意。我们住在那里的几年是我一生中除了在牛津大学读书而外最愉快的几年。当时北碚是后方的一个文化中心，我们不但有文化界许多好朋

---

[1] 本文是《冀野文钞：卢前笔记杂钞》一书的序言。

友，而且编译馆有一个不大但很好的图书馆，看书查数据也很方便，后来颠沛流离，就没有这样福气了。这一切都是冀野兄之赐。当时我们在北碚小镇上常常见面，我闲暇无事，曾写过一些文史考证短文或读书笔记，寄去登载在上海中华书局出版的《新中华》杂志上，常常得到冀野兄的鼓励。后来集成一册出版，书名《零墨新笺》，就是他给我起的书名。当时我还利用工作余暇，英译过一些我国古典诗词及其他作品，冀野建议出一套汉英对照的丛书，交给当时他认识的正中书局出版，记得当时成稿，准备付印的有《楚辞》，梁武帝时沈约、范缜等关于《神灭论》的辩论，《陶渊明诗》，《温庭筠词》，还有一本苗族的创世史诗，冀野给它起了个名字《苗本事谣》等等。后来因为日本投降，大家都忙于回到下江去，计划就放下了。冀野不读英文，但对我的汉译英工作很感兴趣。他写过一本散曲《中兴鼓吹》，曾交给我译成英文，好像这本小书当时出版过，可惜我的英译稿早已遗失了。后来他又写过一本散曲，名为《罪言》，大概没有出版过，但他曾经让我看过《罪言》的手抄本。他对外国文学也很感兴趣，但自己不能看外文书。我当时手头有一本印度古代剧作家迦黎达沙的《沙恭达罗》（或译《沙恭达伦》）的英译本，他很喜欢，因为过去译《说部丛书》之例，由我口述，他再整理译成中国传统式传奇。我们花了几天时间就搞定了，他又给这本戏起名为《孔雀女重合金环记》。"孔雀女"当然就是剧中女主角沙恭达罗的意译。我记得此书当时没有出版过，现在他的译稿是否还在人间，我就不知道了。日本投降前后几年间，他还同南京旧书店一些木刻老工人联系，木板印刷出版过好几种他自写的和辑集校订的一些词曲，我过去就有过一本他校订的《南唐二主词》，这些都是他在战乱期间保存中国传统文化的功绩。日本投降后，大家都忙于早日回家，我们也就很少见面。到南京后，记得有一次他约我去夫子庙吃过一次扬州干丝，后来我又介绍他参加了南京市民革组织，成了一个民主党派成员，但也没有什么职位。1949年董必武副主席来南京，柯庆施市长曾请董吃过一顿饭，由我和他作陪，因为他过去认识董老。他后来又去过一次北京，去拜访周恩来总理，但因周总理当时太忙，未能见面。在南京他郁郁不得意，曾想到南京大学做教授，也没有成功，后来就因为身体太肥胖而不幸病逝。但据我所知，他生前并没有受到什么迫害。他没有遭遇过后来的"反右"、"文革"等运动，总算是不幸中的大幸。

冀野平时生活很简单，衣裳也很随便，一般是青布长衫，从来不穿什么西装革履。他虽然做过国民党政府的参议员，交往的官场人物也很多，但从来不摆什么官架子。他律己很严，家里非常朴素，这同当时国民党官僚不同。从他当时写的散曲《中兴鼓吹》和《罪言》，可以看出一个正直的中国知识分子为人的态度。在日本即将战败，中国即将复兴的年月，他写了《中兴鼓吹》，自知作为一个知识分子，只能给这个大时代做一个吹鼓手，但对中国的未来，还抱着无穷的希望，渴望着文化复兴的到来，后来目击了当时官场的贪污腐败，又热血沸腾，大声疾呼，写出了散曲《罪言》。虽然《罪言》的提法令人想起唐代文人所说的"臣罪当诛，天王圣明"的话，但是从旧社会来的知识分子总免不掉社会和时代的烙印。冀野始终是一个正直爽朗、热爱祖国、热爱中国文化的知识分子；现在编印的这本选集，我还没有看到，不知道里面包括了冀野生前哪些著作，因此我只能拉拉杂杂写一些我同冀野生前交往的零星回忆，是为序。

1996年7月12日

以上是1996年冀野家人在国外为他印选集时，我所写的序言。新中国成立以后，冀野的作品罕有所见。此次，得悉中华书局将为他出版这套《冀野文钞》，我亦为这位曾相交多年的老友由衷地感到高兴。

2005年6月1日

# 我和董乐山[1]

我和董乐山同志神交已久，近十多年常在报纸上看他写的短文，多半是他关于翻译、语言、典故的读书笔记，也读过他的一些有关美国社会文化的感想随笔。

今年春天，应约到香港小住一个月，听说乐山同志也应约去中文大学翻译系讲学，可惜因我不能久留而未能晤面。最近三联书店要把他近十年来所写的长短文章合成一集出版，并要我写几句话，我仍然乐于遵命，就冒昧答应下来。

我同乐山同志一样，也是长期从事翻译工作的，同他一样，过去也学过一点英国文学专业，后来从事翻译，也是"开始是工作需要"，"并非志愿选择翻译作为毕生的事业，享有选择的自由"，读了他在序言中自己所说的话，颇有同感。

我一生也是"在各门学科的边缘上逡巡徘徊而已"，说不上有什么专门研究，自己过去曾经写过一首打油诗自嘲，其中有两句云："学成半瓶醋，诗打一缸油。"所以同乐山同志的感觉一样，也可以说是一个"边缘人"。不过我秉性疏懒，平常读书也很少做笔记，不像乐山同志下笔勤快，所以他的成就与贡献也比我大得多，重读他的许多文章，第一个感觉就是他涉猎的许多书也正是我过去看过的，感觉非常亲切，如睹故人，令我想起很多往事。

如他提到美国作家巴勒斯的《人猿泰山》长篇系列小说，使我想起二十世纪三十年代初期我上中学时，在天津的秀鹤图书馆自己也读过不少《人

---

[1] 本文是董乐山《边缘人语》一书的序言。

猿泰山》的系列作品，并曾摹仿它，写过一本章回小说《鹰哺记》，现在这本幼年时期写过的小书内容已记不起来了，只记得最后一回的题目是"几度寻仇，出生入死；一击不中，远走高飞"。这些幼稚时期的回忆，使我不禁失笑。又如他提起英籍匈牙利作家阿瑟·库斯勒的小说《中午的黑暗》，令我想起解放前在重庆同澳大利亚汉学家弗兹吉拉德讨论此书时的情景。

再如他提起郑念的《上海生死劫》，也使我想起抗日战争期间在重庆一次中外酒会初次见到该书作者时的情景。她是一位年轻漂亮的姑娘，当时还未结婚，当然更没有日后悲惨的经历。她当时还用她的原名姚念贻（我同她哥哥姚念庆在小时是很熟的朋友）。

再如他提到美国老报人斯东 1989 年去世前的作品《苏格拉底的审判》，也令我想起我初次读到这本书的情景。那是在 1990 年左右，一位好心的德国朋友知道我曾对古希腊文化感兴趣而送给我的。比如奥维尔的《一九八四》，关于英国汉学家白豪士的《北京的隐士》，阿伦·西利托的《长跑运动员的寂寞》，希腊作家卡赞扎基斯的《基督的最后诱惑》等等，这些书都令我回忆起许多往事。

不过在重读乐山同志的读书笔记时，主要的感觉是我对他的文风的欣赏。乐山同志在他介绍或评论一本书，或讨论一个用词、一个典故时，总是言必有物，不说一句空话和废话，不做一点哗众取宠的事。过去毛泽东主席曾写过一篇《反对党八股》，反对当时某些人的文风，但是到了"文革"后的今天，"假大空"的文风反而愈刮愈烈。

出版界虽然十分繁荣，但真正有实际内容、值得一读的好书好文章反而愈来愈少。乐山同志的文章正与此相反。他写的文章一是真实，二是短小精悍，三是言必有物。读他的文章总有一些收获，不像现在有些东西，读完了感到一无所得。这是非常难能可贵的。

我希望乐山同志能把他的文集一本一本继续出下去，这对目前的出版界的情况大有帮助。拉拉杂杂，只写这样一点个人感想，就此勉强塞责吧。

1994 年 10 月

## 我的一位加拿大朋友

手头有一张我同一位加拿大朋友合影的老照片,时间大概是南京解放前夕,也就是说在一九四九年四月前后,具体日期记不清了。这位老朋友叫"切斯特·朗宁",或简称"朗宁"先生。他自己还有一个中国化的译名,叫"穰杰德"。他当时是加拿大驻华使馆代办。解放前在南京,我有不少外国朋友,这当然与我的爱人是英籍有关。

照片(后图)上有四人,一个是我的爱人戴乃迭(右一),一个是朗宁(右二),一个是我,一个是朗宁的大女儿,她后来是《美国地理》杂志的摄影记者,朗宁的先辈曾经是我国湖北省的传教士、所以朗宁从小就在中国生活,对我国有深厚的感情。我当时在南京对搜集文物字画很感兴趣,常常去南京夫子庙的古玩店。朗宁也有同好,在南京解放前一两年间,他有时到夫子庙买来字画,就找我解释上面题字或帮他鉴定真伪。我和我爱人也常被他邀请,到他家吃晚饭聊天,这张照片就是那时拍照的。它使我想起一件有趣的往事。

杨宪益同一位加拿大朋友合影的老照片,从左到右依次是朗宁的大女儿、杨宪益、朗宁、戴乃迭。

1949年4月，解放大军渡江，南京国民党政府土崩瓦解，南京很快就解放。西方国家措手不及，当时只有英国和苏联很快就承认我新政府，把大使馆迁到北京。加拿大因同美国接近，当时还迟疑不决，后来决定暂时关闭使馆。朗宁当时只好收拾使馆财产档案，准备离开中国。在临行前，他邀请我和我爱人到他家共进晚餐。饭后他在闲谈中提及他在收拾使馆财物中，发现一只旧木柜，内藏都是纸包的骨片，骨片上多半还有刻写的文字。根据记录，这是一个加拿大传教士存放在加拿大使馆的遗物。那位传教士叫明义士（Menzies），当时早已回国并已去世，他们也不知他的后人在哪里。朗宁怀疑那些骨片是殷商甲骨，也就是说是我国古代文物，不应该带出国外。但他当时因使馆就要撤退，个人身份不是外国外交官了，只是一个普通外侨，与我国军管会当局没有联系。如果实在没有办法，只能把这些东西交给他熟悉的夫子庙商人，让他们自行处理。他想先征求我的意见。我请他让我看了一两片骨片，肯定那些是殷商甲骨，但是否真品，我不是行家。也不能肯定，我说这些既然可能是古代文物，应该交给研究部门或博物馆。我认识南京博物馆的馆长曾昭燏，可以送到她那里鉴定保存。朗宁立即同意，说这些甲骨我可以派人送到你家，任你自己处理好了。

第二天他果然派人送来这一柜子甲骨，我立刻叫了一辆三轮车，把东西送交博物馆。事前当然还打了一个电话，叫曾昭燏妥善处理这批东西，我当时是南京市政协副秘书长，每天都在市委统战部里办公，电话就是在统战部里打的。当时办公室里还有几位统战部的年轻同志，他们也听到了我打的电话。他们认为这件事情与外国人有关，事前又未请示报告得到上级批准，我这样草率处理，很不恰当。我虽然同意他们的批评，但事情已经接洽好了，也就一笑置之。由于当时我同中共南京市委统战部关系很融洽，这件事他们事后也没有过问。

南京博物馆方面后来又同我联系，说这批明义士收藏的甲骨，原来以为早就流到国外，居然还能在国内找到，实是万幸，又说非常感谢我的帮助，甲骨已经交到北京研究保存等等。这件事就这样过去了。后来又过了两三年，偶然看到商务印书馆出版的《万有文库》中一本小书，是甲骨文专家胡厚宣先生写的，内谈中国甲骨文的收藏与研究，书中也提到明义士收藏的这一批甲骨，数目现在因为书早已失落，记不清楚，好像是四千余件，也提到我的名字。

这张老照片使我想起这件往事。朗宁岁数比我大，早已去世。他在五十年代后期，曾再度访问中国，并去到湖北他曾经生活过的地方。这是我们的周总理邀请安排的。在日内瓦会议期间，他认识了周总理，并交了朋友，所以周总理邀请了他。访华期间，我们也见了面，他还送给我一本他的自传，里面也提到这件往事。他当时年纪老了，已经退休，不当大使了。他大概是在六十年代去世的。

我们提到过去给过中国帮助的国际友人，常常提到白求恩，他也是加拿大人。朗宁的名字却很少有人知道。明义士收藏的这一批甲骨如何又回到我们手中，这件事完全是朗宁的功劳，这也是我们文化史上的一段佳话。

# 百年恩怨须臾尽，
# 做个堂堂正正人

## ——新版《杨宪益自传》译后记

明天早晨我将去八宝山向敬爱的杨宪益先生作最后告别，此刻我正以感恩的心情深深怀念着他。尽管我十八岁入北大时就购得由冯雪峰选目并作详细后记、由杨先生和他的英国夫人格蕾迪丝·杨（戴乃迪）合译的《鲁迅小说选》，并从中获益匪浅（"Tonight the moon is very bright……I have reason for my fear〔今天晚上，很好的月光……我怕得有理〕"至今我还能约略成诵），但作为一名普通学生，不久又在北大以言获罪，更与那对传奇式的夫妇、翻译巨匠缘悭一面。直到二十五年以后，我有幸赶上改革开放，结束长达二十一年的改造生涯，从煤矿调入中国社会科学院外国文学研究所，而杨先生兼任我所特聘高级研究员，才有机会在某些集会上一睹这位当代"酒中仙"的风采。记得有一次纪念彭斯的晚会，当时打倒"四人帮"未久，人们都还心有余悸，会上的发言也只是些不疼不痒的官样文章，气氛实在太没劲儿了。只见杨先生忽然端起酒杯站起身来，走到麦克风前说，今晚我们集会纪念苏格兰诗人彭斯，彭斯一生困苦，但人穷志不短，他写诗热烈讴歌爱情，讴歌劳动，讴歌自由，并且他也爱喝酒，说时把杯中酒一饮而尽，接着就吟唱彭斯的歌谣，使晚会气氛顿时变得活泼起来。

我终于有机会亲炙杨先生的教诲是因为担任他英文自传的译者。

1990年，杨先生应一位意大利友人之请，决定用英文撰写自传，这部英文自传于1999年写成，并以《白虎星照命》（White Tiger）为书名于国外出版。英文版刚一出，北京十月文艺出版社韩敬群先生就敏锐地捕捉到此书难能可贵的价值，把它列入出版选题。承他邀请我担任译者，由于我对杨氏伉俪心仪已久，于是欣然接下这一工作。在翻译过程中，我曾和韩敬群先生一起，前往杨先生的住处，解决几个翻译中遇到的问题，如向他当面请教一些专门名词的正确译法等。当时他丧偶未久，刚从友谊宾馆搬出来，住在北四环美丽园一所普通民居的底层，室内墙上挂着他亲笔书写的一首悼亡诗："早期比翼赴幽冥，不料中途失健翎，结发糟糠贫贱惯，陷身囹圄死生轻。青春作伴当成鬼，白首同归我负卿。天若有情天亦老，从来银汉隔双星。"当他从韩

本书译者薛鸿时与杨宪益先生。

敬群口中得知我的亲人重病在身，亦在生死之际时，他对我表示的真诚同情只有心灵可以感知，并且终生难忘。我觉得他那么善良，那么富于同情心。该书中文版于2001年四月出版，根据韩敬群的建议，在征得杨先生同意后，把书名定为《漏船载酒忆当年》。这本回忆录虽然未经"包装"和"炒作"，但出版后曾引起相当热烈的反响，这是完全合乎情理的。现在，人民日报出版社决定在改正原书中为数很少的几处舛错后，再版发行。

正如杨先生本人所说，他的人生故事充满传奇性，读来像是一本流浪汉小说（Picaresque Romance）。他出身豪富之家，尽管从小穿上只有王子才有资格穿的丝质黄马褂，但由于他勤奋好学、博览群书，他不但没有成为对社会无益的纨绔子弟，反倒是极大地丰富了知识，增长了智慧。更加可贵的是，在"九·一八"国难中，他牢固树立了爱国爱民的人生观。他十九岁时留学英国，在牛津大学默顿学院研修古希腊、罗马文学。他关心祖国的命运，与志同道合的朋友们一起办报纸，宣传抗日，并努力争取英国朋友对中国人民抵抗日本侵略的正义事业的同情和支持。他与同时在牛津大学学习的格蕾迪丝（她是在牛津攻读中国文学荣誉学位的第一人）相爱。1940年，两人一起回到遍地烽火、满目疮痍的中国，从此结成生死不渝的终身良缘。尽管他学识渊博，尤其对中外文化关系史有独到的见解（他的《译余偶拾》就是明证），但是，热情、真挚、勇敢的性格决定他不可能成为一位关在书斋、皓首穷经的纯学者。正如他晚年在自勉诗所说的："每见是非当表态，偶遭得失莫关心。百年恩怨须臾尽，做个堂堂正正人。"他怀抱火热的爱国情怀，是非分明，看到不合理的、丑恶的社会现象就要说话，就要抗议。

从英国回到"一个主义、一个党、一个领袖"的抗战中的祖国，种种社会现象都引起杨宪益先生强烈的不满。他们夫妇在中央大学任教时，由于与学生打成一片，议论时政，放言无忌，还订阅共产党的《新华日报》，因此被当局认为缺失"政治正确"，而遭到排挤。国民党剥夺人民基本权利，实行特务统治，更使杨宪益深恶痛绝。对比之下，共产党却处处进步民主，生机勃勃。毛泽东骂蒋介石"挂宪政的羊头，卖一党专政的狗肉"（《毛泽东选集》，一卷本第 730 页），并且宣称他已找到了新路，"……这条新路，就是民主。"（与黄炎培的谈话）这些十分正确的政策宣言，使杨宪益从此衷心服膺中国共产党，并设法与中共地下组织取得联系。他还利用与英国使馆武官伊文斯的个人友谊，把他从伊文斯那里获得的情报传递给与他联系的共产党人。国民政府兵败如山倒，教育部长杭立武十分重视杨宪益，邀请杨先生携带家人与他同机离开南京，但遭到杨先生的婉言拒绝。他作为国立编译馆馆长，率领同仁们迎接解放。

　　解放后，杨先生出任南京市政协副主席，积极协助新政权开展工作，恢复秩序，结束通货膨胀。他虽然担任民革南京市分会的秘书长，但积极要求参加中共，始终以一名共产党员的标准严格要求自己。

　　杨宪益先生的优秀品质首先是真率，决不说迎合上级的假话。解放初，他在一篇为《新华日报》写的文章中实事求是地提到，早期基督教传教士在把西方科学传入中国方面起了积极的作用。他这么说是有根据的，戴乃迭的父亲戴乐仁就是在甘肃贫困地区建立工合组织，帮助农民脱贫的传教士。他没有想到，这种言论是不合时宜的，因为当时报刊的舆论导向是要把西方传教士指控为"帝国主义间谍"。另一件事是，他对报上刊登的英国"紫石英"号军舰向解放军开火事件表示怀疑。因为他知道当时英国工党政府一心想承认中共新政权，没有理由向中共武力挑衅。杨对党报的怀疑态度，理所当然被共产党同事们指责为政治立场错误。事实真相直到四十年后才在报刊上披露，一位中国海军军官在回忆文章中承认，是他下令首先向"紫石英号"军舰开的火，他当时是一艘中国兵船的船长，他也看到了关于这一事件的错误报道，但形格势禁，使他不敢向新闻界说出事实真相。还有一件事是，加拿大使馆官员朗宁在撤馆前，在杨宪益先生大力协助下，把四千多件甲骨碎片（即著名的明义士商朝甲骨文收藏）无偿地交给南京博物馆，令博物馆女馆长曾昭燏（她是伦敦大学埃及学专家，"文革"前跳灵谷寺自尽）大喜过望。当时加拿大政府不承认中国新政权，朗宁先生的善举只能通过私人之间的友好交往来实现。杨宪益为保存珍贵文物做了件大好事，但当时非但没有得到表扬，反被指责为让"外国帝国主义间谍"钻了空子。后来朗宁先生在日内瓦会议上和周恩来总理交上了朋友，为中加友谊作出很大贡献。

杨宪益先生在回忆录中还生动地描写了当时的政治生态。新任命的南京市文化专员某同志态度粗鲁，召集来自旧社会的文化人开会时，一边口授指令，一边用手不停地抓挠他那双肮脏的赤脚。其实他出身知识分子，但故意做出一副不文明的样子来，目的想让人们以为他是老革命。革命胜利本来为劳苦大众能过上文明幸福的生活创造了条件，但是表现在某专员身上的却是一种反文明、反知识的错误倾向。杨宪益不喜欢他，而喜欢为人真诚的联络员小曾（他是曾国藩的曾孙），可惜小曾在1957年被划为右派，自杀身亡。杨先生在牛津时最好的朋友、优秀的历史学家向达也被划为右派，后被迫害致死。最近我国学术界正在议论在现有教育体制下如何培养出"大师"的问题，从杨先生的回忆录中，我悟出一个道理：要想培养出优秀人才，首先要认真汲取历史教训，使摧残优秀人才的历史永不再来。

杨宪益和戴乃迭译出了包括《离骚》、《史记》、《红楼梦》、《儒林外史》、《唐宋传奇》、《鲁迅选集》等在内的大量经典，为文化事业作出巨大的贡献。而且长期以来，他俩的劳动是无偿的，除《红楼梦》外，其他译作都不享有版权和稿费。五十年代后期，随着政治生态的日渐恶化，他们还被怀疑为外国间谍，终于在"文革"期间双双系狱长达四年之久。他们的爱子不堪政治迫害而患了精神病，结果自焚而死，这给他俩的打击是极其沉重的。但是，杨宪益先生却说："我对我以前的所作所为并不感到羞耻或遗憾。假如我还能重新活一遍，我还会像以前那样生活。"青年时怀抱崇高的理想，长期受到冤屈，虽九死其犹未悔的精神，使我等晚辈由衷钦敬。

我拜会杨先生的机会并不多。记得三年前和韩敬群、杨先生的外甥女、画家赵蘅以及《北京晚报》的记者们去后海探望过他。从他们的对话中，我才第一次听到杨先生对我译文的高度肯定（见 2006 年 5 月 7 日《北京晚报》），我还有自知之明，万万不敢当，只是感激他博大宽仁的心胸以及对晚辈的善意奖掖和鼓励。当时他思维敏捷、记忆清晰，我不知道他有病，还陪他抽烟，是廉价的"飞马牌"，他抽起来和抽最高档的烟一样潇洒自在。他才是真正淡泊名利的大学者，真正关心民瘼的公共知识分子。他说，他对我只有一点不满，就是我把他的原著删掉了最后三章。我只得如实告诉他，我译出了全文，一个字也没有删。以后我还两度将未刊译文托他的亲属转交给他，但后来听说，他的亲属担心追忆那一段不愉快的往事会影响他的健康，而没有交给他。此后不久，我就听说杨先生患了重病，并去医院探望了他。杨先生的生命力十分旺盛，后来出院了。今年春天我去探视他，交谈十分愉快，我还为他哼唱了他在回忆录中提到的、他曾在爱尔兰演唱过的 Oh Danny Boy，因为这首歌恰是我的至爱。他还伸出右手让我看他的无名指，并告诉我，上面戴着的那只戒指是他和夫人一起在英国逛某个市场时试戴了一下，结果捋不下来了。看样子他的健康状况还很令人乐观，我衷心祝愿他能和我最敬佩的马寅初校长一样活过百岁，及身见到"新人口论"重新被肯定，并定为基本国策。可惜的是我的这一愿望，如今已无法实现。然而，杨宪益先生无愧为一位堂堂正正的公共知识分子，他的崇高精神将永远活着。

薛鸿时
2009 年 11 月 28 日

# 杨宪益先生大事年表

(1915 年—2009 年)

陈志明 编

- 1915 年

  1月10日，出生于天津。

- 1919 年

  5月，五四运动爆发。

- 1920 年

  开蒙，随魏汝舟先生读四书五经、老、庄等。学做旧体诗。

- 1924 年

  广泛阅读中国古代笔记小说、传奇、话本等。同时及此后几年，广泛接触康有为、梁启超、黄遵宪、严复、胡适、周作人、鲁迅等人的作品。

- 1925 年

  5月，"五卅惨案"发生。

- 1926 年

  作《驳〈文学改良刍议〉》，批驳胡适的文学改革主张。

- 1927 年

  入天津英国教会学校新学书院预科班。此后六年正规学习，在该校共读书 7 年。期间参加过两次纪念"五卅惨案"的罢课抗议。

- 1931 年

  日军侵占东北三省，扶植傀儡政权"满洲国"。和其他师生一起，为活跃在北方的游击队捐款。

- 1932 年

  模仿黄遵宪、康有为、梁启超等创作风格，开始创作爱国主义诗歌。诗风得到著名学者吴宓赞赏。同时开始尝试将莎士比亚等人的诗歌翻译成中文。

  全家搬至法国在津租界。

- 1933 年

  开始尝试用英文创作历史剧本。

- 1934 年

  毕业于天津英国教会学校新学书院。

  秋，赴英国。中途游历美洲夏威夷、温哥华、西雅图、芝加哥、纽约等地。途中用英文创作多篇随笔，拟命名《从陆地到海洋》结集出版未果。

  攻读希腊文、拉丁文。

- 1935 年

  春，参加牛津大学入学考试。

  游览欧洲各地。

## 1936 年

春，入牛津大学。结识著名学者向达、吕叔湘、杨人楩、钱锺书夫妇等。

任牛津大学中国学会秘书。

夏，受友人邀请，访问瑞典。期间结识著名学者杨周翰。

## 1937 年

攻读法国文学。

经同学介绍，结识妻子戴乃迭。

7月，中日战争爆发。和在欧中国学生组织集会，为支援抗日进行募捐。会上发表抨击日本侵略的演讲。

和王礼锡等进步人士油印《抗日时报》，为在欧华人提供抗日信息。

冬，在巴黎创办《救亡报》，结识时在巴黎的中国共产党人。

## 1938 年

春，在牛津创办小型杂志《再生》，继续抨击日本侵略者。

用英文创作关于中国军队平型关之捷的独幕剧。

夏，攻读英国文学。导师为著名诗人爱德蒙·布伦顿。与戴乃迭合译《离骚》。

为牛津大学学生杂志《契尔威尔》（或《伊希斯》）翻译唐诗。

## 1940 年

和戴乃迭订婚。

夏，牛津大学毕业。

秋，回国，任重庆中央大学副教授。

和戴乃迭结婚。主婚人为张伯苓（南开大学校长）和罗家伦（中央大学校长）。

- 1941 年

    夏，和戴乃迭游览成都。

    赴贵阳，任贵阳师范学院英语系主任。结识尹石公、卢冀野。

    秋，太平洋战争爆发。

    为《贵阳日报》副刊《小雅》撰写诗歌、散文；翻译西方诗歌等。

- 1942 年

    夏，在成都。任光华大学英文教授。

    8月，长子杨烨出生。

- 1943 年

    1月，回到重庆。

    4月，在重庆北碚任编译馆编纂。结识杨荫浏、杨仲子、梁实秋、梁宗岱、老舍等。

    开始翻译《资治通鉴》。

- 1944 年

    在编译馆。此后一两年间，创作大量笔记。范围包括：中国古代史、中国文学史、古代神话传说、古代中外关系史、中国少数民族早期历史等。

    翻译兰姆、辛格、赫里克等人的作品。

    应邀为《书林季刊》（钱锺书主编）撰写英文论文。

    在妻子戴乃迭的帮助下翻译《老残游记》。

    翻译陶渊明诗歌、唐五代诗歌、唐变文、南北朝佛学论争文、苗族创世诗等。

    翻译艾青诗、田间诗、郭沫若戏剧、阳翰笙戏剧等。

- 1945 年

　　在编译馆,创作大量笔记。

　　长女杨荧出生。

　　秋,太平洋战争结束。

- 1946 年

　　夏,赴南京。兼任中英文化协会秘书长。

- 1947 年

　　为中英文化协会组织各种报告会,主讲《唐代中国与拜占庭帝国的关系》。

　　应杨人楩之邀,为《和平日报》编辑"中国古代史"增刊。

　　南京独立出版社出版英译本《老残游记》。

　　中华书局出版随笔集《零墨新笺》。

- 1948 年

　　为建国法商学院做兼职教授。

　　担任中央大学（后来的南京大学）历史系拜占庭史教授。

　　中华书局出版汉译本《英国近代诗抄》。

- 1949 年

　　4月,南京解放。任国民党革命委员会秘书长。代表民革南京市分会为《新华日报》草拟了所有支持中国共产党的宣言与讲话;并撰写一系列文章,解释中共在国民经济、教育、文化以及其他方面的政策。

　　得加拿大使馆代办契斯特·朗宁之助,获"明义士商朝甲骨藏品"4000余件,送交南京博物院。

10月，中华人民共和国成立。

11月，次女杨炽出生。

12月，任南京市人民政治协商会议副秘书长。

- 1950年

春，中苏缔结"中苏友好同盟互助条约"。

10月，英文杂志《中国文学》创刊。受叶君健之邀，此后数年，与戴乃迭一直为其提供译作。

自印随笔集《零墨续笺》。

- 1951年

翻译格列柯夫（前苏联历史学家）的作品。

参加"三反、五反"运动。

- 1952年

夏，赴北京参加"亚洲和太平洋地区和平大会"。期间编辑、整理宋庆龄文稿集。

会见外国语学院院长、外文出版社社长。

- 1953年

任外文出版社翻译专家。

年底，和文艺界、科技界人士应邀会见毛泽东主席。

外文出版社出版与戴乃迭合译的英译本《离骚》、《屈原》（郭沫若）、《雪峰寓言》（冯雪峰）等。

- 1954年

结识冯雪峰，与之一起编选、翻译鲁迅作品。

夏，会见胡耀邦。

《中国文学》改为季刊。

与戴乃迭合译民间叙事长诗《阿诗玛》。

外文出版社出版与戴乃迭合译的英译本《唐代传奇》、《王贵与李香香》、《白毛女》等。

● 1955年

为《新观察》杂志撰写散文、随笔。

外文出版社出版与戴乃迭合译的英译本《长生殿》。

● 1956年

《中国文学》杂志并入外文出版社。

外文出版社出版与戴乃迭合译的英译本《鲁迅选集》（1—4卷）、《宋明平话选》等。

● 1957年

中国少年儿童出版社出版中篇小说《赤眉军》。

外文出版社出版与戴乃迭合译的英译本《儒林外史》、中译本《牧歌》（古罗马维吉尔著）等。

● 1958年

外文出版社出版与戴乃迭合译的英译本《汉魏六朝小说选》、《关汉卿杂剧选》、《秦香莲》等。

● 1959年

外文出版社出版与戴乃迭合译的英译本《中国小说史略》（鲁迅著）、中译本《阿里斯多芬喜剧二种》（古希腊阿里斯多芬著）

等；与闻时清合译的《地心游记》（法国凡尔纳著）等。

开始翻译《史记》。

● 1960 年

借调至中国社会科学院（当时称中国科学院哲学社会科学部），翻译荷马史诗《奥德修纪》、法国古典史诗《罗兰之歌》等。

● 1961 年

《史记》翻译工作完成（或为 1962 年）。开始翻译《红楼梦》。

外文出版社出版与戴乃迭合译的英译本《故事新编》、《不怕鬼的故事》（程十发绘图）等。

● 1965 年

《红楼梦》翻译工作停止。其他翻译工作停止。

● 1966 年

"文化大革命"开始。

● 1967 年

在"文化大革命"中受到冲击。

● 1968 年

4 月底，和妻子戴乃迭被捕。此后在狱中度过 4 年。

● 1972 年

5 月，出狱。

将一生收藏的 200 多件书画文物，无偿捐赠北京故宫博物院。

继续翻译《红楼梦》。此后几年一直从事该书翻译工作。

● 1976 年

1月，周总理逝世。7月，朱德元帅逝世。7月下旬，唐山大地震。9月，毛主席逝世。10月，"四人帮"垮台，"文化大革命"结束。

《红楼梦》全部译完。

外文出版社出版与戴乃迭合译的英译本《野草》。

● 1978 年

国家安全部派专人正式道歉，称四年牢狱之灾为无辜，一切归罪"四人帮"。恢复名誉。

外文出版社出版与戴乃迭合译的英译本《红楼梦》第一卷。

● 1979 年

任《中国文学》杂志社副主编。

外文出版社出版与戴乃迭合译的英译本《红楼梦》第二卷、《史记选》、中译本《奥德修纪》等。

● 1980 年

任《中国文学》杂志社主编。

申请入党。

3月，应澳中理事会、澳大利亚文化委员会文学部邀请，与妻子戴乃迭、作家俞林、学者王佐良组成中国作家协会代表团赴澳大利亚参加文化交流活动。接受当地报纸《时代日报》等多家媒体的访问。在堪培拉、悉尼、墨尔本等各地大学就中国当代文学问题、中国文学的英译问题等发表学术讲演。

外文出版社出版与戴乃迭合译的英译本《红楼梦》第三卷。

● 1981 年

夏,携妻子戴乃迭访问日本。在龟冈学院发表学术讲演《古代日本与中国共同的文化遗产》。

访问欧洲。

外文出版社出版与戴乃迭合译的英译本《呐喊》、《彷徨》;《中国文学》杂志社推出《三部古典小说节选》、《聊斋故事选》等。

● 1982 年

2月(或3月),应印度政府邀请,作为印度文化委员会的贵宾,访问印度。同时,应新德里贾瓦哈拉尔·尼赫鲁大学"关于文学翻译问题国际会议"之邀,就古代中印文化关系、翻译问题等发表学术讲演;在马德拉斯"艺术家之屋"发表学术讲演。

发起并主持"熊猫丛书"系列,重新打开中国文学对外交流的窗口。这套丛书里,既有《诗经》、《聊斋志异》、《西游记》、《三国演义》、《镜花缘》等中国古典文学经典,也收录了《芙蓉镇》、《沉重的翅膀》以及巴金、沈从文、孙犁、新凤霞、王蒙等人的现当代文学作品。

中国对外翻译出版公司出版与戴乃迭合译的中译本《卖花女》(英国肖伯纳著)等。

● 1983 年

应英国英中协会、英国学术委员会邀请,携妻子戴乃迭访问英国。先后在牛津大学、里兹大学、约克大学等大学;伦敦等地发表学术讲演。

三联书店出版随笔集《译余偶拾》。

- **1984 年**

  获颁意大利但丁学会荣誉证书。

- **1985 年**

  3月，任中国人民政治协商全国会议委员会委员。

  4月，加入中国共产党。

  中国戏剧出版社出版与戴乃迭合译的中译本《古罗马喜剧三种》（古罗马普劳图斯等著）。

- **1986 年**

  赴香港大学，参加东西方关系问题讨论会，就希腊、罗马时代中国与西方的交往发表学术讲演。

  获颁香港翻译家协会荣誉会员。

  《中国文学》杂志社推出与戴乃迭合译的英译本《汉魏六朝诗文选》。

- **1988 年**

  3月，《体育博览》杂志发表访问文章《白发青春–访著名翻译家杨宪益》。

- **1989 年**

  春，《红楼梦》西班牙文译本在西班牙出版。

  应格拉那达大学邀请，访问西班牙。

- **1990 年**

  2月，应意大利友人邀请，开始用英文撰写自传。妹妹杨苡根据手稿翻译童年、少年、求学时期的部分章节，先后发表于《东方文化》、《文汇读书周报》等报刊。

年底，陪妻子戴乃迭回英国探亲。

- 1992 年

9月，应澳大利亚堪培拉人文科学研究所邀请，赴澳大利亚讲学。为期三个月。

- 1993 年

3月，获颁香港大学名誉文学博士学位。同时被授予博士学位的还有阿基诺夫人（菲律宾前总统）、德瑞莎修女（诺贝尔和平奖获得者）。

应香港中文大学邀请，赴港讲学。

- 1994 年

接受《北京日报》记者石梅访问。

- 1995 年

1月，香港天地图书有限公司出版诗集《银翘集》（繁体版）。

- 1999 年

妻子戴乃迭因病辞世，享年80岁。

- 2001 年

北京十月文艺出版社出版自传《漏船载酒忆当年》（薛鸿时译）。

华东师范大学出版社出版邹霆专著《永恒的求索-杨宪益传》。

大象出版社出版李辉专著《杨宪益与戴乃迭：一同走过》。

- 2003 年

广西师范大学出版社出版杨宪益主编纪念文集《我有两个祖国－戴乃迭和她的世界》。

- 2004 年

8月,中央电视台大型人物专访栏目《大家》播出《夫妻翻译家－杨宪益与戴乃迭》。

- 2005 年

2月,《收获》杂志发表《人民日报》记者李辉访问文章《半瓶浊酒,四年星斗》。

- 2006 年

6月,接受《北京晚报》记者访问。

11月,任中国作家协会名誉委员。

- 2007 年

7月,福建教育出版社出版诗集《银翘集》。

- 2009 年

7月,青岛出版社出版散文、随笔集《去日苦多》。

8月,《南方人物周刊》发表印象文章《杨宪益:最后的士大夫、洋博士兼革命者》、访问文章《"他们不是死了,就是比我病得还厉害"》。

9月,获颁中国翻译协会"翻译文化终身成就奖"。

11月,辞世。享年95岁。